KB069363

책과

바람나다

도서관 책 모임이 협동조합 카페를 열다

책과 바람나다

초 판 1쇄 2020년 10월 20일

지은이 독서 동아리 책바람
엮은이 박정희
펴낸이 류종렬

펴낸곳 미다스북스
총괄실장 명상완
책임편집 이다경
책임진행 박새연 김가영 신은서 임종익
본문교정 최은혜 강윤희 정은희 정필례

등록 2001년 3월 21일 제2001-000040호
주소 서울시 마포구 양화로 133 서교타워 711호
전화 02) 322-7802~3
팩스 02) 6007-1845
블로그 http://blog.naver.com/midasbooks
전자주소 midasbooks@hanmail.net
페이스북 https://www.facebook.com/midasbooks425

ISBN 978-89-6637-860-9 03810

값 16,500원

책과
사람이
좋아 모인
그녀들의
이야기

도서관 책 모임이 협동조합 카페를 열다

책과 바람나다

독서 동아리 책바람 지음

미다스북스

추천사

광진정보도서관과 독서 공동체 "책바람"

지역 공공도서관은 독서 진흥을 위한 방법으로 지역 독서 공동체를 개발하고 강화하는 역할을 수행해야 한다. 대부분의 공공도서관이 그러하듯이 광진정보도서관 역시 개관 초기부터 독서 공동체 육성을 핵심적인 서비스로 포지셔닝했다. 책을 읽고 토론하기를 희망하는 지역 주민을 모아 사회적 독서가 이루어질 수 있도록 담당 사서가 직접 참여하고 공간을 제공하는 등 다양한 독서 활동 지원 서비스를 제공했다. 한정된 자원으로 운영되는 이러한 공공도서관 서비스는 일부 독서 공동체에 상당 기간 동안 선점되기 때문에 독서 공동체와 지역 공공도서관은 갈등을 겪기도 한다. 또한 대부분의 독서 공동체가 장기적으로 유지되지 못하고 해체되거나 회원들이 교체되어 독서 공동체 이름만 유지되는 위기를 맞는다. 나는 그 이유를 그 독서 공동체 구성원들만이 이해하는 생각과 말들을 나누는, 즉 그들이 하고 싶은 이야기와 듣고 싶은 이야기만 듣는 자기만족적인 소모임을 넘지 못하는 한계를 맞이하기 때문이라고 생각한다. 이러한 한계를 넘기 위해서는 자신의 생각을 타인과 역동적으로 공유하면서 다른 사람들의 생각이나 말을 통해 더 큰 생각으로 받아들이는 실질적인 사회적 독서가 되어야 하고, 또한 이러한 사회적 독서는 본질적으로 생각에만 그치지 않고 실천으로 이어져야 한다고 생각한다. 도서관은 왜 독서 공동체를 통한 사회적 독서를 지원하는 의무를 가질까? 그것은 개인이 독서를 통해 얻게 된 지식을 독서 공동체와 나누고 공동체 구성원들과 공유하는 실천 과정을 통해 독서라는 지극히 개인적 활동이 사회적 활동으로 확장되기 때문이다. 이러한 과정을 통해 개인적으로는 주체적 자아가 형성되고, 공동체 차원에서는 사회 구성원 각자가 원하는 삶을 살아가는 주체적 시민으로 성장하기 때문이다.

내가 지켜본 '책바람'은 20여 년간 지켜본 많은 독서 공동체와는 많이 달랐다. 광진도서관에서 독서 공동체로서 충분한 경험을 축적한 후, '책바람'은 도서관이라는 울타리를 과감하게 떠날 때가 되었으며, 도서관으로부터 독립하여 자립적으로 운영하겠다고 당당하게 선언한 첫 독서 공동체였다. '책바람'은 공공도서관이라는 편안한 지원에 안주하지 않고 끊임없이 도전과 변화를 시도했다. 도서관이라는 공간을 떠나 그들이 스스로 정한 규칙을 가지고 스스로 독서 공동체를 운영하는 도전을 시도하였다. 또한 여기에 머무르지 않고 '책바람'이 독립된 공간에서 경제적 주체로서 활동하기 위해 회원들이 개인 기금을 출자하여 협동조합으로 카페 공간을 창업하였다. 한편으로 반갑기도 하였지만 다른 한편으로는 걱정이 되기도 하였다. 카페 운영이 어려워지면 '책바람'이 해체되는 것은 아닐까? 동업자들끼리 갈등이 생겨 어려움을 겪기 십상인데 '책바람'도 카페를 운영하면서 회원들 간 신뢰가 무너지는 것은 아닐까? 그러나 나의 이러한 걱정과 생각은 기우였다. 그들은 독립된 공간을 가지고 수없이 많은 독서 토론 과정에서 얻는 노하우로 지역 주민을 대상으로 인문학 강의를 기획하여 운영하면서 독서 공동체의 이익뿐만 아니라 더 좋은 사회를 만들기 위한 지역사회 활동을 실천하고 있었다. 이러한 실천 과정을 통해 그들은 더 단단하게 결속되고 성장해나가고 있다. 이러한 실천 과정의 지속성을 보장하기 위한 사업적 경제적 수익의 실현이라는 목표를 달성하는 과정에서 느닷없이 나타난 '코로나19'라는 새로운 방해 요인도 이들의 도전을 막지는 못할 것이다.

이러한 어려움 속에서도 '책바람'이 자신들의 활동을 기록으로 남기기 위해 책을 출판한다는 새로운 소식을 접했다. 과연 그들의 도전과 변화의 끝은 어디일까? 작지만 끊임없는 실천으로 독서 공동체 구성원 각자의 일상생활과 지역사회의 변화를 이끄는 '책바람'의 활동은 개인적 독서가 독서 공동체로, 독서 공동체가 지역 공동체에서의 실천으로 발전하고 정착하기 위한 의미 있는 도전이자 실험이라고 생각된다. 책에 담긴 가치를 실천하기 위한 그들의 공동체를 기반으로 한 운동에 열렬한 지지를 보내며, 독서 공동체의 지향점을 개척해 나가는 그들의 도전과 열정에 나는 '존경'이라는 단어로 경의를 표한다.

"여러분의 이러한 도전과 활동은 제게 늘 도서관과 독서 그리고 사람에 대해 생각하게 만들며, 공동체에서 어떠한 역할을 해야 하는지 가르쳐주는 스승입니다."

광진정보도서관장 오지은

추천사

좋은 사람들, 귀중한 인연

협동조합 공간 책바람의 탄생 과정이 책으로 나온다니, 너무 기쁘다. 3년 전부터 맺게 된 책바람과의 인연도 떠오른다. 도서관 관련 회의에 참석했다가 광진정보도서관이 독서 토론회와 인문학 강좌의 수준이 높다는 소식을 듣고 그 진행 상황이 궁금했었다. 그런데 그 즈음 책바람에서 『사기』 강좌를 할 수 있겠냐는 연락이 왔다. 나는 한순간의 망설임도 없이 가겠노라고 했다. 광진의 책 읽는 공부 모임이 너무나 궁금했기 때문에.

강좌는 도서관 독서 동아리 지원 프로그램으로 카페의 스터디 룸에서 진행되었는데, 우선 30대에서 50대까지 17명의 여성으로 구성된 책바람이 그 동안 공부해 온 프로그램에 놀랐다. 정말 놀랐다. 7년 이상 철학자 강유원 선생님과 함께 서양철학과 고전문학을 꾸준히 공부해 왔다니…. 『일리아드』, 『호메로스』, 그리스 희비극, 플라톤으로 이어지는 세미나 이력서를 보며 와우! 이 팀의 내공이 대단하구나 감탄했다. 하지만 내가 정말 감탄한 것은 세미나에 임하는 구성원들의 진지함과 성실성이었다. 매주 만만치 않은 분량을 전 구성원이 꼼꼼히 읽어왔고, 토론은 핵심을 짚어가며 진지하게 진행되었다.

나는 대학원 박사 과정 수업 수준 이상으로 준비해야 했다. 세미나에 참석해 본 사람들은 누구나 알 것이다. 매주 일정 분량을 정독하고 토론 주제를 정리해나가는 것이 얼마나 어려운 일인지를. 8주 과정의 강좌 겸 세미나를 진행하면서 자연스럽게 책바람 구성원의 성격과 특이성도 알게 되었다. 공부를 향한 무한의 열정 위에 서로를 배려하는 따뜻한 품성이 포개져서 이 팀을 단단하게 결속하고 있다는 것을. 그리고 나는 결심했다. 이들은 만날 기회가 드문 좋은 사람들이다, 이들과의 귀중한 인연을 놓지 않아야겠다고.

내가 이 아름다운 사람들을 만났을 때, 내부에서는 책바람의 활동 공간을 갖춘 협동조합으로 전환하자는 논의가 진행 중이었다. 나는 도서관에서 시작한 자발적 공부 모임이 협동조합이 된다면 좋은 사례가 될 것이라 기대했지만 그 과정이 쉽지 않고 엄청난 갈등으로 내부 결속이 와해될지도 모른다는 우려도 했다. 하지만 기우였을 뿐! 내 예상은 완전히 빗나갔다. 일단 방향이 정해지자 책바람 구성원들은 자발적으로 역할을 분담하고 척척척 진행했고, 현재 공간 책바람을 성공적으로 운영 중이다.

어떻게 이들은 이렇게 행동할 수 있었을까? 먼저 협동조합에 대해 공부하고, 홍보를 준비하고, 카페지기를 자임하며 바리스타 과정을 이수하다니…. 놀라워라!! 나는 다시 한 번 이들의 마음 씀씀이에 놀랐고, 꼼꼼히 생각했다.

책바람 구성원은 선천적으로 좋은 품성의 사람들인가? 물론 그렇다. 하지만 그것만으로 이런 선택과 행동을 설명하기엔 부족하다. 그래서 내 결론은 이렇다. 7년 이상 매주 모여 같이 책을 읽고 토론한 시간의 두께와 내공의 힘이라고. 책 읽기로 이룬 내면의 성취가 자연스럽게 이런 행동으로 나온 것이라고. 『책과 바람나다』에는 이런 과정이 담겨 있다.

다시 한 번 『책과 바람나다』의 출간을 축하하며, 나는 이들과의 귀중한 인연을 계속 이어가겠노라, 굳게 결심한다.

인문학당 상우 대표 우응순

책바람 연혁

2005 ~ 2006	광진정보도서관 독서회 2반 개설 한 달에 1번 독서 모임 진행
2007 ~ 2012	독서회 2반이 만들어진 이후 개인적인 사정으로 참여 못 하는 회원들도 생기고 매해 새롭게 들어오는 회원들도 있어서 인원 구성은 해마다 조금씩 달라졌으나 한 달에 2번 수요일 오전에 모여 책 읽기를 진행함
2013	부모 커뮤니티 사업 공모, '마을과 함께하는 표현 연극' (6명의 독서회원들과 자녀들로 구성)
2014	철학 스터디 모임 '책바람'을 결성. 1 · 3 · 5주 철학 공부를 시작함. (기존 독서회 인원 중 12명 참여)

2015	신입회원 3명 입회. 총 15명 참여
2016	신입회원 2명 입회, 2명 휴회. 총 15명 참여
2017	신입회원 1명 입회, 3명 휴회. 총 13명 참여
2018	신입회원 2명 입회, 1명 휴회. 총 14명 참여 책바람 회원 중 9명이 '공간 책바람'을 만드는 것에 참여 준비를 함께 함
2019	신입회원 4명 입회, 1명 휴회. 총 17명 참여 최종적으로 책바람 회원 7명이 협동조합의 형태로 '공간 책바람'을 운영
2020	책바람 – 신입회원 1명 입회, 1명 복귀, 총 19명 참여 공간 책바람 – 조합원 1명 충원, 현재 8명의 조합원

프롤로그

책.발.함? 책.發.함? 책바람?

허름한 아파트 상가. 4명이 타면 '삐~' 소리가 나는 엘리베이터를 타고 4층에 내리면 세탁소를 이웃하고 있는 작은 카페가 보인다. 청명한 푸른빛 벽 위에 하얀 글씨로 '공간 책바람'이라고 쓰여 있다. 카페라고 하기엔 너무 낯선 위치라 다들 호기심 반 걱정 반 표정으로 들여다본다.

"여기 뭐하는 곳이에요?"

카페 '공간 책바람'은 철학 스터디 모임인 '책바람' 회원들 중 적극적으로 공간 만들기에 참여한 7명이 협동조합을 만들어 운영하는 곳이다. 자비를 털어 이곳을 만든 취지는 다양한 독서 모임에 공간을 대여하여 편안한 환경에서 독서 토론을 할 수 있도록 하기 위해서였다.

책 모임을 할 때마다 시간에 쫓기어 허겁지겁 이야기를 마무리해야 했기에 '우리들만의 장소가 있다면 얼마나 좋을까? 공간이 있다면 책과 관련된 일들을 마음껏 벌일 수 있을 텐데.' 하는 생각이 들었다. 비단 우리 모임만 카페를 전전하는 것이 아니라 다른 독서 모임들도 상황이 비슷했다. 책을 보기에 어두운 조명, 주변의 시끄러운 소리 때문에 불편하기는 마찬가지였다. 물론 독서 모임에 참여한 사람들의 목소리가 더 커서 다른 이들이 불편했을 수도 있었을 것이다. '우리를 위한' 그리고 '우리와 같은 이들을 위한 공간을 만들면 어떨까?' 처음의 시작은 이랬다.

철학 스터디 모임 '책바람'은 '책.발.함'을 부르기 쉽게 만든 별칭이다. '책상 위의 철학, 발로 뛰는 철학, 함께하는 철학'의 줄임말인 '책.발.함'은 '책.發.함'의 뜻도 있어 '책으로부터 시작(發)하여 함께하다'의 뜻도 갖게 되었다. 이름이 이처럼 여러 가지인 것은 여러 명이 모여, 밤새 수다를 떨며 만들었기 때문이다. 철학 공부를 함께 시작하기로 한 사람들이 일과를 마친 밤늦은 시간에 24시간 영업하는 패스트푸드점에서 머리를 맞대었다.

새로운 시작에 다소 흥분되었기도 했고, 늘 그랬듯이 오가는 농담에 연신 웃음이 터졌다. 그 소란스러운 와중에 서로 경쟁하듯 떠오르는 이름을 던졌고, 결국 두루 조금씩 수렴해가면서 이름이 만들어졌다. 그리고 사람 수 만큼이나 좋은 뜻도 계속 추가되었다.

하나 재미있었던 일은, 최근 '책바람' 이름을 누가 지었는지 물어보는 질문에 여러 명이 서로 자기가 결정적으로 지은 이름이라고 생각하고 있었던 일이다. “그 말을 한 건 나였는데….” 이제 와서 기억도 희미해져 그날의 진실은 알 수 없지만 그만큼 서로의 생각이 긴밀히 엉켜 있었던 것은 사실이다. 그리고 그날 그렇게 밤을 새고 동터오는 새벽길 귀가하면서 피곤한 몸임에도 즐거웠던 기억이 아직도 생생하다.

철학 공부가 필요해

우리는 ‘책바람’을 만들기 이전에 이미 광진정보도서관 독서회 2반 회원들로 다년간 독서 모임을 해왔던 사이이다. 독서 모임을 지속적으로 이어오면서 느끼게 된 ‘철학 공부의 필요성’이 공감대를 형성하면서 독서회와 병행하는 스터디 모임을 만들게 되었다. 독서회는 매월 2 · 4주에, 철학 스터디 모임은 1 · 3 · 5주에 진행되었다.

책바람 회원 중 4명은 독서회 2반이 처음 만들어진 2005년부터 책 모임을 시작했다. 그 당시 나이로 세 분은 30대 중반이고, 한 분은 50대였다. 이후 속속 합류한 사람들이 독서회를 함께했는데 30대~50대 주부들이 대부분이었다. ‘책바람’을 만든 해가 2014년이었으니 족히 5~10년 정도 독서를 하면서 느낀 갈증이 조금 더 집중적인 공부를 하게 된 추진력으로 변했던 것 같다. 그리고 다시 5년 뒤인 2019년 ‘공간 책바람’을 만들어 활동의 장(場)을 열었다.

공간 책바람이 지향하는 바

공간 책바람은 무엇보다 편안한 환경에서 독서 토론을 할 수 있도록 한다. 또한 도서관을 중심으로 만들어진 지역 안의 독서회 간 지적 정보가 공유되고, 새로운 탐색의 장이 될 수 있도록 노력하며, 양질의 인문학 강연을 기획하여 지역사회에 인문학적 관심이 심화되고 확장되는 것에 도움이 되고 싶은 바람을 가지고 있다.

책을 만들게 된 이유

삼삼오오 도서관에 모여 책을 읽던 사람들이 자발적으로 스터디 모임을 만들고, 이후 협동조합을 만들어 카페까지 열자 사람들은 우리를 궁금해 했다. '책바람이 잘나가는 이유는 무엇일까?' 독서회에서 스터디 모임으로 그리고 다시 사업을 벌이는 주체로 변화하는 단계마다 어떤 계기가 있었던 것인지, 움직이는 동력이 무엇인지 궁금해 했다. 사실 우리도 그 이유를 잘 모른다. 그저 느끼고 생각이 이끄는 대로 했을 뿐이다.

그래서 이번 기회에 그동안의 일들을 곰곰이 생각해보고 정리하여 기록하려고 했다. 더불어 다른 독서 모임이나 스터디 모임들 중 우리와 같은 길을 가고자 하는 사람들이 있다면 미천하지만 우리의 경험이 도움이 될 수 있지 않을까 하는 생각에 다시 겁 없이 글쓰기를 시작하게 되었다.

목차

1부

책, 책바람, 사람

도서관에서 시작된 바람, 책바람

1장

수요일 오전 10시. 도서관 2층 작은 방에선 어김없이 물 끓이는 소리가 났다. 정하지 않았어도 일찍 온 사람은 함께 마실 차를 준비했다. 사람들이 하나둘 모이면 이야기 꽃이 폈다. 처음엔 가볍게 다양한 분야의 책을 읽었다. 해가 거듭될수록 묵직한 책들도 보게 되고 집중적으로 공부하고 싶은 부분도 생겼다.

이것이 책바람의 시작이었다. 이 시작을 열게 해준 도서관 독서회. 그녀들에게 독서회는 어떤 의미를 주는 곳이었을까? 10여 년 가까이 독서회에 참여할 수 있었던 원동력은 무엇이었는지, 살며시 문을 열고 그녀들 각자의 이야기속으로 들어가보자.

독서, 바람, 책 바람!

- 윤경숙

독서회의 초창기 멤버로, 독서회 2반의 회장을 역임하며 주도적으로 책바람을 만드는 일에 참여하였다.

2005년 아이들도 유치원 들어가 오전 시간이 여유로워진 그때 "책 좀 보자. 혼자 말고 여럿이!" 하는 마음에 도서관을 기웃거렸는데, 일반 독서회라는 것이 생긴 게 아닌가? 냉큼 친한 친구를 꼬드겨 도서관에서 여럿이 다양한 책을 본다는 독서회에 몸을 실었다. 부담도 없었다. 우선 회장님이 친절했고, 모인 분들도 좋아보였고, 책은 한 달에 한 권밖에 안 읽었으며, 봄가을은 놀러나가고 방학 때는 쉬는 구조라 참으로 접근하기 쉬웠다. 10명으로 시작했던 것 같다.

무난하게 독서회를 이어가던 중 갑자기 폭풍우가 몰아치듯 회장님이 일한다며 나가고, 첫 회 합류했던 다른 분들도 연기처럼 사라져 김○○

샘, 권○○샘, 육사 출신 최○○샘, 오○○샘, 나 5명만 독서회에 남게 되었다. 회장도 다시 뽑고 총무도 뽑아야 한다는데 우선 사람들이 없으니 할 마음이 안 생겼다. 강력하게 독서회 1반에 합류하자고 묻어가자고 우겼으나, 우리끼리 하자면서 안 되는 게 어디 있냐면서 나를 회장 자리에 앉혀놓고 5명이서 가자 한다. 오후에 학원 강사 일까지 해야 하는 상황이라 거절했다. 그런데 다들 엄청 추켜세우면서 몰아붙이는 그 분위기에 나도 모르게 홀린 것 같다. 지금 생각해보면 성실하고 믿음직했던 네 분 샘들은 내가 뭔 말만 하면 오케이였다. '하하하~' 웃으며 무조건 따라주는 분위기에 나도 모르게 회장으로서 장기 집권하게 되었다. 그 후 다양한 직업, 연령, 독특한 분들이 합류하였고, 독서회도 한 달에 2번으로 늘어나 읽을 책도 많아졌으며, 방학도 없이 꾸준하게 이어가게 되었다. 독서회가 안정적으로 자리 잡을 수 있었던 이유를 생각해보면 그 당시에는 서로 사적인 만남이 없었던 것이었다. 각자 뭐하고 사는지 무슨 생각을 하는지는 토론할 때 내용으로 짐작할 뿐이다. 책 읽고 한 달에 2번 볼 때 말고는 전화도 안 하고 보지도 않는다. 이런 식으로 부담없었던 것이 초기 자리 잡는 데 중요한 요인이었던 것 같다.

2009년부터는 또 다른 분위기를 가진 멤버들이 합류하게 된다. 어린이책 시민연대 활동을 하는 사람, 사람들과 노는 걸 좋아하는 사람, 외국에 있다 한국에 온 지 얼마 안 되는 사람 등인데, 이때부터는 독서회 시간 외에도 만나고 일상생활도 같이 나누며 다양한 정보와 생각들을 공유하게 되었다. 독서회가 참 재밌어졌고 편해졌다. 7년 동안 한 사람 한 사람 자리를 잡더니 어느덧 10명 이상의 고정 멤버가 생겼다. 고정 멤버들의 자녀들이 한참 자라나는 때라 그런지 만남 뒤 이야기의 끝은 교육에 관한 내용이었다. 우리만 만나 좋은 책 읽고 즐거워하는 것이 아니라 아이들도 그랬으면 하는 마음이 자연스럽게 자랐고, 2013년 마을 공동체 지원을 받아 연극하는 모임을 만들어 아이들과 함께하고자 했다. 하지만 그 과정은 쉽지 않았고, 아이들과 친해지기는커녕 서로 힘들어졌다. 애들하고 뭘 해보겠다고 집 밖에서까지 보냐면서 후회하게 되었고, 우리끼리 하자고 다짐하며 버○○에서 새벽까지 철학하는 모임을 구상하게 되었다. 그래서 탄생한 것이 '책바람'이다. 2014년부터 마을 공동체 부모 커뮤니티, 서울평생교육원, 서울 도서관 지원 사업을 받아 꾸준히 내실을 다졌으며 지역 내에서 공개 강의를 개최하고 우리만의 색깔을 만들어갔다.

이러한 과정에서 회원 각자는 현재의 모습에 안주하지 않고 변화를 모색하였으며, 생각과 고민에 그치지 않고 실천하기 위해 사회 문제에도 관심을 갖게 되었다. 각자의 역할을 찾아 책임감을 가지고 일을 맡았는데 일의 정도를 자로 재듯이 재거나 따지지 않았다. "그냥 하자!"였다. 그리고 누군가 하고 싶어 하는 일이 있으면 너 하고 싶은 대로 하라면서 기꺼이 밀어주었다. 그만큼 서로에 대한 신뢰와 끈끈함과 자부심이 있었다. 나이 들어서도 함께하고 싶었고, 가족, 친구들과 함께 지역 내에서 꾸준히 이어갈 수 있는 공동체를 꿈꾸게 되었다.

나의 힐링 나의 독서회

- 김승희

독서회 2반부터 함께해온 멤버로서, 독서회 모임에 꾸준히 참여하게 된 원동력에 대해 자신의 이야기를 풀어놓았다.

10년 넘게 다니던 회사를 그만두고 전업주부가 되기로 결심한 것은, 친정엄마에게 아이 둘을 맡기기에 미안한 마음도 있었지만 직장 생활 동안 소홀했던 아이들의 교육을 위해서였다. 책 읽기를 좋아해서 꾸준히 도서관을 이용하고 있었던 터라 자연스럽게 아이들에게도 그림책을 많이 읽어주었다. 그림책을 읽어줄수록 보다 전문적인 역량을 키우고 싶은 마음에 당시 도서관에 활성화되고 있었던 '동화책을 읽는 어른 모임'에 참여를 해야겠다고 생각했다. 드디어 회원 모집 공고를 보고 신청하니 사서 선생님은 "부담없이 오세요."라는 당부의 말을 전했다. 설레는 마음을 안고 도서관으로 갔다. 그런데 열혈 엄마가 되리라는 큰 포부를 가지고 간 모임은 '동화책을 읽는 어른 모임'이 아니라 '일반 독서회 2반' 모임이었다. 아이를 유치원에 보내고 드디어 나도 뭔가 자유를 찾고 싶은 마음이 컸는지 무조건 첫 번째로 난 공고에 자세히 보지도 않고 신청을 한 것이었다.

얼떨결에 실수로 가입하게 되었던 도서관 독서회 모임에 14년간 참여하였다. 꾸준히 독서회 모임에 참여하게 한 원동력은 무엇이었을까 생각해보면 처음으로 떠오르는 단어는 '힐링'이었다. 부담없이 오라던 사서 선생님의 말이 무슨 뜻인지 알게 된 것은 첫 모임에서였다. 화려한 말솜씨를 가지고 깊이 있는 책 읽기를 하는 기존 회원들을 보면서 평소 모르는 사람 앞에서 이야기하는 걸 부끄러워하던 내가 과연 이 모임을 계속할 수 있을까 겁이 덜컥 났다. 하지만 모임이 끝나고 나서 느낀 것은 '함께 읽는 것이 이렇게 좋은 것이구나.' 하는 사실이었다. 같이 읽은 책으로 이야기를 나누다 보니 혼자 읽을 때보다 훨씬 깊이 있는 책 읽기와 다른 시각도 가지게 되었고, 같은 공감대가 형성될 때의 뿌듯함이 굉장했다. 쟁쟁한 실력자들 사이에서 주눅이 들었지만 다른 어느 모임보다 독서회 모임을 기다리게 되었고, 독서회는 나의 힐링 타임이 되었다.

두 번째는 도서관의 역할이었다. 도서관에서 공간을 제공하고 사서 선생님이 같이 참여하는 공식적인 모임이다 보니 체계화되고 계획적으로 모임을 할 수 있었다. 오랜 시간 동안 독서회는 어느 해는 많은 인원으로 활발하게 운영되기도 하고, 어느 해는 참여 인원이 너무 적어서 신규 회원을 다시 받아야 할 정도로 침체한 적도 있었지만 뒤에서 든든한 버팀

목 역할을 해준 도서관이 있었기에 독서회가 계속되고 발전할 수 있었다.

세 번째는 사람들이다. 2주에 한 번 모임 외에 따로 만나는 일도 적었고 친구같이 매일 붙어 다니지도 않았지만, 친한 친구들보다 더 슬픈 일에는 같이 슬퍼해주고 기쁜 일에는 같이 기뻐해주었다. 책 모임 외에 사적인 모임을 많이 하지 않고 적당한 선을 유지한 것이 그 이유라는 의견도 있지만, 나는 오랜 시간 책과 함께 독서회를 같이 하면서 쌓여진 신뢰와 믿음 때문이라 생각한다. 이런 경험 때문에 난 항상 자신 있게 이야기한다. 책을 좋아하는 사람들은 솔선수범하고 배려하는 마음을 가진 좋은 사람들이 많다고 말이다. 그래서 주변 사람들에게도 독서 모임을 적극 추천한다.

이렇게 나에게 즐거움과 힐링을 주는 독서회지만 시간이 지날수록 읽은 책의 양에 비해 내 생각은 잘 변하지 않는다는 걸 알게 되었다. 책은 매번 달라지지만 내가 말하는 내용은 항상 똑같아서 나의 말에 내가 질리기 시작했고, 생각이 변하면 행동도 변해야 하는데 그렇지 않은 것도 불만이었다. 무슨 일에 있어 그 근원을 따지듯이 책을 읽을수록 근원적인 그 무엇을 찾게 되었다. 어디서 그것을 찾을 수 있을까…. 고심 끝에 생각한 것이 '철학을 공부하자'였다. 나만 그런 것이 아니라 오랜 기간 참여했던 독서회 회원 대부분이 나와 같은 생각이었다. 그래서 독서회는 새로운 사람들에게 자리를 양보하고 철학을 공부하는 책 모임 '책바람'을 만들게 된 것이다. 책바람을 시작한 지도 벌써 7년째이다. 처음에 목말라 했던 그 근원에 내가 얼마나 가까워졌는지는 알 수가 없다. 그러나 14년 전 내가 독서회에 첫발을 디뎠을 때보다 지금의 나는 많이 달라졌다는 걸 안다. 그것이 내가 책 읽기를 계속하는 이유이다. 앞으로 더 달라질 나의 모습을 기대하면서 처음 독서회를 시작했을 때의 호기심과 설렘을 기억하며 매주 독서회 시간을 기다린다.

책 읽는 사람들의 오랜 벗, 광진정보도서관

5호선 광나루역에 내려 한강호텔 방향으로 10분 정도 걷다 보면 한강이 내려다보이는 전망 좋은 도서관에 다다른다. 특히 도서관동과 문화동을 잇는 브릿지에서 바라보는 한강은 광장동 최고의 스팟이라 할 만큼 멋지다. 그러나 이 도서관에는 주변 경관보다 더 훌륭한 것이 있다. 전국도서관평가에서 대통령상을 3번이나 받을 만큼 이용자들이 만족할 만한 시설과 다양한 프로그램을 갖춘 곳이라는 점이다. 이러한 도서관이 지역 주민들에게 얼마나 큰 지적 자양분이 될 수 있는지 보여주는 사례가 많은데, '책바람'도 그 중 하나의 열매라고 할 수 있다. 광진정보도서관은 지역 주민들을 위한 독서회를 운영하고 잘 유지할 수 있도록 많은 지원을 아끼지 않는다. 뿐만 아니라 지역 내에 인문학적 토양을 만들기 위해 다양한 인문학 강연 등을 열고, 참여자가 한 발 더 나아갈 수 있도록 다양한 프로그램도 지원한다. 집 가까운 곳에 이와 같은 도서관이 있다는 것은 정말 큰 기쁨이다.

광진정보도서관 사서들은 일당백의 일을 한다. 도서 대출 업무뿐만 아니라 독서회에 참여하여 함께 토론하기도 하고, 프로그램이 이루어지는 곳에는 어김없이 바삐 움직이는 그들의 모습을 볼 수 있다. 독서회로 인연을 이어온 사서 한 분이 책바람에 대한 애정을 담아 글을 보내주었다.

책으로
꽃바람을 일으킬
그녀들의 앞날을
응원합니다

- 광진정보도서관 정종희 사서

"선생님~ 저희가 북카페를 내기로 했어요~"

"네? 아~ 축하드려요, 선생님. 한번 찾아가볼게요~"

걱정 반, 기대 반의 마음을 가지고 방문한 아파트 상가 4층에 깔끔하게 꾸려진 북카페는 그냥 '책바람' 그 자체였다. 여느 카페와는 달리 질서가 있고, 소통이 있고, 마을이 있고, 무엇보다 '책'과 '사람'을 사랑하는 그녀들이 있는 곳! 오롯이 그녀들의 손때와 발품과 목소리와 바람들이 가득 차 있는 공감의 공간이었다. '운영을 어떻게 하시려나?', '임대료나 운영비가 만만치 않을 텐데.' 등의 염려와 걱정이 앞섰지만 지금까지 보여주신 '책바람'이라면 한 고비 한 고비를 잘 넘겨가며 자신들만의 '바람'을 만들어가시겠지 하는 근거 있는 믿음이 조금씩 생기는 것은 10여 년간 쌓아온 그녀들과의 신뢰 때문일 것이다.

우리 도서관은 개관 초기부터 성인을 대상으로 하는 독서 동아리를 운영해왔다. '책바람'도 그 독서 동아리 중 하나로 그들과의 인연은 벌써 십 년이라는 세월을 훌쩍 넘는다. 친구 중에서도 '절친' 소리를 들을 친구라고나 할까? 도서관 사서인 내가 바라보는 광진정보도서관의 절친 '책바람'은 '지금'에 머무르지 않고, 언제나 '도전'과 '도약'을 시도하는 동아리였다. 도서관에서 어느 정도 모임을 하시더니 다른 동아리들에게도 기회를 주고 싶다고 스스로 외부로 나가서 모임을 하시고, 다양한 공모사업들에 지원하고 운영하시면서 스스로의 갈 길을 찾고 고민했다. 그 고민들은 그들이 읽은 책들을 보며 잘 알 수 있었다. 함께 읽는 책으로 해결되지 않는 것들은 저자를 만나고, 다양한 인문학 강의를 들으며 깊이 있고 방대한 지식들을 그들의 머리와 마음속으로 채워갔던 것 같다.

"아는 것을 실천하는 것이 힘이다." 세계적인 대중 연설가이자 자기 계발 전문가인 호아킴 데 포사다의 말이다. '책바람'은 '책'과 '사람'을 통해 이 명언을 몸소 실천하며 모든 독서 동아리들의 인플루언서로서 그들의 바람을 하나하나 실현해갈 것이라 믿는다.

지역사회 커뮤니티의 중심에 도서관이 있고, '책바람'과 같은 절친들이 많아진다면 우리 마을, 우리 사회에 조금 더 인문학적 관심이 심화되고 확장될 수 있을 것이다. 그래서 나는 오늘도 내일도 앞으로 쭈~욱~ 책으로 꽃바람을 일으킬 그녀들을 응원한다.

도서관과 나

- 김윤정

도서관에서 만난 사람들과의 인연으로 책바람 회원이 된 그녀가 도서관이 자신의 삶에 미친 영향에 대해 글을 써주었다.

한강 옆 전망 좋은 도서관, 광진정보도서관 이곳은 나의 제2의 삶이 시작된 특별한 공간이다. 북 스타트 자원 활동가로 막 봉사를 시작할 즈음 한 사서 선생님의 소개로 '책 읽는 엄마학교'를 알게 되면서 도서관과의 깊은 인연을 맺게 되었다.

나의 이야기는 2014년 책 읽는 엄마학교 2학년 『왜 세계의 절반은 굶주리는가』의 책 읽기로 시작된다. 혼자 읽다가 함께 책을 읽고 서로의 생각을 나누는 시간이 매주 설렘과 떨림의 공간으로 나를 초대했다. 주로 소설 그것도 좋아하는 작가 위주로 책을 읽던 내가, 여러 장르의 책을 함께 읽고, 읽은 소감과 사유한 내용을 정리해서 여러 사람에게 펼쳐 보이는 것은 어색하고 쑥스러운 일이었다. 또한 다른 사람들의 생각과 느낌을 공유하고 공감하는 것도 쉬운 일은 아니었다. 인상 깊었던 구절에 밑줄을 긋고 그 이유에 대해 생각을 정리하고 발표하는 시간은 처음엔 왜 그렇게 떨리고 긴장되었던지…. 그 긴장감보다 더 옥죄었던 것은 다른 선생님들에게는 보이는 작품의 결이 나에게는 보이지 않는다는 것이었다. 또한 학창 시절 외에, 책을 읽고 생각을 나누어본 적이 없었던 내가 나와 다른 쪽에 서 있는 의견을 듣고 40년간 품고 온 나만의 생각을 깨고 유연해지는 것도 쉽지 않았다. 그래서 일단 내 마음을 활짝 여는 것부터 시작했다. 동아리 선생님들과 같이 밥도 먹고 차도 마시고 전시회도 같이 가고 음악회도 같이 가며 함께 동적인 활동에도 시간과 마음을 나누었다. 난 내가 읽고 싶은 책이나 독서 동아리 목록의 책은 거의 사서 읽는다. 내가 부리는 사치 중 하나이다. 책 욕심이 내게 있는 욕심 중에 가장 으뜸이다. 사실 다른 데에는 그다지 욕심을 부리지 않는 성격인 내가 유독 책에 대한 욕심은 과하다. 그래서 책장에 책이 꽂혀 있는 것을 보고 흐뭇해하는 내 모습에 가끔 스스로 질책을 한다. 이른바 지적 허영심이 채워지는 공간이 책장인 것이다. 예전의 나의 책장은 장르가 전문 매장의 느낌이었다면 지금은 백화점의 느낌이다. 거기다가 오랫동안 간직하고 싶은 작가들의 친필사인을 받은 책들은 따로 칸을 두어 보관한다. 작가들의 친필사인도 거의 도서관에서 진행하는 인문학 강의나 동아리에서 진행하는 작가와의 만남 시간에 받은 것들이다.

도서관에서 함께 읽기에 익숙해질 무렵 나에게 독서 관련 전문 분야를 공부할 기회가 왔다. 성실함을 무기로 독서심리, 독서코칭 자격증을 취득했으며, 현재 광진정보도서관을 중심으로 독서 강사로 활발하게 활동을 하고 있다. 도서관과의 꾸준한 관계를 통해 이른바 '자아실현'과 함께 경제 활동을 하고 있는 셈이다. '책 읽는 엄마학교'에서 시작된 도서관과 나의 인연은 철학 동아리 '책바람'까지 만나게 해줬다. 철학 동아리 '책바람'은 책에 대한 나의 관심을 더욱 자극했다. 주변의 반응도 만만치 않게 흥미로웠다. 친구들은 나를 외계인 보듯이 하면서 "'철학'을 공부한다고? 왜?" 이런 반응들을 보였다. 도서관 '책 읽는 엄마학교'에서 출발한 첫 발걸음이 삶에서 철학을 공부할 수 있는 또 다른 발걸음을 선사하였다. 책바람은 책과 공부에 대한 내 열망의 지도에 표시해놓은 책 관련 여정의 하이라이트라 하겠다. 최근엔 책바람 정기 모임 시작 전 5분 정도 『사자소학(四字小學)』을 함께 낭송하고 있다. 대학 전공 타이틀로 '한자반장'을 맡고 있어 일주일에 한 번씩 인문학당 상우에서 우응순 선생님의 가르침을 받고 있다. 우응순 선생님과의 인연이 나에게 또 다른 길을 내보일 것을 믿고 있으며, 그러기 위해서 노력해야 된다는 것도 알고 있다.

나비 효과라는 말이 있다. 도서관에서 첫 걸음을 뗀 책과의 인연이 독서의 재미, 타자에 대한 이해, 수많은 관계 속에서 겸손해지는 미덕을 배우게 하였다. 또한 내가 누구인지 알아가고 어려운 철학 관련 책을 읽는 용기를 갖게 하였다. 인문학당 상우에서 오래 놓았던 한자 공부도 시작했다. 도서관에서 시작된 인연이 앞으로 내 삶에 또 어떤 변화를 가져올지 사뭇 기대가 크다.

첫 사업공모, 마을과 함께하는 표현 연극

- 강하나

2013년 5월~12월에 시행한 서울시 부모 커뮤니티 사업 활동 과정을 소개한다. 6명의 독서회원과 그 자녀들이 함께 참여하였다.

시작은 창대하게

본 사업은 평소 '꺼리'를 찾아 헤매던 광진정보도서관 일반 독서회 2반 회원들 몇몇이 2013년 꽃피는 봄 5월 10일 야심한 시각에 광장동 버○○에서 접선하여 광진구 마을 공동체 사업에 '부모 커뮤니티 사업'을 제안하기로 결정하면서 시작되었다. 교육의 두 축인 부모와 아이들이 사교육의 틀을 벗어나 책을 읽고 다양한 체험 활동을 함께하는 과정에서 보다 행복해질 수 있지 않을까라는 '무한 이상주의' 실험정신에서 비롯된 프로젝트라 할 수 있으며, 과정의 결과물을 무대 공연 형태로 마을 주민들과 나눔으로써 협력, 이해, 나눔이라는 미덕을 참가자들이 자연히 익힐 수 있으리라는 '높디높은' 이상을 갖고 뛰어든 마을 활동이었다. 창대한 이상으로 시작된 이 마을 공동체 모임이 훗날 보다 구체적 형태를 띠게 될 '책바람'의 전신(前身)이라고 볼 수 있다.

왜 하필 말도 안 듣는 아이들과?

독서회가 끝나면 어디 '꺼리'가 없나 끝없는 수다를 떨던 우리는 당시, 나이 어리게는 초등학교 1학년부터 많게는 중학교 2학년의 자녀를 두고 있었기 때문에 자녀들의 성장과 교육이 공통 관심사일 수밖에 없었다. 책 읽는 공동체의 장점을 몸소 느끼고 있던 우리는 사랑하는 자녀들에게도 이 좋은 것을 알려주고 싶었고, 게다가 종합예술 형태인 연극을 만들어가는 과정을 아이들이 직접 체험하면서 한 단계 성장하길 바랐던 것도 같다. 그리고 '내' 아이만 바라보는 것보다 '우리' 아이를 바라보는 것이 각자 개인의 정신 건강에 더 좋을 것도 같았다. 이러저러한 다양한 이유가 있었겠지만, 무엇보다 당시 우리는 많은 고민을 하기보다는 '할 수 있고 재미있겠다! 우리가 재미있으니 아이들도 재미있겠지?!'라는 무대뽀 정신으로 덜컥 아이들과의 8개월을 계획하였다. 지금 생각해보면 다시는 못 할 짓이니 그때 하길 잘한 것 같다.

시시콜콜 과정을 이야기하자면,

2013년 5월부터 12월까지 매달 2번씩 모였고, 뮤지컬과 연극 및 영화 관람 등 체험 활동까지 총 18회에 걸쳐서 '마을과 함께하는 연극 공연'을 실행하였다. 광진구에 사업을 공모할 때 세웠던 아래 계획서의 내용과 일정을 순서가 조금씩 바뀌었을 뿐이지 거의 빠짐없이 실천하였는데, 다시 생각해봐도 신기할 뿐이다.

〈사업 계획서 중 활용 내용〉

텍스트 선정, 토론	공연에 부합하는 책 선정, 독서 토론	4월 – 1년 동안 읽을 책 선정
		5월 – 좋아하는 책 공유하기
		6~11월 – 모임에 대한 홍보
교육	전문 교육	6월 – 재미있는 책 읽기 강의
		7월 – 연극 강사 초빙 및 현장 방문
		8월 – 영화 간접 체험과 촬영 교육
체험학습	다양한 문화 체험	7월 – 뮤지컬 관람
		8월 – 연극 관람
		8월 – 영화 관람
공연	공연 실제	9월 – 시나리오 준비
		10월 – 역할 정하기
		11~12월 – 연습하기

(한 달 2회 정기 모임 + 전체 과정 중 체험 활동 2회 = 총 18회 모임)

5월 25일, 아이들 포함하여 14명이 첫 모임을 가졌고, 6월에는 신입회원 2명이 추가되어 총 16명의 완전체가 되었다. 아이들의 자발적 선택으로 두꺼운『해저 2만리』가 한 해의 독서 토론서로 채택되었다.(결국 다 읽지 못하고 말았는데, 그 원인이 '원작에 충실한' 까다로운 번역 투에 무엇보다 책의 두께에 있었던 것으로 믿고 싶다.)

영화 촬영감독인 최○○님을 초빙하여 '스마트폰을 활용한 촬영'이란 주제의 강연도 들은 후에는 어린이대공원에서 실제 동영상 촬영 연습까지 해보는 등 배우고 습하는 '학습(學習)'를 실천하고자 아이들도 우리도 함께 노력하였던 시간이었다. 여름의 문화 활동(영화, 연극, 뮤지컬 관람)은 관람 후 이를 미술로 직접 표현해보는 시간으로 연계하였는데, 이 과정에서 도서관 독서 모임의 권○○ 미술 스승님의 도움도 있었다.

가을에 접어들면서 정기 모임은 실질적인 연극 준비 과정에 돌입하였다. 만나면 놀기만 하던 아이들이 어느새 과정의 목표가 연극임을 인지한 듯하였다. 연극에 올릴 작품으로『지각대장 존』을 아이들이 직접 선택하고 자율적으로 역할을 분담하였으며, 역시나 내부 재능 기부로 영화감독이 당시 꿈이었던 중학생 윤○○ 양이 시나리오 작업을 해주었다. 11월 말부터는 매주 만나 시나리오를 완성시키고, 이를 바탕으로 아이들은 연극 연습을 하였다. 또한 포스터와 무대 배경도 미술 스승님과 함께 아이들이 직접 제작하였다. 공연 날짜는 12월 19일, 장소는 광진청소년수련관 소극장으로 잡혔다. 이제 진짜 무대에 올라갈 시간이 되었다.

어떤 상황에서도 아이들은 즐겁다

8개월 동안 적어도 한 달에 한 번, 11월부터는 거의 매주 만나는 것은 쉬운 일은 아니었다. 중간고사와 기말고사가 있는 중학생과 학원 스케줄이 있는 초등 고학년 아이들에게 부담이 됨직한 일정이었다.

초, 중반의 다양한 활동(강연, 실습, 시장 탐방, 문화 공연 관람, 미술 활동, 연극 실습 등)은 중학생에게도 초등학생에게도 아무런 부담없이 즐기기만 하면 되는 시간이었다. 그러나 연극 공연의 실질적 준비로 마냥 바쁜 막바지 기간에는 성인인 우리도 장소 섭외, 무대 준비, 부대사항 챙기기 등으로 점점 여유가 없어졌고, 아이들의 상황도 나빠졌다.

여러 차례의 연습 도중 문제가 생겨 눈물 흘릴 일도 생겼고, 배역이 마음에 들지 않는 순간도, 생각만큼 합이 맞지 않아 아이들끼리 짜증이 나는 순간도 생겼다. 대사가 계속 외워지지 않아 의기소침해지는 순간도 있었다.

그럼에도 불구하고 아이들은 생각이 많은 성인들보다 훨씬 유연하게 모든 상황을 자연스레 받아들이고 또 자연스레 적응해갔다. 정신적으로 육체적으로 바쁘고 힘든 중에 아이들은 어느새 서로를 이해하고 위로하기 시작하였고, 다시 웃음과 활기를 되찾아갔다. 어떤 상황에서도 결국은 즐길 줄 아는 그들이 진정 '능력자'가 아니었을까….

공연이 끝나고 난 뒤

2013년 12월 19일 저녁 7시 30분, 광진청소년수련관 소극장에 〈학교 가는 길〉 음악이 울리면서 공연이 시작되었다. 주위 분들의 도움이 있긴 하였지만, 무대 배경에서부터 음악, 대본, 소품 등에 이르기까지 우리와 아이들의 손길과 정성이 미치지 않은 곳이 없었다.

우리는 우리대로 무대 뒤와 아래에서 각자가 맡은 스태프의 역할을 해내느라 부산스러웠고, 아이들은 아이들대로 찾아와준 관객(주로 가족 친지와 친구들) 앞에서 설렘과 긴장으로 떨리는 것을 견뎌야 했다.

다행히 큰 실수 없이, 심지어 간간이 관객의 웃음도 유발하며 그간 준비한 〈지각대장 존〉의 30분짜리 연극을 성공적으로(!) 마칠 수 있었고, 아이들과 함께한 장장 8개월여 간의 무모한 도전이 막을 내리는 순간이 찾아왔다. 무엇보다 잘 마무리해준 아이들이 너무 대견하였고, 봄부터 겨울까지 2013년 대부분을 함께 계획하고 실천해낸 서로가 새삼 고마워지는 순간이었다.

이제, 무대를 정리하고 불을 꺼야 하는 시간이다. 버○○에서의 처음 시작도, 한여름 열기 속 다양한 활동도, 시간에 쫓겨 허둥대던 가을날들도 그리고 가슴 떨리던 무대의 느낌도 이제 모두 지난 일이 되어 각자의 기억 속에 잊지 못할 '추억'으로 저장될 것이다.

뜻깊은 시간이었음에도 불구하고 다음 사업은 우리끼리 하는 것으로

'부모 커뮤니티 사업' 자체가 내포하는 의미, 즉 부모로서의 '나 자신'과 부모의 '역할(교육적 측면 포함)'에 대한 깊은 고민에 앞서, 함께하면 좋을 것이고 아이들과 함께하면 더더욱 좋을 것이라고 단순하게만 생각했던 우리의 낙관론에 수정이 불가피해졌다. 우리의 좋음과 아이들의 좋음은 그 기준 자체가 다름을 알게 되었기 때문이다.

계획을 세우는 순간 그에 따른 이상적인 결과를 예상하며 관련 과정을 세부적으로 촘촘하게 엮어가는 '어른들'의 매커니즘은 어쩔 수 없이 결과 중심주의로 귀결될 수밖에 없는 반면, '아이들'은 결과를 미리 예상하거나 재단함 없이 무언가를 함께하는 시간 자체에 집중하고 순간의 즐거움을 키워나가는 생명력의 결집체였다. 서로 에너지의 집중도와 박자감이 애초부터 다른 존재라고 해야 할까…. 아이들과 시간을 함께 보내면서 아무리 좋은 어른의 계획도 아이들에게는 일종의 '틀'이 되어버림을 알게 되었고, 서로 다른 아이들 개개의 에너지를 조율해 공동의 목표를 향해 나가는 것도 여간 피곤한 일이 아니었다. 결국 어른들의 '좋은' 계획은 에너지 파장과 속도가 비슷한 우리들끼리 하는 게 가장 덜 '피곤할' 것이라는 깨달음에 이르렀다. 부모로서의 '나 자신'과 부모의 '역할(교육적 측면 포함)'에 대한 깊은 고민은 다시 뒤로하고, 우리는 '생긴 꼴'대로 '어른들'의 행복을 우선시하기로 했고, 그리하여 상대적으로 더 쉬운 길을 택하였다. 앞으로는 그냥 '우리'끼리 하는 것으로.

'나' 부터 바로 세우기

'마을과 함께하는 표현 연극' 부모 커뮤니티 사업활동이 참여자와 책바람에 미친 영향을 생각해본다.

독서회 회원들과 자녀들이 함께 참여한 사업공모가 신의 한수였는지 모르겠다. 이 첫 경험을 통해 아이들을 걱정하기 이전에 부모가 먼저 행복해야겠다는 결론을 내리게 되었다.

행복하려면 어떻게 해야 하나? 무엇이 행복한 삶인가? 나는 어떻게 살고 싶은가? 이것에 대한 나름의 해법을 찾아야겠다고 생각한 이들이 생겼다. 또한 독서회에서 다양한 책 읽기를 오랫동안 하다 보면 어느 순간 진입 장벽이 높은 책들을 마주하게 된다.

회원들이 공통적으로 느낀 문턱이 철학 분야였고, 이것은 단기적으로 해결될 것이 아님을 알고 있었다. 이러한 안팎의 요인들로 인해 자발적으로 만들게 된 것이 '책바람'이라는 철학 스터디 모임이었다.

책바람의 남다른 점

책바람이 타 모임과 다소 다른 점이 있다면, 보다 짜임새 있게 활동하기 위해 사업공모라는 기제를 활용한 점이다. 책임감을 가지고 사업계획을 실행해야 하니 회원들이 높은 응집력을 보여주었다. 이러한 협력은 책바람의 훌륭한 토대가 된다. 마을 공동체를 위한 사업 공모에 참여함으로써 1년 계획을 짜임새 있게 짜고, 지역 주민들과 함께 나눌 수 있는 결과물을 항상 생각하게 되었다. 그리고 이러한 모든 것을 잘하기 위해서는 회원들이 역할 분담하여 협력할 필요가 있었다. 사업부, 회계부, 행사부, 학습부, 카페기록부 등의 조직 구성은 그렇게 해서 만들어졌다. 이렇게 학습으로만 한정짓지 않고 발로 뛰는 실천도 하고자 한 점이 책바람 사람들의 장점이라고 생각한다.

비록 작은 실천이었지만 현실에 앎을 적용하고자 하는 노력을 지속적으로 해왔다. 지역사회를 위한 마을 공동체 행사에 참여하여 책을 판매하고, 그 기금을 필요한 분들께 기부했던 일, 전통시장 근처 주민들을 위한 작은 도서관에 장기간 자원봉사 해왔던 일, 세월호 진상 규명을 위한 침묵 시위 참여 등 독서를 통해 이야기 나누었던 것들을 함께 실천하고자 했다.

뒤늦게 들여다본 아이들의 속마음

사업공모의 첫 경험, '마을과 함께하는 표현 연극' 사업 내용을 정리하면서 아이들은 이 과정을 어떻게 기억하고 있을까 궁금해졌다. 오래된 이야기라 기억을 더듬어야 하는 친구도 있었고, 생생히 그때 느꼈던 바를 적어 보내준 아이도 있었다. 무엇보다 아이들의 글을 함께 실을 수 있어서 기쁘다. 어른과 달리 아이들은 무엇을 배웠는지 알 수 있는 귀한 기회였기 때문이다. 그들도 나름대로의 삶을 잘 살아가고 있었다.

내겐 무척 특별했던 경험 연극 〈지각대장 존〉

- 이도원

마을과 함께하는 표현 연극에 참여한 도원이는 당시 9살이었다. 어린 나이임에도 주인공을 맡으며 느꼈던 책임감을 아직까지도 각별히 기억하고 있었다.

7년 전 초등학교 2학년 때 멋모르고 참여했던 연극 〈지각대장 존〉은 잊고 싶어도 잊을 수 없는 특별한 경험이다. 엄마의 손에 이끌려 어느 건물 2층에 위치한 카페에 간 날이 기억난다. 카페 창가 자리에는 게임을 할 수 있는 태블릿 PC들이 있어서 좋았고, 1학년 때 경주로 같이 여행을 갔었던 형들과 누나를 다시 만나게 되어 반가웠다.

엄마가 속한 책 모임 아줌마들이 앞으로의 계획과 우리가 하게 될 여러 활동과 연극 공연에 대해서 설명을 해주셨지만 제대로 귀에 들어오지 않았고, '해보면 멋있겠는데….'라는 막연한 생각으로 참가했던 것 같다. 그저 형, 누나들이 있어서 좋았고, 그들과 있으니 무엇을 하든 다 재미있을 것 같았다. 연극을 하기 전에 우리는 다양한 활동을 하였다. 다 같이 『해저 2만리』라는 책도 읽었는데, 책이 너무 두꺼워서 언제 다 읽을 수 있을까 막막하고 지겨웠던 기억이 있다. 촬영감독님에게 스마트폰으로 촬영하는 것도 배웠고, 영화를 보고 나서 미술 선생님에게 그림 수업도 받았고, 연극을 하시는 분도 찾아갔었다.

사실 대부분 뚜렷하게 기억나는 것은 아니고, 연극 준비를 시작하기 전에 계속 멤버들과 만나서 무언가를 하면서 바빴던 느낌이 크다. 가장 기억에 남는 것은 멤버들과 시장을 돌아다닌 것과 옹기종기 앉아 칼국수를 먹었던 순간이다. 만약 내가 더 성숙했었다면 더 열심히 참여하고 그래서 더 많은 활동이 기억에 남았을 텐데, 아쉽게도 멤버들과 뛰어다니며 놀았던 몇몇 순간들만 뚜렷할 뿐이다.

연극 얘기로 돌아가서, 우리는 여러 차례 의논한 결과 〈지각대장 존〉을 연극 무대에 올리기로 결정하였다. 무엇보다 책이 짧고 간결해서 우리가 연극으로 옮기기에 가장 좋아 보였다. 연극용 작품이 정해져서 기쁘면서도 그 순간 나는 부담감이 생겼다. 내가 '존'과 이미지가 가장 비슷하다는 이유로 얼떨결에 주인공 역을 맡게 되었기 때문이다. 주인공인 만큼 대본의 양도 꽤 됐다. 주인공이 된 기쁨보다는 그걸 다 외워야 한다는 생각에 막막했다. 하지만, 하루하루 대본을 외우고 연습을 하면서 어느새 자연스럽게 대본이 외워졌다. 물론 연습 도중 힘들었던 순간도 있었다. 존이 누군가에게 맞는 장면을 연습할 때였다. 그때 시간은 이미 늦었고 다리도 아픈데 연습이 끝날 기미가 보이지 않아 그만 너무 힘들어서 울음을 터뜨린 적이 있다. 지금 생각해보면 부끄러운 순간이다. 같이 연습하던 형, 누나들도 똑같이 힘들었을 텐데, 그때는 내가 제일 힘들다고 생각했던 것 같다. 연극 공연 날짜가 다가오면서 부담감과 긴장감이 커졌다. 공연 당일 멀리서 오신 할아버지와 할머니, 친구들 그리고 모르는 사람들 앞에서 무대에 서니 아무것도 보이지 않았고 들리지도 않았다. 〈학교 가는 길〉 음악 소리와 함께 무대에 오른 이후에는 그동안 연습하며 외운 대사를 실수 없이 입 밖으로 내야 한다는 생각뿐이었다. 다행히 무사히 연극은 끝이 났고, 객석에서 박수소리가 들리자 끝이 났다는 생각에 마음이 놓였다. 어렸던 내가 왜 그리 연극에 책임감을 느꼈던 것인지 아직도 난 잘 모르겠다.

7년이 지난 지금, 〈지각대장 존〉을 준비하던 그 8개월간의 경험이 나에게 무엇을 남겼는지 생각해본다. 연극 공연을 준비하고 직접 무대에 올랐던 경험 때문인지 나는 공연과 영화 쪽에 관심이 많은 아이가 되었고, 사람들 앞에 서는 게 여전히 긴장되긴 하지만 그래도 잘할 수 있을 것이라는 자신감도 생긴 것 같다. 그리고 무엇보다 같이 힘을 합하면 못할 게 없다는 것을 알게 되었다. 혼자였다면 힘들어 주저앉는 순간이 많았을 텐데 형, 누나들과 함께 하면서 서로가 서로에게 힘이 되어주는 특별한 경험을 한 것 같다. 이제 중학교 3학년이 된 내가 만약 다시 그때처럼 연극이나 공연을 하게 된다면, 함께하는 사람들을 내가 먼저 위해주고 더 여유 있게 무대를 즐길 수 있을 것 같다.

완벽하지 않았기에 더 소중한, 연극

- 윤희주

연극 당시 초등학교 3학년이던 희주는 주인공을 하고 싶어 울었다고 했다. 그러나 그 이후 아이의 변화는 성장이 무엇인지 입체적으로 보여준다.

연극 〈지각대장 존〉이라는 추억상자를 열었을 때 가장 먼저 떠오르는 모습이 무엇이냐고 묻는다면, 어설픈 사투리를 무대 위에서 처음 내뱉던 순간일 것 같다. 자신만만하게 올라갔지만 막상 무대에 서니 심장이 미친 듯이 뛰었다. 떨리는 목소리로 대사를 치고 내려왔을 때의 설레는 감정을 나는 아직도 잊지 못한다. 처음에 엄마가 연극을 하자고 했을 때 나는 마냥 좋았다. 평소에도 나서는 것을 좋아하는 성격이기도 하고, 내가 좋아하는 사람들과 무엇을 같이 한다는 것 자체가 너무 즐거웠다. 그렇지만 처음의 생각처럼 그리 순탄하지만은 않았다.

사실 나는 주인공이 하고 싶었다. 얼마나 하고 싶었으면 배역을 분담

받은 후 집에 와서 주인공을 못 했다고 엉엉 울었던 것이 아직까지도 기억에 남는다. 지금 생각하면 웃기지만 그때의 나는 꼭 내가 중심이 되어야지만 직성이 풀렸기 때문에 주인공이 아닌 배역으로 하는 연극은 흥미롭지 않다고 생각했다. 이처럼 어린 생각으로 가득 차 있던 나에게 뮤지컬 연습 현장에 공부를 위해 방문한 것은 큰 깨달음을 주었다. 연기에 몰입한 배우들은 배역의 크기와 관계없이 모두 반짝거렸고 오히려 비중이 적은 역할을 맡은 배우가 한순간에 극에 톡톡 튀는 재미를 불어넣었다. 정말 신세계였다.

연극에는 작은 배역이란 없었다. 이를 깨닫고 나니 그동안 작은 배역이라고 속상해만 하던 내가 부끄러워졌다. 나도 우리 연극에서 저 배우분처럼 감초 같은 역할을 완벽히 해내고 싶었다. 그래서 캐릭터에 나만의 색깔을 칠하는 것에 몰두하기 시작했다. 어떻게 보면 밋밋할 수 있는 할머니, 아나운서라는 역할이었지만 충분히 사람들에게 큰 재미를 안겨줄 수 있을 것 같았다. 그래서 떠올린 것이 사투리와 TV 모형이었다. 사투리라는 작은 요소를 첨가했을 뿐인데 할머니는 왠지 모르겠는 친근함이 느껴지는 캐릭터로 변신하였고, 아나운서도 미리 잘라놓은 우드락을 주먹으로 쳐서 TV로 바꾸는 연기를 첨가하니 순식간에 짧지만 강렬한 인상을 주는 캐릭터로 변할 수 있었다.

이렇게 색깔을 칠하고 보니, 정말 나만이 할 수 있는 내 캐릭터라는 생각이 들었고, 더 즐기면서 연극을 마무리할 수 있었다. 또 '함께'의 중요성을 느낄 수 있었다. 한 사람의 아이디어에 다른 사람들의 의견이 더해져 더욱 근사해진다는 것을 많이 느낄 수 있는 시간이었다. 백지로 시작했지만, 함께 시나리오를 짜고, 노래를 고르고, 연기를 연습하면서 발전한 우리의 모습에 나는 깜짝 놀라지 않을 수 없었다.

이때의 연극을 준비하면서, 성공리에 끝맺으면서 한 경험은 나에게 많은 영향을 끼쳤다. 연극에는 작은 배역이 없다는 생각은 그 어떤 작은 일이라도 최선을 다하게 하는 원동력이, 캐릭터에 색깔을 입히던 그 경험은 지금까지도 조별로 활동할 때 다양한 아이디어를 두려움 없이 말할 수 있는 계기가 되었고, '함께'의 즐거움은 내 협동심의 원천이 되었다. 그래서 나에게 연극이라는 추억이 더욱 소중한 것일지도 모르겠다.

7년이 지난 지금까지

- 류현우

자신의 성격이나 태도에 연극 활동이 도움을 주었다고 말하는 현우는 당시 초등학교 3학년이었다. 부끄러움을 타던 남자아이는 어떻게 변화되었을까.

처음에 연극을 직접 제작해서 한다는 것을 들었을 때는 기대보다는 우려가 앞섰고, 별다른 흥미도 없었다. 연극을 보는 것도 좋아하지 않을 뿐더러 하는 것도 초등학교 저학년 때나 좋아했지 고학년이 되고 나서는 사람들 앞에서 연극하는 것이 부끄러웠기 때문이다. 그래서 처음에는 적극적으로 참여하지도 않았고, 그저 빨리 끝내고 싶은 마음밖에 안 들었다. 그런데 시간이 지나고 준비를 하다 보니까 우리가 연극을 하게 될 장소도 구체적으로 드러나고, 날짜도 정해지니 생각이 조금씩 바뀌기 시작했다. 그때 연극을 하는데 구청에서 지원을 해주기도 했고, 연극을 하는 곳이 생각보다 큰 강당에서 한다는 것을 알고 나니 자연스럽게 책임의식이 생겨 그때부터는 전보다 더 적극적으로 참여했다. 내가 맡은 역할에서 애드립도 혼자 생각해 제안해보기도 하고, 연기를 할 때도 역할에 더 몰입해서 했다. 그렇게 준비를 열심히 해서 나름대로 최선의 연기를 본 무대에서 펼쳤고, 오랜 기간 동안 준비했던 연극은 끝이 났다.

7년이 지난 지금까지 그 활동이 기억에 남는 이유는 물론 그때 오랫동안 친구들과 준비를 하며 고생했기 때문이기도 하지만, 그것보다 내가 현재 갖고 있는 성격이나 태도에 그때 했던 연극 활동이 도움을 준 거 같기 때문이다. 그렇게 많은 사람들 앞에서 원래의 내 모습과 많이 다른 역할을 능청스럽게 연기해보고 나니까 그 이후에 학교에서 발표를 할 때 더 자신 있게 말하는 나를 볼 수 있었다. 그 전에는 교실 앞에 나가서 발표하는 게 부끄러웠기 때문에 소극적으로 했었는데, 그때 이후로는 앞에서 다른 친구들보다 더 당당하게 발표를 하며 말하고자 하는 바를 잘 전달하는 것에 훨씬 집중하게 됐다. 연극을 했을 때 우리가 상금이나 보상을 바란 게 아니라 자발적으로 했듯이 학교에서 발표를 할 때도 좋은 점수만을 바라는 것이 아닌 발표 완성도를 높이려 노력하는 태도를 가지게 되었다. 그러다 보니 실제로 학교에서 발표한 내용에 대해서는 매우 좋은 점수를 받기도 했다. 물론 자신 있게 발표하는 태도는 연극이 아니더라도 기를 수 있다. 그런데 자신이 하는 일에 진정 흥미를 갖고 하는 태도는 연습을 통해 되지 않는다. 내가 했던 연극 활동은 대가를 바라지 않고 자발적으로 시작했던 것이기에 이런 활동을 한 경험은 더 이상 결과에 의한 보상만을 쫓지 않고 그 과정을 즐기게 도와줬고, 이에 자연스럽게 좋은 결과를 맺게 해줬다고 생각한다.

나 또한 내가 그런 어른이 될 수 있기를

– 박성현

연극 대본을 만들고 무대음악을 선정하는 등의 역할을 맡아준 성현이는 당시 사춘기라고 볼수있는 중학교 2학년이었다. 아이와 어른의 중간쯤에서 본 이 활동의 의미가 잔잔한 감동을 준다.

2013년 당시, 중학교 2학년 재학 중 부모 커뮤니티 사업인 '마을과 함께하는 표현 연극'에 참여하게 되었다. 연말에 있을 연극을 목표로 공연 기획에 관련된 여러 가지 문화적, 기능적 강연을 듣고 문화 콘텐츠 또한 관람했다. 연극 주제로는 아동 도서 『지각대장 존』을 골랐으며 존의 지각 사유를 선생님이 믿어주지 않아 일어나는 일들을 연극으로 꾸몄다. 연극은 모든 이야기를 책과 똑같이 구성하기보다는 당시 연극에 참여했던 아이들의 상황에 맞는 대사나 현실에서도 있을 수 있는 지각 상황 등을 적절히 원작과 엮어 제작하였다. 7년 전의 일이기 때문에 상황이 연속적으로 기억이 나는 것이 아니라 인상 깊었던 장면만이 드문드문 기억이 난다. 모임이 있지만 시험 준비 때문에 참여를 못 했던 날 불려 나가 칼국수나 수제비를 얻어먹었던, 그런 기억들 말이다. 그런 파편 같은 기억들 중에서 지금까지도 유난히 자주 생각나는 장면들이 있기에 후기 작성에 참여하게 되었다.

먼저 감독님의 촬영 수업이 기억에 남는다. 일단 아버지 친구로 많이 뵈었던 분이 전문적인 지식을 앞에서 설명해주신다는 것이 신기했다. 인상 깊은 활동이었으나, 수업 내용은 사실 기억이 잘 나지 않는다. 하지만 수업 중 다른 나라의 모르는 사람에게 사진을 보내는 어플에 대해 들었던 것은 또렷하게 기억이 나는데, 내가 보낸 사진을 누군가 받아보면 나는 또 다른 사람에게 풍경 사진을 받아보는 형식의 어플이었다. 한 번 보낸 상대에게 다시 보낼 수 없으며, 내가 받아본 사진을 보낸 이에게 답장을 할 수도 없어 내 사진이 어디로 가버렸는지 전혀 알 수 없었는데, 그게 재미있어서 한참 동안이나 카페 밖의 거리를 찍어 누군가에게 보냈던 기억이 있다.

그리고 음악을 선정하고 음향을 담당했던 것도 기억이 난다. 당시 중학생이었기 때문에 시험 준비를 해야 했으며, 책을 읽는 과정에선 초등학생이었던 친구들과의 수준 차이 때문에 활동에 제대로 참여하지 못했다. 따라서 음악 선정 같은 작은 일들을 했는데, 존이 등교를 하는 첫 시작엔 〈학교 가는 길〉을, 존에게 귀신들이 찾아오는 장면에는 섬뜩한 분위기의 〈숨바꼭질〉을 선정했다.

선정한 음악을 리허설에서 틀어봤을 때, 커튼을 조종하고 음향을 조절하는 기계들을 만지며 이렇게 작은 무대에도 연극을 돋보이게 하는 요소들이 곳곳에 세세하게 숨어 있다는 것을 알았다. 존을 위협하는 귀신으로 극에 5초 정도 등장했다 내려왔을 때, 귀신 분장을 보여주기 위해 객석으로 고개를 돌렸던 순간도 아직 기억이 난다. 밝은 무대와 다르게 객석이 정말 까맣게 어두웠기 때문이다. 그때의 노랗고 밝았던 조명은 작은 무대에서 열심히 연극에 참여하는 초등학생 친구들을 환히 비쳐줬을 것이고, 1년 동안 열심히 꾸린 무대를 보러 온 다른 가족들과 친구들은 어두운 객석에서 우리를 바라봤을 것이다.

다시 연극으로부터 7년이 지난 지금으로 돌아와, 기억을 떠올리는 데 도움을 주려고 보내주신 활동지의 계획서와 사업 총평을 볼 수 있었다. 결론은 '어른들이 하고 싶은 것들은 어른들만 하는 게 좋을 것 같다'는 것이었는데, 아이들에겐 아무리 좋은 계획도 '틀'이 될 수 있으며, 서로 활동을 통해 받아들이는 의미가 다르다는 것이다.

위에 적었듯, 당시 중학생이었던 내가 활동 중 별로 의미 없는 시간들을 기억하는 것을 보면 정말로 아이와 어른이 같은 목표를 이루는 것은 조금 어려웠을지도 모른다. 하지만 그때의 엄마가 했던 활동들과 유사한, 학술지 발간과 강연 사업 추진 등의 기획을 하며, 나는 오히려 요즘 그 한 해가 많이 생각이 난다. 하고 싶은 것을 하자는 위의 책바람의 결론과 이어지게, 그때 부모 사업에 '아이'로 참여했던 나는 어른이 된 지금 내가 선택한 집단에서 활동하고 있다. 내가 이런 것처럼, 모두가 완전히 같은 목표를 성취하고 같은 의미를 느끼는 것은 어려웠을지 몰라도 어쨌든 아이들은 7년 동안 천천히 그때의 목표에 맞닿아가고 있는 중인지도 모른다. 또 그 한 해의 경험을 자양분 삼아 어른들이 같이 느끼길 바랐던 의미에 부합하는 어른이 되어가는 중일 수도 있다. 나 또한 내가 그런 어른이 될 수 있기를 바라며, 후기를 마무리하려고 한다.

〈『지각대장 존』을 읽고 미술 활동〉

〈아이들이 직접 만든 무대 배경〉

〈모여서 연습하는 아이들〉

〈공연 당일 연극이 끝난 후〉

책발함,
책發함,
책바람

2장

독서를 통해 '무엇이 행복한 삶인가' 고민했다는 사람들. 아이들과 함께하는 연극을 통해 학부모로서의 역할보다 한 인간으로서 스스로 자신을 정립하고 행복한 삶을 찾아나가는 것이 더 중요하다는 결론을 얻었다고 한다.

그러한 동기가 철학 공부를 시작하게 된 고리가 되었다. 철학 공부가 자신을 그리고 일상을 바꾸는 계기가 되길 바라는 사람들이 모여 함께 움직이기 시작했다.

학습 계획은 어떻게? 연도별 학습 과정 총정리

무거운 책가방을 양손에 들고 오는 사람, 아예 장 보는 수레에 책을 싣고 들어오는 사람, 학습 계획을 세우는 날은 이렇게 모두들 욕심껏 보고 싶은 책들을 들고 나타난다. 공부하는 동안에는 어렵다고, 다음엔 좀 쉬운 책을 읽자고 울상이지만 막상 책을 선정할 땐 이렇게 뜨거운 지적 열망을 드러내는 것이다. 그러나 이것을 뭐라고 할 수도 없다. 이런 설렘으로 다시 고양되어 1년을 공부해가기 때문이다.

책바람의 학습 계획

책바람은 12월에 다음 해에 진행될 학습 계획을 짠다. 1년 매 회에 해당하는 학습량까지 세부적인 계획이 세워지면 거의 흔들림 없이 진행된다. 책바람 회원들 중 철학 분야를 전공한 전문가는 없다. 학습부를 맡고 있는 회원 3~4명이 자료 조사를 하고 멘토라 할 수 있는 선생님들에게 학습 일정표를 보내어 자문을 받는다. 그리고 최종적으로 책바람 회원들과 의논하여 수정하는 과정을 거친다. 계획할 때에는 열정이 앞서 무리한 계획을 세우기도 하는데, 중간 이후쯤 계획표를 조금씩 수정해 조율하기도 했다. 그리고 정말 이해가 안 되는 부분은 도움을 주실 선생님을 찾아 강의를 부탁드렸다. 두드리면 문이 열리듯이 요청을 거절하는 선생님은 한 분도 안 계셨다. 그렇게 그리스 · 로마 원전 연구 학술단체인 정암학당과 고전비평공간 규문, 인문학당 상우에 계시는 선생님들께 많은 도움을 받았다. 우리는 이렇게 귀한 강의를 인문학에 관심 있는 지역 주민들에게도 오픈했다. 선의를 조건 없이 받았으니 그것을 조건 없이 나누는 방식으로 선순환에 일조하고 싶었기 때문이다.

책바람의 학습 과정

함께 모여 공부한 지 벌써 7년이 되어간다. 아직도 어떻게 공부해야 할지 막막했던 처음과 크게 다르지 않다. 하지만 모르면 물어보고 찾아보고, 그때 그때 회원들의 희망사항을 수렴하는 과정에서 마치 살아있는 생물처럼 가지를 치고 뻗어 나왔다. 1년 단위의 학습 계획을 간략히 정리하면 다음과 같다. 조금 더 자세한 과정을 알고 싶으면 표 옆에 있는 QR 코드를 활용해 각 해마다 작성한 학습계획표를 참고하면 좋을 것이다. 다만 '초보자들이 좌충우돌한 무리한 경로이니 따라하지 마세요!'라는 글귀를 꼭 첨부해야 한다는 어느 회원의 조언도 기억해주기를 바란다.

〈책바람의 연도별 학습 계획〉

2014	동서양 철학사 입문 (인강) + 『서양철학사』 『중국철학사』
2015	『향연』 『소크라테스 변론』 『플라톤 – 서양 철학의 기원과 토대』 + 『일리아스』
2016	『에우디프론』 『크립톤』 『파이돈』 『국가』 + 헤로도토스 『역사』 『펠로폰네소스 전쟁사』
2017	『서양철학사』 『니코마코스 윤리학』 『아리스토텔레스의 정치학』 + 『오뒷세이아』 『아이스퀼로스의 비극』 『소포클레스의 비극』
2018	「사기 본기」 「사기 세가」 「사기 열전」
	(2 · 4주 별도 모임) 『지중해 철학 기행』 『축의 시대』
2019	『역사』 『서양사 강의』 『세계사 공부의 기초』 + 『욥기』 『신곡』
	(2 · 4주 별도 모임) 『자유와 행복에 이르는 삶의 기술』 『쾌락』 『노년에 관하여』 등
2020	아우구스티누스 『고백록』 『로마제국 쇠망사』 + 『군주론』 데카르트 『방법서설』
	(2 · 4주 별도 모임) 서양철학사

위의 표에 나온 연도별 학습 계획을 보면 다소 어리둥절할 수 있을 것 같다. 연관성 없이 해마다 각기 진행된 것 같은 느낌이 들기 때문인데, 사실 각각의 변곡점마다 어떤 계기가 있었다.

〈책바람 학습 흐름도〉

고전 텍스트 읽기

책바람회원들의 요구에 따라 동양철학 공부

학습멘토의 조언에 따라 역사공부

	2014년	2015년	2016년	2017년	2018년	2019년	2020년
1.3. 5주	서양철학사 (인터넷강의)	고대그리스철학 원텍스트 읽기	플라톤	아리스토텔레스	동양철학 사마천사기	역사 중세	중세 → 근대
2.4 주	-	-	-	-	지중해 철학 축의시대	헬레니즘. 기타 추천서	서양철학사

처음 1년은 동서양 철학사 개론만 했었다. 고대에서 현대에 이르기까지 방대한 내용을 정리하기도 힘들었지만 무엇 하나 손에 잡히지 않는 허탈함이 컸다. 그래서 그다음 해부터 고전에 해당하는 텍스트를 한 권씩 읽어나가는 방향으로 접근 방식을 바꾸었다. 『향연』과 『소크라테스의 변론』 등을 통하여 소크라테스와 플라톤을 이해하는 방식이었다. 그리고 그다음 해인 2016년에는 고대 그리스의 시대 배경을 알 수 있는 역사책을 추가하였다. 그렇게 2017년 『아리스토텔레스의 정치학』까지 읽고 나니 이 시기에 동양은 어떠했는지 궁금하다는 회원들의 의견이 다수 모여 터닝포인트가 되었다.

역사를 바탕으로 텍스트를 읽어야 한다는 그동안의 경험으로 2018년 사마천의 『사기』를 선택하고 「본기」, 「세가」, 「열전」을 완독하는 학습 계획을 세웠다. 그리고 제자백가의 사상을 소개하는 책과 강의를 함께 들었다. 이때 가장 아쉬운 점이 그동안 읽어왔던 서양 철학고전 읽기를 멈추게 된 점이었는데, 이것을 보완한 방법으로 2 · 4주 모임을 활성화하였다. 1 · 3 · 5주와 별도로 원하는 회원들만 2 · 4주에 모여 『지중해 철학기행』과 『축의 시대』를 읽었다. 『지중해 철학기행』은 그동안 읽어온 고대 그리스철학을 한 번 더 정리해주는 책이었고, 『축의 시대』는 그러한 고전 시기의 동서양을 비교하며 읽을 수 있도록 연결고리를 설명해주는 책이었다. 이렇게 『사기』를 1년에 걸쳐 읽은 후 2019년 학습 계획을 처음 세울 땐, 서양철학을 공부하는 팀과 동양철학을 공부하는 팀으로 나누어 진행할 예정이었다. 그러나 멘토의 조언은 우리의 생각과 달랐다.

앞으로 철학 공부를 계속 진행하려면 우선 세계사에 대한 공부를 선행해야 보다 현실감 있게, 입체적으로 텍스트를 이해할 수 있다는 것이다. 이런 조언을 받아들여 2019년은 서양사 공부를 중점적으로 하게 되었고, 하반기에 중세 기독교철학에 관한 강의 및 텍스트를 접하게 되었다. 그리고 아쉬운 대로 2 · 4주 모임에서 헬레니즘 시대의 책들을 접하고자 에픽테토스, 에피쿠로스, 키케로의 책들을 선정하였다.

드디어 2020년! 중세 기독교 철학과 로마 역사서 그리고 『군주론』, 데카르트의 『방법서설』까지 중세에서 근대로 이어지는 시기의 고전 읽기로 회원들의 의견을 모았다. 2 · 4주 모임은 서양 철학사 개론을 접하지 못했거나 반복하고 싶은 회원들이 공부하는 시간으로 정했다. 6년 만에 초심으로 돌아가는 느낌이 들었다.

책바람에서 학습하는 다양한 방법

처음 10명 남짓 출발했던 책바람의 회원은 현재 20명 가까이 된다. 여럿이 모여 공부를 하다 보면 공부 방법에 대한 의견이 나뉘기도 하고, 각자 처한 상황에 따라 할애할 수 있는 시간이 달라 공부의 속도를 맞추는 데 어려움을 겪기도 한다. 그럼에도 책바람이 큰 문제없이 모두 함께 몇 년간 같은 목표를 향해 전진할 수 있었던 이유 중 하나는 구성원의 의견을 듣고 다양하게 시도했던 학습 방법의 덕도 있지 않을까 싶다. 공부하기 까다롭고 부담스러운 철학 영역의 책을 여럿이 함께 읽기 위해 우리는 다양한 방법을 시도했고, 여러 시행착오 끝에 이제는 선정한 책에 따라 몇 가지 방법을 적용하면서 책바람만의 공부법을 찾아가고 있다. 그동안의 학습 경험을 세 가지 방법으로 간추리면 다음과 같다.

첫 번째 방식은 대부분의 독서 모임에서 진행하는 방식일 것이다. 발제자가 공부할 내용을 정리해 내용 요약 및 토론 진행을 한다. 회원이 돌아가면서 발제를 맡으면 효율적으로 깊이 있게 토론할 수 있어 좋으나, 자신이 맡은 부분만 열심히 하는 경향이 있어 두 번째 방식을 생각하게 되었다.

두 번째 방식은 특정 발제자를 정하지 않고, 참여자가 돌아가며 주요 부분을 낭독하거나 인상 깊은 구절을 소개한 후 모아진 주제로 토론을 진행하는 방식이다. 언제 자신의 차례가 될지 모르니 발제만큼은 아니어도 꼼꼼히 책을 읽고 임해야 한다. 그러나 주요 부분을 읽어가며 진행하니 시간이 많이 걸리고, 핵심을 잡아줄 진행자가 없어 놓치고 가는 일도 생기는 점이 아쉬웠다.

마지막으로 소개할 방식은 회원 모두 각 장별 내용을 요약하고, 그 내용을 공유하여 서로 의견을 나누는 방식이었다. 글의 핵심을 파악하는 훈련을 할 수 있지만 에너지가 많이 필요한 방식이라 한정적으로 적용해야 할 것 같다.

이와 같은 학습 방법을 그 시기의 회원들의 상황과 책의 성격을 감안하여 적용하며 공부를 해왔지만 아직도 매번 어떻게 해야 할지 고민한다. 더 좋은 방법을 찾기 위해 진행한 방식과 학습 내용, 개인적인 느낌을 댓글 형태로 기록하고 있다. 같은 고민을 하시는 분들께 참고가 되었으면 하는 마음으로 구체적 사례를 들어 소개해본다.

학습 사례 1

발제자를 두어 내용 요약하고 모임 진행하기

많은 독서 동아리에서 사용하는 방법으로, 우리는 격주 수요일마다 있는 정기 모임에 정해진 분량을 각자 읽어오되 돌아가면서 발제자를 맡아 발제자가 해당 내용을 요약하고 진행하는 방식을 택했다.

서양철학을 공부하면서 동시대의 동양에선 어떤 일들이 있었을까 자연스레 관심이 생긴 우리는 2017년 하반기부터 '대학'과 '제자백가'에 대한 강의를 들은 것을 시작으로 동양사상의 흐름을 공부하고 싶어졌다.

고대 중국사상을 이해하기 위해서 그 시대의 기록물 중 가장 훌륭하다고 평가받는 사마천의 『사기』(김원중 역, 민음사)를 읽기로 뜻을 모았고, 2018년 한 해 동안 사마천의 『사기』에서 「본기」, 「표」, 「열전」, 「세가」 모두 읽는 것을 목표로 했다.

우리는 긴 호흡으로 천천히 읽어가되 지치지 않기 위해 돌아가며 발제를 하기로 했다. 회원 모두가 한 번씩 모임의 진행자가 되다 보니 책임감을 가지고 집중해서 공부하게 되는 장점이 있었다. 소외되는 회원이 없으니 참여율이 높아져 모임이 활성화되어 좋은 반면, 자신이 발제를 맡지 않은 부분을 소홀히 공부하는 경우가 생기기도 했다. 이를 보완하기 위해 모임이 끝난 후 책바람 인터넷 카페에 그날 모임에서 공부한 내용을 게시글로 정리해 올리고, 회원들은 자신들의 소감을 댓글로 써서 책 내용을 한 번 더 상기하도록 노력했다.

사마천의 『사기』

중국 역사서 가운데 가장 중요한 책 중 하나로 꼽히는 『사기』는 한나라의 태사령이었던 사마천이 저술한 역사서이다.

『사기』는 황제부터 한 무제까지 제왕들의 이야기를 연대순으로 기록한 「본기」, 역사 속 인물들의 전기를 수록한 「열전」, 중요 인물의 언행과 행적과 그에 대한 사마천의 평가를 더한 「세가」와 앞의 기록물에서 다룬 사건들의 시간적 순서를 명확히 정리한 「표」와 문물제도 · 천문역법 · 사회경제생활에 대한 기록인 「서」로 구성되어 있어 그 분량이 방대하고 역사적 가치가 크다.

■ 참고도서

– 『완역 사기 본기 1, 2』 (김영수 역, 알마)
– 『사마천, 인간의 길을 묻다』 (김영수 저, 위즈덤하우스)
– 『사기 열전 상』 (이인호 역, 천지인)

그해 3월 7일, 회원들이 「오태백 세가」와 「오자서 열전」, 「자객 열전」, 「제태공 세가」와 「관안 열전」을 공부한 뒤 남긴 댓글을 함께 실어본다.

– 한국사도 잘 모르면서 찾아보는 재미에 빠져 봤던 『사기』 책이 이제야 작가의 의도가 조금씩 보이고, 오늘 그런 시간을 가졌습니다. 그렇게 천천히 보았던 게 좋았습니다. 사마천의 울분, 사명감, 대의 이런 것들이 오나라와 오자서에게서 투영되어 있어서 더 실감나게 읽었던 거 같아요. 표를 놓고 더 이야기 나누지 못한 점이 아쉬웠어요. 표, 지도, 그리고 본 책 세 가지 통틀어 볼 수 있는 그날을 위해 파이팅해요.

–「오태백 세가」에서 계찰 "만약에 돌아가신 군주의 제사가 없어지지 않고 백성의 군주가 폐위되지 않고 사직이 모셔지고 있으면 우리의 군주이다. 내가 감히 누구를 원망하겠는가? 죽은 사람을 애통해하고 살아 있는 사람을 섬김으로써 하늘의 명을 기다린다. 내가 일으킨 난이 아니라면 왕으로 추대한 누군가를 따르는 것은 선인의 법도이다." 요의 무덤에서 통곡하고는 명을 기다리는 계찰의 모습이 내내 남습니다.

– 누군가를 알아준다. 신분과 지위, 그가 처한 상황 등에 편견을 갖지 않고 그의 가치와 사람됨을 인정하는 게 아닐까 합니다. 진정 나를 알아봐주고 인정해주는 친구가 몇 명이나 될까요?

"여인은 자신을 사랑하는 사람을 위해 단장을 하고 선비는 자신을 알아주는 사람을 위해 목숨을 내놓는다."

– 예양(자객열전)

–「관안 열전」 중 일부 "그리고 나는 세 번 싸움에 나갔다가 세 번 모두 달아났지만 포숙은 나를 겁쟁이라고 하지 않았다. 내가 늙은 어머니를 모시고 있다는 사실을 알았기 때문이다. 공자 규가 임금 자리를 놓고 벌인 싸움에서 졌을 때, 소홀은 스스로 목숨을 끊었으나 나는 붙잡혀 굴욕스러운 몸이 되었다. 그러나 포숙은 나를 부끄러움도 모르는 사람이라고 여기지 않았다. 그것은 내가 자그마한 일에는 부끄러워하지 않지만 천하에 이름을 날리지 못하는 것을 부끄러워함을 알았기 때문이다. 나를 낳아 준 이는 부모이지만 나를 알아준 이는 포숙이다." 지음을 갖고 싶은 것은 인지상정일 텐데…. 문득 떠오르는 물음. '나는 관중이 되고 싶은가 아니면 포숙이 되고 싶은가?' 아마도 이해받고 싶은 것이 먼저일 테지…. 왜 포숙이 더 훌륭한지 알 것도 같은 시간입니다.

–「세가」는 아직도 잘 모르겠지만, 「본기」와 맞춰지는 부분을 찾아가며 보고 있습니다. 중간을 넘어가면 좀 잡히는 것 같은 느낌을 받을 수 있지 않을까 기대하며 읽고 있습니다. 그나마 「열전」하고 같이 하니 다행인 듯합니다. 「세가」가 재미있어지는 그날까지~~

-「세가」의 이야기들은 우리가 알고 있는 오랑캐들의 이야기인데 「본기」의 스토리와 별반 다르지 않다는 게 다시 한 번 어떤 관점을 가지고 바라봐야 하는지에 대해 생각해봅니다. 이렇게 좋은 문구들이 많았다니…. 너무 읽기에만 급급해서…. 다시 음미하며 읽고 싶지만 그럴 시간이 오려는지… ㅋㅋ "사물이 극점에 도달하면 반드시 돌아오게 마련"이라는 사마천의 관점에 한 표를 던집니다.

- 천하의 패자가 된 제나라 환공이 살아생전의 흥성함을 뒤로한 채 그 죽음의 뒷모습이 측은합니다. 삶을 떠나가는 사람과 남아 있는 사람들의 민낯이 탐욕과 오욕으로 얼룩지는 인간사 속에서 많은 생각이 스쳐지나갑니다. 세가 읽기가 자유로워지는 그날까지 홧팅입니다.~^^

"환공이 병이 났을 때, 다섯 공자는 저마다 파당을 만들고 자리를 놓고 다투었다. 환공이 죽자 마침내 서로 공격하였으므로 이 때문에 궁중이 비어 감히 입관시킬 수조차 없었다. 환공의 시신이 침상에 67일이나 있어 시체의 벌레가 문밖까지 기어 나왔다."

학습 사례 2

발제 준비 없이 돌아가며 주요 부분 낭독 후 주제 정해 토론

두 번째 소개할 방법은 낭독과 토론을 병행하는 방법이다.

『니코마코스 윤리학』(아리스토텔레스 저, 강상진 역, 길)을 읽을 때는 별도의 발제자 없이 전원이 돌아가며 각 장의 주요 부분을 낭독 후, 이해가 되지 않은 부분이나 함께 나누고 싶은 주제에 대해 토론하는 방법으로 공부했다.

이 책은 그동안 읽었던 철학고전 중 가장 실생활과 밀접한 내용이었던 것 같다. 이 책을 읽을 때는 각자 읽어온 내용 중 가장 인상 깊었던 부분을 모임에서 함께 나누고, 토론이 필요하다고 생각한 주제를 메모하여 이야기를 나누었다. 발제에 대한 큰 부담없이 원전을 읽게 되고, 여러 사람의 생각을 고루 듣고 이야기하는, 즐거움이 큰 방식이었다.

다만 낭독하는 데 시간이 많이 소요되다 보니 정해진 두 시간 안에 모든 내용을 다 소화하기에 어려움이 있었다.

원래 한 회에 4권씩의 분량을 볼 계획이었지만 함께 주요 부분을 읽어가며 이야기를 나누다 보니 그 절반인 2권 분량까지 읽을 수 있었다.

중심을 잡아주는 진행자가 없어 핵심을 놓칠 수 있는 문제를 보완한다면 혼자 읽기 부담스러운 책을 여럿이서 장기간 여유를 가지고 즐겁게 읽기에 적합한 방법이다.

『니코마코스 윤리학』

고대 그리스 철학자 아리스토텔레스가 자신의 아들 니코마코스에게 들려주는 이야기를 묶은 것으로 추정되는 『니코마코스 윤리학』은 삶의 궁극적 가치가 무엇인지, 그것을 위해 인간이 어떻게 살아가야 하는지 체계적으로 저술된 아리스토텔레스의 철학 원전 번역서이다.

고전 그리스 문명이 지닌 도덕적 세계관의 정점을 보여주는 이 책은 미덕, 중용, 자발성, 정의, 실천적 지혜, 우애, 쾌락과 같은 주요 개념들을 10권으로 나눠 설명하고 인간이 도달할 수 있는 최고의 행복이 관조적인 활동임을 논리적으로 밝혀준다.

아래 내용은 참석자들이 읽은 내용에 관하여 이야기 나누고 싶은 것이나 궁금한 점을 포스트잇에 써서 붙여두고 토론했던 주제들이다.

〈회원들의 생각과 논제가 적힌 쪽지들〉

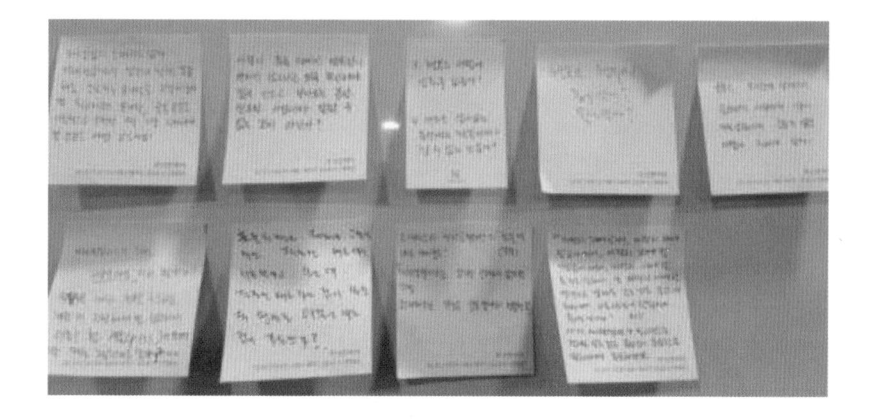

1) 행복은 행위의 동기일까? 목적일까? 또 어떻게 얻을 수 있을까?

2) "마땅히 그래야 할 때, 마땅히 그래야 할 일에 대해, 마땅히 그래야 할 사람들에 대해, 마땅히 그래야 할 목적을 위해서, 또 마땅히 그래야 할 방식으로 감정을 갖는 것은 중간이자 최선이며, 바로 그런 것이 탁월성에 속하는 것이다."(65쪽) 여기서 아리스토텔레스가 보이지 않는 전제로 삼는 것은 무엇인지 추론해봅시다.

3) 소크라테스와 아리스토텔레스의 〈정의〉에 대한 차이점은?

4) 아리스토텔레스에 의하면, 젊은이는 수강생이 될 수 없다고 했는데 과연 젊은이는 정치 수강생이 되는 것을 삼가야 할까? (우리 사회에서 잘 자란 정치꿈나무가 없어서 상황에 밀려 대통령을 뽑는 현실의 예)

이상의 토론거리들에 대해 의견을 나누면서 각자 생각을 정리하고, 카페에 댓글로 정리된 생각을 남기도록 했다.

– 내 삶 속에서의 중용, 원의 중심 과녁 찾기, 그건 또 다른 극단. 어쩐지 별빛 속에서나 찾을 수 있을 것 같던 이데아를 산허리 구름 속에도 찾아볼 수 있을 것 같네요. 아리스토텔레스, 힘들지만 용기 내볼까 합니다. 땅 가까이 왔으니.

– 어쨌든 윤리학은 인간 개개인에 대해 이래라 저래라 하지 않겠냐는 이야기인 만큼 받아들이기가 좀 어렵지 않나 싶어요. 몸과 맘이 많이 굳어져 있는 우리에게는요. 시대적 지역적 차이도 있고요. 하지만

성격적 탁월성과 중용 이야기 나오면서 도표화시킨 감정 행위 등에 대한 분류를 보면 공감되는 부분이 있어요. 기원전 시대 사람들 이야기임에도요. 아 오늘도 소중한 시간이었습니다.

– 개헌 때 투표권 연령을 18세로 낮춰야 한다는 발의가 있을 예정이라는데, 저도 현실(특히 오늘날 이 시국을 맞아 더욱)에서 미래를 살아갈 청년들이 정치나 윤리에 관심을 가져야 한다고 생각해요. 다만, 이 책에서는 향후 6권 5장 이후 실천적 지혜와 정치학, 심사숙고를 함께 읽고 이 부분을 다시 이야기 나누었으면 좋겠어요. 실제 정치에 적용할 실용 개념서로 쓰여진 책이라는 점과 이성적 숙고와 삶의 경험을 통해 얻어진 지혜를 강조하는 아리스토텔레스의 이야기에 한편 긍정하게 되는 부분도 있어서요.

학습 사례 3

회원 모두 각 장별 내용을 요약, 정리하고 공유

마지막으로 소개할 방법은 내용을 꼼꼼히 이해하고 알차게 공부하고 싶을 때 적합한 것으로 요약과 정리에 중점을 두어 공부하는 방법이다.

철학을 공부하다 보니 어떤 사상이나 철학이 등장하고 동시대의 많은 사람들에게 공감을 얻게 된 이유가 궁금해졌고, 텍스트를 제대로 이해하려면 그 시대적 배경과 상황에 대한 이해가 선행되어야 함을 깨닫게 되었다. 역사책을 읽기 전 역사를 공부하는 방법부터 알기 위해 선택한 책이 『역사』(존 아널드 저, 이재만 역, 교유서가)이다.

책의 성격상 꼼꼼히 읽는 것이 좋겠다는 의견이 있어, 각 장별 중요한 내용을 모든 회원이 각자 A4 용지 한 장 분량으로 요약하고, 토의시간에 서로 요약 정리한 것을 비교해보고 질문거리나 토론 주제를 찾아 의견을 나누는 식으로 공부했다. 이렇게 정리하며 읽는 방법은 처음 시도한 것이었는데 무엇이 중요한 논점인지 촉각을 세우게 되며 핵심을 간추리기에 좋은 방식이지만, 에너지가 많이 소요되는 작업이라 적용하기에 좋은 책이 한정적일 수 있다.

『역사』

역사를 공부하기 위한 입문서라 할 만한 이 책은 역사가 무엇인지 역사가는 어떤 방법으로 작업을 하는지 역사책을 통해 독자는 무엇을 얻을 수 있는지 설명해준다.

저자는 '진실'과 '이야기', 두 가지 요소로 역사를 정의한다.

과거의 실제 사건과 사실에 대한 기록물을 예로 들어 역사가가 역사를 탐구하고 이해하는 여러 방식을 알려주고, 역사책을 읽을 때 우리가 가져야 할 태도와 마음가짐에 대해 점검하도록 도와준다.

책이 마무리되는 시점에 소감이나 나누고 싶은 글을 포스트잇에 적어 함께 읽고 이야기를 나누었다. 그리고 인터넷 카페에 이야기 후 정리된 생각을 남겨 기록하였다.

뒷장에 한 회원의 요약 예시를 볼 수 있는데, 각 장의 내용을 세 개의 단락으로 요약을 하고, 그 아래에 각 장을 한 문단으로 최종 요약하고 논제를 한 가지씩 찾아보도록 했다.

내용을 정확히 요약하기 위해 꼼꼼히 읽고 분석하는 습관을 들이게 되어 깊이 있는 독서에 도움이 되나, 시간과 노력이 많이 소요되는 문제가 있어 회원들이 어려움을 호소하기도 했다. 그래도 회원들의 댓글을 보면 책 읽는 데 들인 노력만큼 얻는 것도 커진다는 생각이 든다.

– 역사라고 일컫는 것에 대한 어설픈 오해와 편견은 과거를 낯선 나라의 무덤 속에 잠재워 온 듯하다. 사실과 상상력 속에 버무려진 침묵이 때로는 더 강력한 진실일 수 있음을, 돌고래의 꼬리와 정치의 탑을 넘어 망탈리테에 이르러서도 역사는 언제고 우리의 안일하고 섣부른 판단을 질책할 수 있음을 안다. 인간의 역사는 인간에 의한 역사이기에 불확실성과 아이러니를 간직할 수밖에 없고, 진실로의 시도는 혼돈 속에서도 전진하고자 하는 인간 의지의 지층이다. 그 불완전함에도 불구하고 개개의 삶이 개개의 진실이 되는 과정 속에서 우리의 삶은 변화의 가능성을 열어 두기에, 우리는 끊임없이 되물을 수밖에 없으며, 이러한 진실 탐구의 욕구는 인간 삶의 불안감에 대한 위로인지 모른다. 진실과 마주한다는 것은 한 걸음 더 나아가 더 맑은 시선으로 세상과 우리 자신을 바라보게 하는 공부인 듯……. 오늘도 공부란 걸 해야겠다. ^^

– '진실한 이야기', 역사는 누구(무엇)을 위해 존재하는가? 과거의 진실은 정녕 존재하는가? 과거가 남긴 족적의 틈을 추측하고 선택한 해석인 역사를 우리는 어떻게 선택하고 나의 관점을 만들어야하는가? 역사를 읽는 내내 즐거운 의문들이었습니다. 진실을 쫓지만 영원히 진실을 알 수 없는 그 틈의 매력^^에 흥미를 가질 수 있을 것 같은. 역사를 시작하는 올해 첫 책으로 좋았습니다. 〈역사를 탐구해야 하는 이유는 먼저 "그저 즐거움이다"〉 즐거이 역사 속으로 한 걸음 떼어봅니다.

– 우씨ㅜ 한참 쓰다가 잘못 눌러 내용이 다 날라갔다. 당황스럽다. 처음 이 책의 목차를 훑어보다가 "고양이 죽이기"란 제목을 만났을 때처럼…. 대체 고양이 죽이기와 역사가 뭔 상관이란 말인가ㅋ

"역사를 탐구해야 하고 역사가 중요한 세 가지 대안적인 이유 중 첫 번째는 그저 '즐거움'이다." 길렘 드 로데, 조지 버뎃을 만나 기뻤다고 작가에게 전해주고 싶다.

〈학습 사례3 방법의 실제 예〉

역사

존 H 아널드/이재만

교유서가

제 1 장 살인과 역사에 관한 물음들

1308년 종교재판 기록부에 기록된 길렘 데창 살인사건을 예시로 '역사'와 '역사서술'을 정의한다. '역사서술'은 역사를 쓰는 과정이라는 뜻으로 '역사'는 그 과정의 최종 산물이라는 뜻으로 사용한다.(p18) 역사는 과거에 일어난 진실한 사실이나 사건 중 역사가가 근거에 의존해 선택한 것으로, 과거에 일어난 모든 일들이 역사가 될 수는 없다.(p22)

역사가의 역할은 과거의 사건을 선별하고 기록하여 제시하는 것이다. 역사가는 사람들의 관심과 흥미를 끌만한 익숙하고도 낯선 이야기를 선택하되 반드시 근거와 증거를 가지고 있어야한다. 이 근거는 시대의 관심사, 도덕, 윤리, 철학, 세상이나 사람의 행동에 대한 이해도 등에 따라 변해왔다.(p27) 역사서술은 일어난 사건의 의미를 말하려는 해석의 과정이며 이 과정에는 반드시 공백과 문제, 모순과 불확실한 부분이 있기 때문에 역사가가 자료와 증거를 통해 타당하게 '추측'하는 기술과 노력이 중요하다.(p29)

역사는 역사가들의 논쟁이며 과거와 현재의 논쟁, 실제로 일어난 일과 다음에 일어난 일의 논쟁이다. 역사란 증거와 합치해야 하고 사실에 의존한다는 점에서 '진실'하다. 동시에 역사는 '사실'을 넓은 맥락이나 서사 속에 배치하는 해석이란 뜻에서 '이야기'이다.(p30) 우리는 역사에 대해 생각함으로써 과거와 우리의 관계를 생각해보고 역사가 무엇을 위해 존재하는지 생각해볼 수 있다.

과거에 일어난 모든 사건이 역사로 남지 않는 이유는 역사가가 당대 혹은 후세의 사람들이 관심을 가질만한 사건을 근거를 가지고 선별해 기록하기 때문이다. 이 근거는 시대에 따라 변해왔고 과거의 기록에 남은 증거를 가지고 추후에 해석하는 과정에는 반드시 공백이 생기게 된다. 역사가는 이 과정에서 증거에 합치하는 '사실(진실)'을 기록하되 해석의 과정에 타당한 추측과 상상을 덧붙여 '이야기'로 만들게 된다. 역사는 이 과정의 산물이며 이것은 다양한 논쟁의 결과로 얻어진다. 역사는 과거와 현재의 불평등한 만남이다.

역사가는 사실을 기록하는 기록자이며 그 사실을 설명(해석)하기 위해 상상력을 동원하는 작가이기도 하다. 객관과 주관이 혼재하는 역사(역사서술)에서 우리가 진실을 얻는 방법은 무엇일까?

〈회의록 작성의 예〉

역사_4장 목소리와 침묵, 5장 천릿길의 여정

주제도서 : 역사/존 H. 아널드/교육서가
요약파트 : 4장 목소리와 침묵, 5장 천릿길의 여정

▶일시 : 2019년 3월 6일 수요일 9:30~12:30
▶장소 : 공간 책바람
▶참석 : 13명
A팀: 김○○, 윤○○, 정○○, 조○○, 김○○, 김○○,
B팀: 박○○, 박○○, 김○○, 강○○, 이○○, 김○○ 외 1인

▶각 팀별 진행자의 4,5장 총정리 요약
-역사가가 역사를 탐구하는 과제를 어떻게 시작하는가?

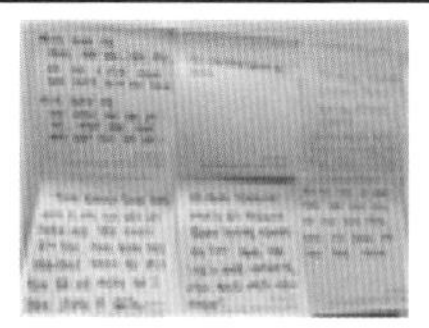

토론 후 소감 글을 공유함

<다음모임>
1. 일시 : 2019년 3월 20일
2. 장소 : 공간 책바람
3. 주제도 요약파트 : 6장 고양이 죽이기, 또는 과거는 낯선 나라인가?
7장 진실 말하기
<참고도서> 고양이 대학살/로버트 단턴/문학과 지성사

책바람이 묻고 멘토가 답하다

'철학, 어떻게 공부할 것인가?'라는 주제로 2014년 책바람에서 강의해 주신 것을 인연으로 지금까지 책바람의 학습 멘토를 해주신 강유원 선생님께 궁금한 점을 여쭤보았다.

강유원 선생님은요,

대학교와 대학원에서 철학을 공부하여 박사 학위를 받은 후 철학, 역사, 문학, 정치학 등에 대한 탐구 성과를 바탕으로 공동 지식과 공통 교양의 확산에 힘써 왔다. 오랫동안 개인 플랫폼에서 '책 읽기 20분'을 진행했으며, CBS '라디오 인문학'과 KBS 제1라디오 '책과 세계' 등 방송에서도 전문 서평가로 활동했다. 『책과 세계』, 『인문 古典 강의』, 『역사 古典 강의』, 『철학 古典 강의』 등을 썼으며, 최근 『책 읽기의 끝과 시작』 을 출판하였다.

1) 철학을 공부하고 싶다면 어떤 책을 어떤 기준으로 골라야 할까요?

철학은 지나치게 추상적인 학문이므로 곧바로 공부하려 해서는 안 됩니다. 역사책을 먼저 읽는 것이 좋습니다. 성급한 마음에 '알기 쉬운…' 부류의 책을 읽는 것은 그리 도움이 되지 않습니다. 자신이 살고 있는 세상과 자기 자신에 대한 객관적 거리두기가 어느 정도 이루어진 다음에 철학에서 사용하는 개념들을 다룬 책들부터 시작하면 좋습니다.

2) 철학 개론서를 공부하던 책바람에 고전 텍스트를 읽으라고 추천하셨는데 그 이유가 궁금합니다.

전문적인 철학 연구자가 되려는 것이 아니라면 철학 개론서는 크게 흥미를 불러일으키지도 않을 뿐더러 오히려 지적인 교만만 키울 뿐입니다. 고전 텍스트를 하나라도 열심히 읽는 것은 그 텍스트가 가진 문제의식을 자신이 나누어 가지고 함께 문제 해결에 동참하는 힘을 줍니다.

3) 고대 그리스 철학, 플라톤을 오늘날의 우리가 공부해야 하는 이유는 뭘까요?

눈앞에 보이는 것만이 우리의 사색의 대상은 아닙니다. 우리는 더러 황당한 꿈을 꾸기도 하고, 뭔가 눈에 보이지 않는 이념 등에 대해서도 깊이 생각합니다. 철학자들 중에서 그러한 이념에 대해 규모 있게 생각하기 시작한 사람은 플라톤이니 한 번은 꼭 읽어보는 것이 당연하다고 할 수 있겠습니다.

4) 2016년 광진정보도서관에서 〈국가〉를 주제로 강의를 해주셨어요. 이런 강의를 다른 곳에서도 많이 하실 텐데 강의를 듣는 학습자(그룹)별로 차이점이 있는지요? 책바람에 대한 선생님의 생각이 궁금합니다.

요즘 세상에, 책에 대한 관심이 있다는 것만으로도 훌륭한 수강생이라고 생각하여 달리 구분을 해보지는 않았습니다. 그렇지만, (1) 뭔가를 알고 있어도 그것을 잠시 접어두고 지금 앞에서 강의하는 사람의 생각을 귀 기울여 듣는 사람, (2) 내가 뭔가를 알고 있음을 강사뿐만 아니라 같이 듣는 사람도 알아주었으면 하는 열망을 가지고 듣는 사람, 이렇게 두 부류로 나눌 수 있겠습니다.

책바람은, 고생스럽게 열심히 하는 사람들이라고 생각합니다.

5) 고전 텍스트를 읽던 중에 헤로도토스의 『역사』와 『펠로폰네소스 전쟁사』 등 역사서를 추천해주셨는데 그 이유가 궁금합니다.

오늘날 우리가 역사라고 부르는 학문 영역이 생기지 않았을 때 세상에 대해 서술한 책들입니다. 그들은 자신들이 역사가라 생각하지 않았을 것입니다. 눈앞에 벌어지고 있는 사태에 대해 '있는 그대로 써보겠다'는 생각을 가지고 그것을 실천하는 것은 쉽지 않습니다. 우리는 일기마저도 정직하게 쓰지 않으니까요. 그런 점에서 그들의 저작에서 배울 점이 있다고 봅니다.

6) 동서양의 고전을 어떤 식으로 접목해서 읽으면 좋을까요?

접목은 어렵습니다. 일단 나누어서 읽고 동서양 불문하고 어느 고전이 내가 가진 궁금증을 잘 해결해주는지 찾아낸 다음, 번갈아가면서 읽으면 적절하겠습니다.

7) 철학을 공부하는 데 선생님이 필요한 이유는 뭘까요?

'스승'은 거창한 말이고, 그저 안내자가 있으면 충분합니다. 등산로에 가면 나무에 붙어 있는 안내 꼬리표와 같은 존재입니다. 길이 익숙해지면 스스로 새로운 길을 만들 수도 있을 것입니다.

8) 책바람이 앞으로 어떤 방향으로 공부하면 좋을지 조언을 부탁드립니다.

앞으로 살아갈 날이 제법 남았습니다. 고통스럽지 않은 노후를 위해 마음의 양식 — 좀 낡은 표현입니다만 — 을 착실히 쌓는다는 다짐으로 책을 읽으면 좋겠습니다.

9) 동양적 사고를 기초하는 문화에서 사는 우리가 서양철학을 공부하면서 겪는 어려움은 어떤 것일까요? 서양철학을 제대로 이해하기 위해 주의할 부분은 무엇인지 알려주세요.

요즘은 동서양 문화가 종횡으로 오고가는 세상이라서 딱히 주의할 만한 점은 없는 듯합니다. 다른 사람은, 다른 사람이니까 나와 다른 생각을 할 수 있다는 마음가짐이면 충분하다고 봅니다.

10) 나이가 드니 눈도 침침해지고 집중하여 책 읽기도 힘이 들어요.^^ 선생님처럼 공부를 놓지 않고 지속할 수 있는 비법이 있을까요? 좋은 생활 습관 같은 것도 좋아요. 도움 되는 팁을 부탁드립니다.

짜장면이 먹고 싶어서 중국집에 갔는데, 곁에 있는 사람이 짬뽕을 먹으면 그게 먹고 싶어지는 게 인간입니다. 인간의 욕구의 대상은 그만큼 유동적이고 가변적입니다. '놀러 가고 싶다'는 마음이 들 때 그걸 참고 책을 읽는 걸 되풀이하면 그게 우리의 머리 속에 각인되어 습관으로 굳어집니다. 다른 동물과 인간의 결정적인 차이점이 바로 습관 만들기가 쉽다는 점입니다. 눈이 침침해지면 곧바로 안경을 마련하는 것이 좋습니다. 돋보기는 자주 바꿔야 하므로 값싼 것을 마련하는 것이 적절합니다.

신입이 묻고
고참이 답하는
궁금한
책바람 이야기

강의를 해주실 선생님은 어떻게 찾나요?
- 다양한 평생학습 기회를 활용하기

– 신입 : 책도 많이 읽으시지만 좋은 선생님들이 오셔서 강의도 해주셨다고 알고 있어요. 그런 강의를 해주실 선생님은 어떤 방법으로 찾으셨나요?

– 고참 : 평소 회원들이 좋은 강의들을 찾아 다녀준 덕분에 가능했어요. 지금은 '서울자유시민대학'으로 명칭이 변경되었는데 좋은 무료 강좌가 많았어요. 그곳에서 철학 강좌를 찾아 듣고 우리 모임의 성격에 맞는 선생님이라 판단한 분들에게 적극적으로 부탁을 드렸어요. 우리 모임의 성격을 말씀드리고 오셔서 도와주십사 하구요. 그렇게 만난 강유원 선생

님은 '철학, 어떻게 공부할 것인가?'를 주제로, 한재훈 선생님은 '동양사상'을 주제로 강연해주셨어요. 특히 강 선생님은 개론서만 훑어보면서 겪게 되는 문제를 말씀해주셨어요. 회원들이 어렵고 지루한 과정 중에 회의감이 들기도 하고, 개론서 공부만으로는 직접적으로 마음에 와 닿는 것이 많지 않을 거란 거였죠. 그 문제를 해결하는 방법으로 철학 원전을 함께 읽는 커리큘럼을 짜는 것이 좋겠다는 고마운 조언을 주셨지요. 고전 텍스트를 음미하는 즐거움을 느껴보라 하셨어요. 그런 과정을 거쳐 2015년 두 번째 해에는 플라톤의 『향연』으로 다시 시작하게 되었어요.

서울자유시민대학?

서울자유시민대학은 서울시내 62개소 오프라인 학습장을 통해 인문교양 강좌를 개설하여, 서울시민 누구나 참여할 수 있는 서울시 대표 평생학습 기관이다. 서울시평생학습포털(sll.seoul.go.kr)을 통한 강의 정보 확인 및 수강신청이 가능하다.

중도 포기를 외친 회원은 없었나요?
- 속도 조절과 새로운 방법 찾기

– 신입 : 이름만 들어도 어려운 책들이니 쉽지만은 않은 공부였을 것 같아요. 커리큘럼에 불만을 표시하거나 중간에 포기하는 회원은 없었나요?

– 고참 : 물론 중간중간 고비는 많았었죠. 회원 모두가 어려워했어요. 그래도 모두 자발적으로 함께 만든 모임이니 포기하거나 하지 않고 속도도 조절하며 읽어왔어요. 어렵고 딱딱한 책만 읽지 않고 각자 원하는 책이 있으면 추천을 해서 함께 읽기도 하고, 책바람 안에서 오픈북 클럽을 만들어 소규모로 읽기도 하고 자신에게 맞는 책 읽기 방법을 찾기도 했지요. 무엇보다 모든 회원이 낙오되거나 소외되지 않도록 고민하는 학습부의 노력도 중요했던 것 같아요.

책바람 회원 모두 맡은 역할이 있다고?
- 책바람은 회원 모두의 마음과 노력이 모여 이뤄진다

– 신입 : 아, 그러고 보니 책바람의 회원들은 회원이 됨과 동시에 업무를 나눠 맡게 되네요. 저도 처음 가입하고 바로 행사부 소속이 되었어요. 지금은 학습부로 옮겼습니다만…. 책바람은 어떻게 구성되어 있나요?

– 고참 : 책바람의 구성은 스터디 진행과 커리큘럼 구성을 중점적으로 맡는 학습부와 회원들의 감성에 도움이 되는 야외 활동이나 공연 전시 관람 등을 기획하고 실행하는 행사부, 책바람 전체 운영과 회계를 맡는 운영부와 기록을 맡는 기록부로 나눌 수 있어요. 회원 모두 소속감과 책임감을 가지고 모임에서 참여하도록 입회와 동시에 소속과 역할을 나누고 매해 스터디 계획을 논의할 때 희망하는 부서로 이동을 할 기회를 주고 있어요. 다른 부서로 스카웃 되는 회원도 있고, 책임 있는 자리를 맡

게 되기도 해요. 이건 처음부터 회칙으로 정한 것이었어요. 책 읽기만 하는 모임이 아니라 다양한 경험을 함께 하고 행복한 시간을 만드는 것도 우리 모임의 중요한 목적 중 하나이기도 하니까요. 매번 모임 이후에 함께 하는 식사시간이나 분기마다 있는 야외 행사는 책바람 회원들에게 무척 소중한 시간이어서 때론 그 시간을 더 기대하는 회원도 많답니다.

회비와 벌금? 어디에 어떻게 쓰이나요?
- 좋은 강의를 듣고 문화 감성을 키우는 책바람 회원들

– 신입 : 처음 야외 행사로 도자기 만들기와 백남준 전시를 체험하고 무척 즐거웠던 기억이 나네요. 그런 행사를 기획하거나 좋은 강의를 초빙해 들으려면 꽤 많은 비용이 들 텐데 그 비용은 어떻게 마련하나요?

– 고참 : 모든 책바람의 회원들은 회칙에 따라 매년 일정액의 연간 회원비를 납부해요. 생각하기에 따라 부담이 될 수도 있는 금액이지만 우리에게 꼭 필요한 좋은 강의를 해주실 선생님께 감사의 뜻으로 드리는 강의료로 일부 쓰이고, 회원들의 경조사와 분기별 야외 활동에 사용되고 있지요. 그중 일부는 모임에 활력을 주는 다과비로 사용도 된답니다.

– 신입 : 모임에 지각을 하거나 댓글을 안 다는 회원들에게 지각비를 걷는 것을 보았어요. 작은 금액이지만 모두 웃으며 벌금을 내는 것이 아주 인상적이던데, 그 돈은 어떻게 사용되나요?

– 고참 : 모임이 오래 되다 보면 서로 그러려니 하는 부분이 생겨 모임이 느슨해지기도 해요. 공부시간에 늦는다거나 책을 소홀히 읽는다거나 공부한 내용을 복기하는 걸 귀찮게 느끼게도 되죠. 벌금제도는 처음엔 장난처럼 시작했어요. 서로 잘 알고 익숙해지면서 앞서 말한 문제들이 하나씩 나타나고 누가 먼저랄 것도 없이 우리 이래선 안 되겠다, 벌금이라도 내서 모임 분위기가 흐트러지지 않게 하자는 이야기가 나왔죠. 얼마 안 될 거라 생각한 벌금이 꽤 모인 때도 있었는데 그 금액을 보니 반성도 되고 본전 생각에 더 열심히 해야지 하게도 되더군요. 하하. 다들 그런 마음이기에 웃으며 벌금을 내고, 쌓인 벌금이 회비에 기증되어도 불만이 없는 것 아닐까요?

또 다른 책바람을 꿈꾸는 이들이 있다면?
- 일단 겁내지 말고 도전하라

– 신입 : 마지막으로 책 모임을 새로 시작하려 하거나 철학 공부에 관심을 가진 분들에게 이것만은 하라, 혹은 하지 말라고 하고 싶은 이야기가 있나요?

– 고참 : 누가 등 떠미는 것도 아니고 돈이 되는 것도 아닌, 내가 좋아서 하는 일에 감히 누가 '감 놔라 배 놔라' 할 수 있을까요. 그래서 신입들에게 전하는 이야기보다는 제가 책바람을 시작하면서 책 읽기에 대한 저의 다짐을 올려봅니다.

1. 너무 열심히, 혼자서 최선을 다하지 말자.

책 읽기를 평생 즐겁게 하기 위해서 나에게 맞는 속도를 찾자. 그리고 혼자 달리거나 지쳐서 낙오되지 말고 동아리 회원들과 보폭을 맞춰 함께 가자.

2. 중간에 포기하지 말고 끝까지 가자.

'공부를 하지 않을 이유는 많지만 공부를 해야 하는 이유는 바로 나 자신을 위해서다.' (우응순 선생님 강연 말씀 중) 학생이 아닌 우리는 공부를 하지 않을 이유가 너무 많다. 그럼에도 불구하고 포기하지 말고 나 자신을 위해 공부하기(책 읽기)를 선택하자.

3. 책 읽는 시간보다 책을 통해 충분히 생각하자.

해가 갈수록 읽은 책은 쌓여가지만 점점 기억력은 쇠퇴한다. 나빠지는 머리로 기억하려 하지 말고 책을 읽으면서 사고하고 생각이 변화하는 과정을 충분히 갖도록 하자.

회원들이 말하는 '책바람' 이야기

3장

'글을 보냈습니다!'라는 문자가 차곡차곡 쌓였다. 회원들에게 책바람은 어떤 곳인지, 자신에게 어떤 의미가 있는지 글을 써달라고 했더니 모두들 두말 않고 진솔한 글을 보내주었다.

사실 '책바람'을 '책바람'으로 만들어주는 것은 '책바람 회원들'이다. 회원들의 다양한 개성만큼 그들의 글도 다채롭다. 오랜 시간 함께했음에도 불구하고 처음으로 알게 된 사연도 있고, 묵직한 감동을 주는 부분도 있어서 글을 모으는 일이 마치 선물을 받는 것과 같았다. 자화자찬하는 것 같아 부끄럽기는 하지만, 이 글들 안에서 '책바람'이 뿜어내는 에너지의 동력은 어디에서 오는 것인지 느껴보시길 바라는 마음으로 글을 묶었다.

책바람,
그 곳은 …

- 김미리

커피 한잔의 여유를 즐기며 책 읽기를 사랑하고, 절대 진리를 추구하면서 타인을 헤아리고자 노력하는 일인입니다. 사람이 자연을 사랑하기를 노력해야 산이 사람을 품게 된다는 것을 깨달은 후 마르지 않는 생수를 갈구하고 있습니다.

허당스러움과 진지함을 공유하는 곳.

(허당 담당 : 황모 쌤과 강모 쌤 / 진지 담당 : 박모쌤과 김모 쌤)

몸과 마음의 힐링을 할 수 있는 곳.

(힐링 담당 : 글쎄, 대화하다 그렇게 됨;;;)

우울한 사람도 고래처럼 춤추게 하는 곳.

(웃음 비타민 담당 윤모 쌤과 조모 쌤)

익살스러움, 유머, 재미, 즐거움, 위안, 평안, 웃음….

이곳에 다 있도다! 개콘 장소인가? 아니면 심리상담소인가? 하하. 오해는 마시길. 이곳은 커피 한잔과 독서를 통해 마음을 통하는 곳입니다. 가장 중요한 것은 진지하지만 결코 어렵지 않다는 것. 다들 처음 읽는 저서들이라는 것. 모르는데 목소리는 하나같이 크다는 것! (그녀들의 허당스러움은 여기에 있었다.)

무엇을 배우는가

핵심은 철학 서적, 그 다음에 서양사, 동양사, 동서양의 고대 · 중세 고전 등을 읽고 있다.

책바람의 매력

1) 누구나 좋아하는 소풍을 갑니다. 김밥 싸 가는 산행? 노노!! 도자기도 만들고, 미술관도 가고 때론 소그룹으로 영화도 본다. 식사도 하고 약간의 주(酒)도 함께~

2) 웃음이 많다. 아이들의 순수함처럼 너무 해맑게 웃으시는 선생님들 덕에 한바탕 웃고 나오게 된다.

3) 먹을 것이 많다. 거의 모임 때마다 먹을 것이 풍족하다. 책세계도 식후경이 필요한 책바람이다.

4) 차 재료가 신선하다. 생강차부터 자몽차에 이르기까지 손수 다 깎고, 넣고 만든다. 구라 선생님은 손이 다 부르트셨다는 전설이…. 여하튼 신선해서 맛있다.

5) 결코 조용한 적이 없었다. 때로는 내 목소리를 내어 '전지적 내가 시점'이 되고 싶으신 분에게는 딱이다.

공간 활용

공간을 빌려, 소그룹 독서나 상담, 공부를 할 수 있다. 때론 독서 후 영화 관람도 가능. 일반 커피숍처럼 차 한잔의 고독함도 즐길 수 있다. 동아리 활용과 오픈 북클럽도 진행 중. 책과 관련된 아이디어면 언제든 사용할 수 있다. 무엇보다 커피를 주시는 선생님들이 미인이라는 점. (믿거나 말거나)

도대체 뭐하는 공간이냐? 궁금하지 않는가. 앎에 대한 순수 열정 그 것 하나만 가지고 오시면 된다. 편한 마음과 재미로 책을 읽고 토론할 수 있는 공간!! 타 독서회와 차별화하는 점은 깊이 있으면서 레알 편한 웃음으로 나눌 수 있다는 점이다. 그것 하나면 족하지 않겠는가! 20대 이후의 연령과 성별 상관없이 편함을 선사하는 공간.

책바람의 매력도

- 박정희

공부하기를 좋아하나 블랙홀처럼 빨아들이기만 하다가 이제야 작은 출구를 찾은 일인입니다.

사람을 좋아하는 특별한 방법이 있을까마는 나에겐 어떤 사람을 좋아하게 되는 과정이 있다. 어느 날 문득 상대방의 장점이 햇살처럼 빛나 보이면 그에게 무조건 마음이 갔다. 타인의 빛나는 부분에 대한 관심이 많다고 해야 할까? 어쨌든 나는 사람을 좋아하고 타인의 장점에도 민감하다. 책바람에는 참으로 다양한 장점을 가진 사람들이 모여 있다. 서로 너무나도 다르지만 그 다름이 묘하게 조화를 이룬다. 예전에 봤던 책에서 집단을 사람처럼 매력도를 매기는 문항을 본 적이 있다. 지금 구체적인 항목은 기억이 안 나지만, 대부분이 다 책바람에 해당되어 '아, 이런 걸 말하는 거였군.' 이론적 내용이 확 실감났던 적이 있다. 나에게 그들은 모두 빛나는 부분을 보여준다. 그래서 책바람 회원들은 나에게 참으로 매력적이다. 각 개인 간 느끼는 매력도 있지만 이들이 모여 만든 시너지는 더 좋다.

책바람에서 우리는 서로를 선생님이란 호칭으로 부른다. 줄여서 '누구누구 샘!'이라고 부르면 그 순간 나이와 상관없이 수평적 구조를 이루어 좋다. 조금 더 친해지면 나이를 물어보지만 그것이 그리 큰 영향을 미치지 않는다. 오히려 나이보다, 모르고 있던 무엇인가를 탁! 집어줄 때 '오~~' 하고 엄지손가락을 세워 인정해준다. 그런데 신기하게도 매번 손가락을 세워 감탄하는 상대가 달라진다. 다양한 사람들이 모여서 각자의 개성을 잘 드러내기도 하고, 작은 것에도 잘 감동하는 사람들이 모인 탓이다. 이처럼 분위기가 경쟁적이지 않은데, 그건 아마도 공부한 내용을 시험 보지 않아서인 것 같다. 예전에 누군가가 이렇게 말했다. "우리들도 아이들처럼 공부한 내용을 시험 보고 결과를 집에 우편으로 보내 남편과 아이들이 보게 한다면 어떨까?" 그때 다들 고개를 절레절레 흔들었는데, 늘 그런 일을 당하는 아이들을 생각하며 우리가 얼마나 그들에게 폭력적인 시스템을 갖추었는지 이야기했던 것 같다. 역지사지가 최고의 스승이다. 이런 수다를 이어가며 우린 서로에게 생각거리를 제공했다.

일반적으로 독서회에 참여하는 사람들은 적극적인 것 같다. 책바람 회원들도 에너지가 넘치고, 책을 읽는 것이든 뭐든, 생활에 임하는 태도가 적극적이다. 말을 잘하는 사람도 많고 해서 늘 대화가 끊이지 않는다. 심각하거나 진지한 내용도 금방 드라마 수다로 이어지는 통에 웃음이 터지는 경우가 다반사이다. 이렇듯 이론적인 것과 일상이 뒤섞이고 고급과 저렴이 경계가 없는 이런 분위기가 책바람의 가장 큰 매력이 아닐까 생각한다. 비슷한 경험으로부터 오는 공감대와 회원들의 따뜻한 격려 그리고 빵 터지는 웃음으로, 나는 책바람에서 스트레스를 해소하고 허기진 사회적 관계를 충전한다.

이쯤하면 책바람의 매력도를 충분히 설명했는지 모르겠다. 어쨌든 오늘도 책바람은 다양한 장점을 가진 회원들이 제각기 빛나는 부분을 쏟아낼 수 있는 너른 마당이 되어주고 있다. 생동감 넘치는 시골 5일장처럼 수요일마다 시끌벅적 열리는 책바람의 매력도는? 99!

앞서가도
따라가도
때론 끌려가도
'함께 가기'

- 조현경

뜻한 대로 하고자 꾸준히 노력하며 해마다 피는 제비꽃처럼 혼자서는 결코 빛나지 않는, 함께 어우러져 살고자 합니다.

책바람은 한 해 마무리를 하면서 내년에 학습할 커리큘럼을 전체 회원이 함께 정한다. 누가 등 떠미는 것도 아닌데 우리는 덜컥 또, 공부해보기로 한다. 어떻게 하려고 이러나 싶기도 하지만 그렇게 7번째 새해를 맞이하고 있다.

"이 길이 아닌가 봐. 난 틀렸어. 너무 어려워요." 신입이었던 첫 해에 자주 했던 말이다. 책바람에 호기롭게 들어왔으나 철학에 대한 배경지식이 전무한 채로 플라톤의 이론을 이해하기에는 너무 어려웠다. 행복하자고 시작한 일이었는데 발제를 맡은 날에는 그 부담에 책바람을 그만두어야 하는지 고민해야 했다. 그 기억 속에 '책바람'이 내뿜는 어떤 마

(magic, 악마 아님 주의!)의 에너지가 있어 여기까지 온 것 같다.

몇 해 전, 대입고사를 준비하는 아이와 함께한다는 생각으로 정말 열심히 공부한 적이 있다. 1년 동안 계획한 『사기』(사마천 저, 김원중 역)를 참고도서와 논문까지 찾아보며 분석하듯 읽고, 공부한 이야기를 다 풀고 싶은 욕심에 책바람 회원들과 함께 나누어야 하는 시간을 빼앗아 혼자 달렸다. 물론, 지식과 정보를 찾아 모으고 전하는 일이 재밌기도 했지만 오래가지 못하고 지쳐버렸다. 책바람은 열정만 가득한 모난 모습도 격려하며 나에게 맞는 방법과 속도를 찾기 위해 한동안을 기다려주었다. 모든 책을 빠른 걸음으로 보폭을 넓게 하며 읽을 수는 없다. 가끔씩 읽기 어려울 때는 다른 회원이 열심히 준비해서 끌어주면 그 열정에 감사하며 따라간다. 그리고 좋은 에너지에 힘 받아 우리도 함께 가고자 애쓰면 된다. "함께"가 좋은 이유는 '서로의 속도가 달라서'일 때가 많다. 매번 똑같은 보폭을 갖지 않더라도 따라가거나 (때론 이끌려가도) 앞서 이끌고 갈 때도 있다. 그러다 보면 놀랍게도 우리는 어느덧 연말에 계획했던 그곳에 와 있다. 그렇게 7년을 이어져왔다. 그리고 다음 주 모임에 읽기로 한 『서양사 강의』, 그 어려운 걸 또 읽어낼 것이다.

"나만 모르는 것 같아요. 너무 어려워요."라는 신입회원의 말에 나는 그때의 나를 이끌어주었던 이들이 그랬듯이 "사실 저도 모르겠어요. 책바람은 정말 그렇죠?"라고 말한다. 책바람에 들어와 5년이 되었어도 여전히 이곳에서 읽는 책은 어렵다.(물론 다른 책들이 쉽다는 이야기는 절대 아니다.) "그런데 이 어려운 걸 같이 읽으면, 또 읽어지더라구요."라고 하면 고개를 끄덕이며 함께 웃게 된다. '책은 한 권 한 권이 하나의 세계이다'라고 했던가? 책바람은 함께 읽으며 각자의 세계를 쌓아가고 그 세계를 서로 공유한다. 혼자 책을 읽다가 문득, '이 부분은 책바람 회원들은 어떻게 생각할까?' 혹은, 어쩌다 좋은 책을 발견하면 '책바람 회원들에게 알려줘야지.'라는 생각이 든다.(물론, 그들은 원하지 않을 수도 있겠다.) 내가 모르는, 함께 나누고 싶은, 전하고 싶은 어떤 이야기라도 모두 함께 나눌 준비가 되어 있는 그들이기에 버틸 수 있었고, 이제는 나도 누군가에게 그 버팀을 가능하게 하는 사람이 되어간다.

책과 먼지

- 윤경숙

단단한 돌멩이, 단순한 길똥이, 단란한 맹꽁이, 그런 나!

'책 읽는 시간에 집안일을 더 하는 것이 중요하지 않나?'는 10년 넘게 지리하게 이어져 온 우리 집 큰아들(남편)의 질문! 질문에 대한 답을 한다면 때로는 진지하게 책 읽기의 장점과 필요성을 논하기도 하고, 자고로 집안일은 해도 티 안 나고 안 하면 티 나는 아주 머리 아픈 일이라고 항변하다가 그나마도 귀찮으면 눈을 흘겨 공포감을 조성하거나, "아, 네! 네!" 하면서 건성으로 넘기기도 했다. 구체적으로 집 안 곳곳에 자리 잡고 있는 먼지에 대한 지적을 많이 받는다. 큰아들이 알레르기가 심해 병원 검사를 했더니 먼지에 대한 반응이 제일 큰 원인으로 나오면서 먼지에 대한 길고 긴 싸움이 시작된 것이다.

이유야 어쨌든 스트레스 받는다 하니 같이 사는 가족으로서 최선을 다

하는 척하지만, 바라는 사람의 눈높이에 맞추는 일이 보통은 아니다.

오늘도 아침식사 후 바로 청소를 시작해본다. 청소기가 돌아간 자리를 뒤돌아보면 언제 청소기가 왔다 갔냐는 듯 약 올리며 눈에 띄는 먼지라는 녀석! 정말 적응 안 되고 만만치 않다. 스트레스다. 애써 외면하고 '흥~ 내일 보자, 이놈아!' 하고 책과 여유 있는 시간을 같이한 후 장보고 집에 들어와 보니 아까 외면한 먼지라는 놈이 날 기다린다. 분명 재활용도 했는데 아이들이 각자 자기 방에서 들고 나온 각종 일회용품이 그새 통을 채우고 나를 맞이한다. 아, 정말~~~ 스트레스 만땅이다. 내내 투덜거리다가 문득 책과 먼지의 공통점이 떠올랐다. 두 놈 다 나랑 같이 간다는 것이다. 그럼 외면하고 귀찮다고 될 문제가 아니다. 분석을 해본다. 어라 생각보다 많네.

첫째, 멀리서 보면 안 보인다. 존재감이 없다. 먼지가 있는지 뭐가 쓰여 있는지 가까이 다가가야만 존재감을 드러낸다. 쌓인 게 보이고 눈으로 읽을 수 있다.

둘째, 셀 수 없다는 것이다. 죽을 때까지 세도 못 센다. 먼지라는 놈도 책 속의 글자라는 놈도 말이다.

셋째, 끊임없이 생겨난다. 가만히 있어도~ 움직여도~ 잊어버려도~ 사는 곳이 어디든 간에~ 어디서 생겨나는지 궁금하고 싶지도 않다.

넷째, 꼼꼼하게 제거하거나 정독해야 한다는 것이다. 몸이 잽싼 나는 보이는 곳 청소는 번개같이 해버린다. 근데 화장대 위 화장품 뚜껑이나 침대 벽 쪽 모서리 등 구석지거나 디테일한 곳의 먼지까지는 쉽지 않다. 그런데 그 부분을 꼭 집어 지적질을 해대니 아, 진짜…. 책도 그렇다. 대충 보면 아무 의미가 없다. 눈만 나빠질 뿐. 정독을 해야 남는다.

다섯째는 해도 티 안 나고 안 하면 티 난다. 매일 돌리고 털어도 읽어도 쉽게 티는 안 나고 손 놓거나 안 보면 나중에 꼭 안 한 티, 안 읽은 티가 난다는 것이다.

여섯째, 죽을 때까지 따라 다닐 것이다. 털어내고 내도 끝이 없다. 읽어도 읽어도 또 읽을게 생긴다.

가장 절망적인 것은 일곱째이다. 열심히 의미를 찾고 싶으나 쉽지 않다. 청소해도 읽어내도 돌아서면 까먹는다. 그저 스쳐지나갈 뿐~

더 있겠지? 찾을 수 있을 때까지 찾아보자. 투덜거린다고 해결될 것도 아니고 나만의 방법을 찾아보자. 책바람 회원들의 도움이 필요하다. 좋아할 것이다. 책과 먼지에 대한 이야깃거리. 이상 7가지 공통점을 찾으며 혼자 깔깔대본다. 먼지에 대해 이렇게 긍정적으로 받아들이고 같이 가고자 하는 나만큼 우리 집 큰아들도 책에 대해 같은 맘을 가질 수 있도록 꼬셔봐야겠다.

다시 돌아온 책바람

- 장수정

남녀 쌍둥이를 키우고 있는 평범한 맘입니다. 19년 동안 아이들만 바라보다 이제야 자유의 몸이 된 미련한 엄마이구요~ 이제는 나를 위한 삶을 살려합니다. 재미나고 보람된 삶을.

책을 그다지 좋아하지 않았던 내가 아이들의 독서 습관을 들이기 위해 평일에는 혼자, 주말에는 아이들과 도서관을 다니며 책을 읽기 시작했다. 그러던 차에 독서회에 들어가자는 친구의 제안을 받았다. 부족하지만 좋은 기회인 거 같아 겁 없이 들어가게 된 독서회를 따뜻하게 반겨주고 재미있는 선생님들 덕분에 즐겁게 다니게 되었다. 그리고 책바람을 만들자는 제안에도 얼떨결에 동참하게 되었다. 독서회 때부터 선생님들의 지식과 능력에 감탄했었는데 철학 공부를 하면서 점점 나의 부족함과 게으름에 고개를 숙이게 되었다. 그러면서도 항상 내 자신을 합리화하고 있었다. '나는 일을 하고 있고, 많이 바빠 책을 제대로 읽지 못하는 것이다.'라고. 그러던 중 이사를 하고 자영업을 시작한다는 새로운 핑계가 생기면서 책바람을 떠나게 되었다. 선생님들과의 만남은 너무도 즐겁고 좋았지만 어려운 책을 읽고 이해하고 토론하는 것은 나에게 큰 부담으로 다가와 스트레스가 쌓이기 시작했기 때문이었다. 하지만 선생님들과의 만남은 계속하고 싶어 카톡방은 나가질 않았다. 책바람과 함께하지는 못했지만 선생님들의 근황과 활동들은 카톡방을 통해 항상 마주하고 있었다.

책바람을 시작할 때부터 선생님들의 최종 목표는 책 읽는 공간을 만들어 마을 사람들과 함께 나누는 만남의 장소를 갖는 것이었다. 그 당시엔 불가능하겠지만 실행된다면 '나도 꼭 같이 하고 싶다.'라는 생각을 하고 있었다. 그런데 2016년 책바람을 떠날 때는 설마 '그게 실현되겠어? 어림없지.'라고 생각했다. 그리고 책바람도 지금과 같이 책 읽고 서로 토론하는 모임 정도, 가끔 강사님 초빙해서 강의 듣는 정도에 그칠 거라 생각했다.

책바람을 떠난 지 3년이 지났다. 선생님들이 활동하는 것만 보는 걸로 만족해하며 내 머릿속은 점점 비워지고 있었다. 더 이상 '나는 저 자리에 함께하기 힘들겠구나.'라는 생각을 밑바탕에 깔며 먼발치에서 바라만 보고 있었다. 지치지 않는 열정과 새로운 도전을 보면서 부러워하고 선생님들이 가진 여유로움을 동경하며 나의 처한 상황을 비관하면서 점점 더 책바람과 멀어지고 있었다.

2019년 1월 14일 톡방에 사진이 올라오기 시작했다. 카페를 오픈한다는…. '드디어 선생님들이 해냈구나!' 너무도 대단한 일을 해낸 선생님들에게 축하인사를 하기 위해 간 자리에서, 축하인사 하러 간 나보다 더 반겨주시는 선생님들을 보는 순간 옛날의 좋았던 기억들이 새록새록 피어나기 시작했다. 항상 에너지가 넘치는 윤○○선생님이 주축이 되어 7명의 선생님들이 의기투합해서 공간 책바람을 만들었다고 한다. '나도 계속 있었다면 여기 멤버가 되었겠지.'라는 생각을 잠시 하게 되었다.

책바람에 다시 들어오라는 선생님들의 권유로 마지못해 2 · 4주 편하게 진행되는 프로그램에 참여하고 있다. 여전히 부족하지만 책바람에 적을 두고 글과 친해지고자 노력하고 있다. 지금 상황이 2016년보다 더 좋은 것도 아니고, 더 바빠지고 힘들지만 좋은 사람들과 함께할 수 있어서 행복하다.

책 모임 장수 비결

- 김옥자

나는 나무같은 사람입니다. 하지만 나뭇잎이길 꿈꾸고 있습니다. 봄에는 새싹이 돋아서, 여름에는 진한 녹색을 한 잎사귀가 되었다가, 가을에는 울긋불긋한 단풍잎이 되어, 겨울에는 낙엽이 되는 그런 나뭇잎이 되고 싶습니다.

내가 책 모임을 시작한 지도, 벌써 17년이라는 세월이 흘렀다. 2004년 처음으로 책 모임에 참여하게 되었다. 일주일에 한 권의 어린이책을 읽고, 그 책에 대해서 이야기 나누는 모임이었다. 어린이 책이라 읽기에도 버겁지 않고, 이해하기도 쉬웠다. 그러다가 광진정보도서관 일반 독서회를 알게 되었다. 여러 분야의 책을 선정하여, 2주에 걸쳐 한 권의 책을 읽고, 토론하는 모임이었다. 다양한 분야의 책을 읽었다. 해를 거듭할수록 책 읽는 즐거움에 빠졌다. 그러던 중 다수의 회원들은 철학 공부를 하기 위해, 따로 철학책을 읽는 모임을 시작하였다. 그 모임에서 기획한 '철학 공부 어떻게 할 것인가?'라는 강유원 선생님의 강의를 듣게 되었다. 강의를 들으면서 철학책 읽는 모임에 참여해야겠다는 생각을 하게 되었다. 처음에 접하는 철학책 읽기는 어려움이 많았다. 서양 역사도 제대로 모르면서 플라톤 책을 읽어야 했다. 무슨 말인지도 모르고 읽었다. 하지만 모임에 참석해서 책 이야기를 나누다 보면, 조금은 이해할 수 있었다. 회원들의 도움으로 조금씩 알아가는 기쁨은 이루 말할 수 없었다. 모임에 성실하게 참여하였다. 지금은 서양 역사에 대한 지식도 쌓이고, 플라톤 사상이나 기독교 사상도 조금씩 이해하게 되었다. 지금은 철학책 읽기 매력에 빠져 있다.

책 읽기 모임에 한 번의 위기가 왔다. 5년 전에 집안일만 하다가 직장을 다니게 된 것이다. 책 모임은 대부분 평일 오전 모임이었는데, 직장을 다니게 된 것이다. 평일 오전에 시간내기가 어려워졌다. 그래서 어린이 책 모임과 일반 독서회 모임은 정리할 수밖에 없었다. 그리고 철학 모임에만 집중했다. 수요일 오전, 철학책 읽는 '책바람'에 열심히 참여하게 된 것이다.

책 모임을 오랫동안 할 수 있었던 비결은 무엇이었을까 생각해본다.

첫 번째는 책 모임에 빠지지 않고 참여하는 것이 제일 중요하다고 생각한다. 책 읽기가 힘들고 어려워도 모임에 나와서, 이야기를 나누다 보면 이해되는 부분이 많다. 그래서 나는 모임을 매주 빠지지 않고 참여한다.

두 번째로는 쉬운 책 읽기 모임에서 점점 더 어려운 책 읽기 모임에 도전하여, 책 읽는 재미를 느끼는 것이다. 사람들은 알고자 하는 욕구가 강해서, 알면 알수록 더 알고 싶은 욕구가 생긴다. 그래서 어려운 책을 읽는 것이, 쉬운 책을 읽는 것보다 책 읽는 재미를 많이 느낀다. 책바람 모임은 그러한 욕구를 채워주고 있다.

세 번째는 책 읽기도 중요하지만 소풍이나 전시회 관람 같은 문화생활을 공유하는 경험도 중요하다. 회원들과 함께하는 봄 소풍, 가을 소풍은 항상 기다려지고 설렌 경험이 많다. 우리 책바람에서 다녔던 봄 소풍, 가을 소풍은 잊지 못할 추억으로 남아 있다.

마지막으로 모임에서 주도하는 강연회를 들 수 있다. 회원들의 욕구를 채워 주기 위해 책바람은 수준 높은 강연을 기획한다. 강연에 만족도가 높은 만큼 나는 항상 참여하는 것을 기본으로 삼는다.

아직도 나에게 책 읽는 모임은 진행형이다. 수요일 오전에 차 한잔을 앞에 놓고, 일주일 동안 읽었던 철학책 이야기는 나에게 활력소가 된다. 나는 책 읽기가 좋다. 하지만 혼자 읽으면 게을러지기 쉽다. 그래서 책 읽는 모임에 열심히 참여한다. 책 읽는 모임에 참여하기 위해 열심히 책을 읽는다. 책바람이 존재하는 한 계속 책 읽는 모임에 참여하려 한다.

책바람에서 철학을

- 김문경

키 작고 보잘 것 없어도 자신의 자리에 깊게 뿌리를 내리고 조용히 잘 살다가 머리가 하얗게 되는 날 가볍게 날아갈 민들레를 꿈꾸는 사람입니다.

얼마 전 남편이 책을 한 권 사들고 왔다. 한번 읽어보라며 그가 건넨 책은『철학은 어떻게 삶의 무기가 되는가』이다. 삶의 무기라는 전투적인 제목보다 '불확실한 삶을 돌파하는 생각도구'라는 부제에 마음이 끌린다. '불확실한 삶'을 버텨내기 위해 무엇이 필요한가. 요즘 내가 스스로에게 묻고 있는 질문이고 지금 그 답을 찾는 중이기에.

어떤 유혹에도 흔들리지 않는다는 사십 대 고개를 넘은 지 한참인데 세상에는 나를 미혹케 하는 것이 여전히 많다. 부, 권력, 명예 따위는 차치하고 소소한 일상의 고민에 매일 마음이 흔들린다. 학문에 뜻을 세운다는 지학의 시기에 어떤 뜻도 내보이지 않던 아이의 미래는 여전히 불확실하고, 지천명에 이른 남편은 하늘의 뜻 대신 인생무상을 깨달은 것인지 인생 재설계를 꿈꾸며 나를 고민하게 한다. 아이와 남편의 질풍노도를 함께 겪으며 내 마음에도 파도가 쉴 새 없이 몰아쳐댄다. 곧 다가올 내 갱년기에 대한 걱정만으로도 충분하건만…. 사람 사귀기에 서툴고 낯가림이 심한 나는 풀리지 않는 어려움이 생기면 언제나 책에서 답을 구했다. 책은 제일 좋은 친구이자 선배이며 인생의 스승이었다. 그런데 언제부터인가 매일의 삶이 고되고 바쁘다는 핑계로 깊이 생각해야 하는 머리 아픈 이야기나 감정과 기운을 많이 실어 읽어야 하는 책을 멀리하고 있었다. 그래서인가 아이의 사춘기와 남편의 갱년기를 겪으며 나는 어쩔 줄 모르게 됐다. 언제나 내 문제의 해결사였던 책으로부터 도움을 얻지 못하고 있었다. '나는 제대로 살고 있는 걸까? 어떻게 살아야 하나?' 근본적인 답이 필요했다. 하지만 그동안 머리가 굳은 탓인지 혼자만의 세상에 오래 갇혀 있던 탓인지 책 읽기는 버겁고 혼자만의 결론은 언제나 거기서 거기여서 답답함이 늘 마음을 눌렀다.

긴 터널을 혼자 지나는 양 외롭고 갑갑하던 중 반가운 전화를 받았다. 아이 친구의 엄마지만 늘 중심이 잡혀 있고 좌고우면하지 않는 모습이 부럽고 의지가 되던 그가 카페를 열었다고 했다. 호기심 반 부러움 반인 마음으로 초대에 응했다. '공간 책바람. 이름도 뭔가 학구적이네. 아파트 상가 건물 4층에 세탁소와 태권도장과 함께 있는 카페라니 정말 특이하구만.' 그가 오랫동안 책 모임을 하고 있음은 알았지만, 그 모임이 인연이 되어 공간을 꾸렸다니 어떤 모임일까 궁금증이 커졌다.

'그이처럼 우아한 사람들이 모여 책을 읽는 모양이네.' 두근거리는 마음으로 '공간 책바람'의 문을 여는 순간 환하고 따뜻한 공간과 그 공간을 닮은 사람들이 나를 맞아주었다. 모두 고유의 빛깔을 지녀 저마다 다른 끌림이 있는 그들은 밝고 활기찬 목소리로 먼저 인사를 건네고, 부담스럽지 않은 친절함으로 내가 자연스레 어울리게 도와줬다. 공간을 닮은 사람들이 아니라 그들이 만든 공간이기에 그렇게 따뜻하고 밝고 활기찼던 것이다. 처음엔 '차 한잔만'이라고 생각했지만 어느새 나는 그들 속에 함께 있고 싶어졌다.

책바람 가입 후 첫 정규 모임에서 한 해 동안 읽자며 회원들마다 무겁게 들고 와 내놓은 책들을 보곤 입이 떡 벌어졌다. 내가 비록 책을 좋아한다곤 해도 그다지 수준 높은 독서를 해왔노라 말할 처지는 못 되니 부담스럽고 걱정도 됐다. '괜히 모임에 참여한다 해서 비천한 실체를 들키겠구나' 싶어 후회도 되고 '그간 난 뭘 했나' 허망하고 부끄러웠다. 하지만 차마 못 한다는 말이 나오지 않았다. 두껍지도 않은 첫 책을 머리를 싸매고 씨름하듯 읽으며 그동안 내 입맛에만 맞춰 책을 읽고 우물 안 개구리 마냥 내 세상에 빠져 산 것을 반성하게 됐다. 아직 모르는 것 투성이고 어설프지만 용기를 내어 철학 공부를 하게 된 데는 책바람 강연 도움도 컸다. 철학 공부는 양질의 강의를 함께 듣고 토론하는 게 큰 도움이 된다는 걸 그간의 경험으로 알고 있는 회원들이 좋은 선생님들을 모시고 철학 강연을 열어주었다. 좋은 강의를 우리만의 공간에서 들으며 철학에 대한 두려움도 많이 줄었다.

요즘 나는 다양한 시각을 가진 이들의 생각을 듣고 내 생각에 비추어 보며 작은 걸음이지만 한 발씩 앞으로 나아가고 있다. 내 삶에 등장한 어려운 질문에 답할 실마리도 찾아가고 있다. 함께 책을 읽고 질문을 던지고 답을 구하다 보면 내 마음과 생각을 이전보다 잘 들여다보게 된다. 그 과정의 기쁨과 즐거움은 한동안 내가 겪던 우울마저 잊게 해준다. 철학이 내게 삶의 무기까진 되지 못하더라도 삶의 주인으로 중심을 잡고 걸어가기 위한 지팡이 역할은 해주는 것 같다. 티파니에서 화려한 아침을 맞이하는 것보다 더 행복한, 책바람에서 철학을.

좋아하는 것을 넘어 즐거움으로

- 황영심

세 딸들을 바쁘게 키우면서도, 가족과 일상생활의 소중함을 잃지 않고 살고자 노력하는 일인입니다. 우리 책바람을 통해 머리가 상쾌해짐과, 때로는 멍해짐을 동시에 느끼는 다양한 경험들이 즐겁습니다. 그래도 책 속에서 지혜로움을 계속 찾고 싶습니다~~^^

무엇을 즐긴다는 것은 정말 매력적이라 생각한다. 인생을 살면서 좋아하는 것, 즐기는 것 하나 없으면 얼마나 삭막한 삶이 될까 하며 푸념을 하게도 된다. 나는 엄마로서의 삶 말고, 나만의 인생의 길을 닦고 싶은 욕구가 항상 강하다. 이기적인 엄마이자 아내일수도 있겠지만, 오롯이 나만이 즐기는 무언가는 내 생활의 활력소가 됨을 부인하고 싶지 않다.

'생활의 활력소'라는 말은 듣기만 해도 기분이 좋다. 나는 나만의 즐거움을 고상하게도 독서에서 찾았으니, 이 또한 정말 다행이고 운이 좋다고 생각한다.

책을 즐기는 분들은 잘 아시겠지만, 독서는 한번 빠지게 되면 다른 것들과는 다르게 책을 읽고 있는 독자로 하여금 낯선 여행을 하는 듯 짜릿한 느낌을 준다. 그래서 책 속에 몰입해 있는 나를 우리 가족은 방해하지 않는다. 나를 배려하는 가족들의 사랑도 있지만, 사실 그럴 때 나를 부르면 내가 엄청 짜증을 내기 때문이다. 독서를 하면서 마음을 닦는다고 하는데… 그 방법 또한 사람마다 다르리라 여긴다. 난 가족들과 떨어져서 나를 바라보는 걸 좋아한다. 오늘 나의 삶은 어떠했는지 나를 돌아보는 시간이 나에게 정말 중요하다. 이런 마음의 정리를 하고 나만의 시간을 갖는 데는 독서가 그 역할을 톡톡히 해준다.

이런 나에게 우리 책바람 회원분들은 항상 나를 반성하게 하고, 도전을 하게 만들기도 하는 긍정적 에너지원이다. 정말이지 요사이 어려운 책을 이리도 진지하고 열정적으로 대하시는 분들은 정말 드물다고 생각한다. 내가 선호하든 그렇지 않든 간에 독서회에서 같이 스터디를 하다 보면, 배가 산으로 가는 경우가 많다. 하지만, 스터디가 너무너무 즐겁다. 확실히 내가 좋아하는 것은 내 감정에 따라서 싫어함으로 바뀔 수도 있지만, 나 스스로 즐기는 것은 그렇지 않음을 깨닫게 된다.

즐기는 일은 그냥 좋아하는 것과는 완전히 다르다고 생각한다. 더욱 더 중독성이 강한 그 충만한 느낌이 난 너무 즐겁고 행복하다.

『논어』의 「옹야」 편 20장의 구절에는, 무엇을 좋아하는 것은 내가 그것과 가까이하려는 긍정적인 움직임이며, 즐거워하는 것은 내가 그것과 함께 있으면 만족스럽고 유쾌해지는 감정을 느끼는 것이라 공자께서 말씀하셨다.

知之者不如好之者 (지지자불여호지자)
好之者不如樂之者 (호지자불여락지자)

"무엇을 아는 것은 좋아하는 것만 못하고,
무엇을 좋아하는 것은 즐기는 것만 못하다."

멋진 명언이다. 좋아하는 것을 넘어 즐기는 것은 온전히 나만의 것이다. 그러한 즐거움을 풍성하게 함께할 수 있는 이들이 있다는 것은 내 인생의 큰 축복이라 여긴다. 책을 사랑하는 우리 회원 분들에게 항상 감사한 마음을 전하고 싶다.

책바람으로 세상을 다시 배웠다

- 이은경

세상과 사람에 대한 호기심이 가득한 사람, 그 호기심을 삶의 좌표로 만들어가는 사람입니다.

철학, 말장난을 공식적이고 체계적으로 하는 언어잔치라는 생각이 들 때가 있었다. 그럼에도 불구하고 나는 철학과 고전이 좋았다. 나보다 먼저 살아간 이들이 했던 고민들, 물음들이 무엇이었는지, 그 고민과 물음의 해답을 어떻게 찾아갔는지 궁금했다. 철학 공부의 시작은 거창하였다. 혼자서 하기엔 방대하고 힘겨운 공부기에 함께가 주는 강제성(?), 지속성과 연대가 필요했다. 책바람은 함께의 가치를 가장 아름답게 실천하고 도전해가는 모임이다. 철학만을, 책 읽기만을 생각한다면 책바람이 아니라 학교를 다시 입학하거나 좀 더 전문적인 스터디 집단이 나을지도 모른다. 그런데, 나는 왜 책바람이어야 했고, 중간에 직장으로 잠시 쉬었지만 다시 돌아올 수밖에 없었는지 생각해보았다.

책바람은 따숩다

따뜻하다란 단어보다는 따숩다는 표현이 더 와닿는다. 서로가 서로에게 따순말 한마디가 굉장한 힘이 될 때가 있다. 그런 굉장한 힘이 있는 곳이 책바람이다. 과하지 않게 모자르지도 않게 서로를 배려하고 존중하는 따순 맘으로 연대하며 서로서로에게 물들어가는 곳이다.

책바람은 강하다

커리가 정해지고 계획표가 나오면 무슨 일이 있어도 움직이고 읽고 해낸다. 어떤 모임이든 첨엔 반짝하고 열심일 수 있지만 오래도록 지속하기란 어렵다. 그러기 위해서는 멤버들 서로간의 조율과 리더의 탁월한 리더쉽도 있어야 하고, 무엇보다 모임에 대한 애정이 있어야 한다. 이 모두를 갖추고 오래도록 지속하고 있으며 읽어내고 강하게 추진하는 힘이 있는 곳이다.

책바람은 서로를 믿는다

모임은 사람이 하는 일이다. 사람이 하는 일이기에 사람이 중요하고, 일을 진행하고 추진하기 위해서는 서로를 의지하고 믿어야 한다. 사람에 대한 믿음은 시간이 필요한 일이고 그만큼 나를 버리기도 해야 하는 정밀한 작업이다. 책바람은 이러한 믿음을 가지고 협력해가는 곳이다.

책바람은 열려 있다

무엇인가를 오래 하다 보면 타성에 젖게 되고 안주하게 되며 내 것을 고집하게 된다. 그것을 자기 색깔이라고 합리화할 수 있게 되는데, 고인 물은 썩는다. 책바람은 늘 진화하고 발전할 준비로 열려 있는 곳이다. 늘 새로움에 도전하며 열려 있고 수정할 용기도 가지고 있다.

나는 책바람에서 철학과 함께 책바람을 통해 세상을 다시 바라보게 되었다. 철학적인 사유도 중요하지만 함께가 주는 따스함, 강함, 믿음, 열린 사고가 어떻게 작용하고 어떤 변화를 이끌어내는지를 보았다. 세상을 보는 필터를 책바람을 통해 많이 거르고 나를 돌아보게 되었다. 산다는 일은 누구나 만만치 않다. 만만치 않은 세상살이에 함께, 무엇인가를 믿고 도모하고 따순 맘으로 동행할 사람들이 있다는 것. 정말 아름다운 일 아닌가. 책바람은 그런 아름다움이다.

내게는 오아시스와 같았던 책바람

- 이진숙

책바람 7년차. 이제는 나이를 먹어가면서 기억이 가물가물해지는 한 아이의 엄마랍니다. 아직도 책바람에서 한마디 하려면 일주일이 필요한^^, 아직도 배울 게 많은 중년의 소녀(?)랍니다.

어렸을 땐 책도 좋아하고 글 쓰는 것도 좋아한 것 같은데, 어떤 날 보면 너무나 계산적인 내 모습에 놀라버릴 때가 있다. 나의 일상은 어떤 날은 슬프고, 어떤 날은 화가 나는 흐린 날이 많았다. 아주 가끔 화창한 날도 있지만, 대부분이 사막 같은 일상에서 책바람은 나에게 오아시스 같은 곳이다. 내가 평소에 책을 많이 '보기'는 하지만, 사실 본다는 것은 말뿐이다.(나는 작은 책방을 하시는 서점집 딸이랍니다.) 부모님은 내가 대학에 입학하고 나서 서점을 여셨고, 하루 종일 열심히 일하시는 부모님을 도와왔다. 나는 책의 제목만 '보고' 지나쳐왔고, 서점집 딸인 나에게 책은 늘 일거리 같이 느껴졌다는 것이다. 읽고 싶은 책은 언제나 어디서

나 볼 수 있는 환경이지만, 책을 읽는다는 것과는 더 멀어지게 되었다.

책바람과의 첫 만남은 아이랑 도서관을 다니며, 독서지도사 과정을 듣다가 알게 된 회원님 덕분에 광진구 독서회에 참여하게 되었다. 유레카! 책을 읽을 때면 누군가와 함께 (즐겁고 행복하게) 이야기를 나누고 싶다. 그런 나의 일상에서 책바람은 오아시스이자 나만의 행복한 탈출구와 같은 곳이다. 책바람에서 소풍을 다녔던 일, 책바람에서 언니들과 차 마시고, 구두를 샀던 일, 그리고 언니들이 우리 동네까지 와서 차도 마셨던 일 등등 감사한 일들과 함께했던 이 엄청난 추억들. 비록 엄청난 내공으로 무장된 선생님들 앞에서 나는 한마디도 못 하고 온 적이 많았지만, 책바람에서 함께한 일들은 오아시스에서 마셨던 물 한 모금 한 모금과 같이 너무나 소중하게 기억되고 있다. 예전에 책바람 언니들과 샀던 구두를 아직까지 신고 있는데 그 구두를 신고 걸을 때면, 책바람과 함께했던 신났던 추억들과 함께 걷고 있다는 생각이 든다.

책바람에서 책을 읽을 때마다 정말 머리가 깨질 만큼 어려운 책들도 많았다. 음~ 물론 쉬운 책들도 아주 가끔 있기는 하지만. 철학의 철 자도 몰랐던 내가 책바람 선생님들 덕분에 그 어려운 철학책들을 함께 읽어 갈 수 있었다. 그런데… 너무 슬픈 일은 책바람과 함께 읽고, 공부하면 정말 잘 이해되는 것 같고 너무나 재미있던 철학책들이 집에만 오면 모두 까먹는다는 것. 책바람은, 힘들게 읽은 책들에서 얻은 지식과 지혜도 있지만, 힘들고 고단한 일상에서 오아시스와 같은 행복을 주고 있다. 7년 동안 함께해줘 고마웠고, 앞으로도 함께해줄 너무 고마운 책바람.

세렌디피티 (뜻밖의 행운)

- 박현희

삶을 마냥 흘려보내는 데 정평이 났다. 무기력한 방관자로 내 인생을 얼렁뚱땅 살았다. 내 인생을 책임져 달라며 아우성쳐도 무심하게 못 들은 척한다. 그렇게 나이를 먹어가고 있는 나약한 중년 부인.

우울증을 앓고 있다. 터벅터벅 걸음을 옮겨 지인이 알려준 도서 바자회로 향했다. 치유 수단으로 책을 추천 받았지만 천성이 게으른 데다 무기력까지 가세하여 한 장을 넘기기 힘들었다. 그 바자회를 주최한 "책바람"은 무지막지하게 착한 가격으로 선한 인상을 주었다. '역시 책을 가까이 두는 사람들은 악할 수 없지.'라고 중얼거리며 득템을 옆구리에 끼고 주위를 둘러보았다. 책 모임 안내가 눈에 꼽혔다. 『세계사 공부의 기초』를 읽는 중이라는 친절한 설명에, '그럼 기초부터 시작하는구나.' 하는 착각에, 나를 고쳐보겠다는 투지에, 시작한 지 얼마 되지 않은 번역 작업에 도움이 되리라는 욕심에, 은둔형 외톨이가 겪는 외로움에 나는 책바람의 가입을 불쑥 결정하게 되었다.

에구, 철학 모임이었다. 중고등학교 교과서를 통해 접한 철학 내용이 유일한 밑천인 나에겐 너무나도 버거운 책, 지성과 성실로 똘똘 뭉친 선생님들의 발제와 그에 발맞춘 열띤 논의를 병풍처럼 말없이 견뎌내야 한다. 하나같이 좋으신 선생님들의 기이한 점은 철학에 관심이 많다는 것이다. 그분들과 벗이라는 자랑스러움과 허영심에 으쓱해하면서도 가끔씩 따라가지 못해 느끼는 부끄러움과 자기 비하에 고개를 숙인다. 그래도 2020년 1월 1일 작년을 회상할 때 책바람은 빳빳한 지폐로 받은 세뱃돈 같은 신선한 세렌디피티(뜻밖의 행운)였다. 나는 책바람을 통해 책을 읽으며 질문하고자 노력하게 되었다. 사실 질문은 그 사람이 그때까지 쌓은 지식과 상상력의 범위 안에서 나온다. 뭘 알아야 질문할 수 있고, 어느 정도 아는지에 따라 질문의 스케일이 좌지우지된다. 그래서 나는 이래저래 말이 없지만 말이다. 언젠가는 선생님들과 어깨를 견줄 날을 기다리며 묻어갈 것이다.

혀가 꼬인다. 발음하기도 어려운 철학자들의 이름을 외우기 위해 모임에 나가는 건 아닐 것이다. 아내, 엄마. 항상 누군가의 뒷전일 가능성이 크다. 원래 희망했던 삶의 중심에서 점점 멀어져 남편, 아이들의 뒤치다꺼리에 지친 채 하루하루를 살아가는 나에게 철학은 혼자라면 언감생심이었을 것이다. 감탄하고 읽어도 기억에 남지 않는 나이에 맞서며, 함께 성장을 도모하는 책바람은 책을 통해 삶을 반추하는 진지하고 무게감 있는 토론을 한다. 삶을 외면하지 않으면서 철학을 찾고 철학하는 삶을 살아가는지 자문한다. 그 과정 속에서 난해한 책을 만나 머리를 쥐어짜도 독서의 근육을 믿어보자. 선생님들을 의지하자. 그분들과의 대화 속에 생각의 지평을 넓혀가게 될 것이다. 책바람의 진면목은 여기서 끝나지 않는다. 나들이를 떠날 때와 송년회는 지성미와 야성미 그리고 인간미로 이어지는 릴레이 경기를 보는 것 같았다. 첫 번째 지성미는 저변에 깔려 있고, 바톤을 이어받은 야성미는 꾹꾹 눌려져 있지만 어김없이 드러나고, 피날레를 장식하는 인간미는 차고 넘친다. 선생님들의 인간미야말로 많이 부족해 누가 될까 망설여지는 나의 발걸음을 다잡아준다. 결국은 세심하게 배려하고 도움을 주고자 하는 따뜻함이 사람의 마음을 움직인다. 나는 책바람과 더불어 그렇게 철학의 첫 걸음마를 뗄 것이다.

책바람 활동은 당신의 밥벌이에 도움이 되는가?

- 강하나

20대의 절반을 V국에서, 30대의 절반을 C국에서 살다 보니 '나'와 '타자' 간 구분이 무용함을 알게 되었다. 40대에도 집을 떠나 타지에서 생활하는 일이 잦으며, '노마디즘'을 실천하는 삶이라 자칭하며 만족해하고 산다. 책바람 회원들과 책을 읽고 이야기 나누는 시간이 가장 소중한, '책바람 바라기'이다.

나는 특수한 외국어를 전공한 덕에 운 좋게도 아직 그 전공어로 사회생활을 하고 있다. 비정규직 (지식) 노동자 정도로 분류될 수 있는 내가 동종 업계(강사 및 연구원) 지인들에게 '책바람'에 대한 이야기를 하면 '와, 취미생활 좋은데? 나도 시간만 된다면….'이라는 반응을 보인다.

10년째 참여하고 있는 이 책 읽는 모임이 단순히 독서 토론뿐만 아니라 다양한 마을 활동 및 강연회 주최 등 여러 가지 일을 하고 있다고 부가 설명이라도 하는 경우엔 대단하다는 말과 함께 '그런데 그게 지금 하고 있는 일에 무슨 도움이라도 되나요?'라고 묻는다. 잦은 원고 마감과 강의 교안 개발 및 이것저것 처리해야 할 일들에 허덕이는 나나 그들(같이 일하는 팀원들)에게 어쩌면 정기적으로 철학이나 인문고전을 읽는 행위는 가뜩이나 부족한 시간을 더 쪼개어 에너지를 쏟아야 하는 또 다른 '업무'가 될 수도 있을 것이다. 게다가 만약 남는 시간이 있다면 관련 자료를 찾아서 데이터베이스를 만들어놓는 게 하고 있는 일에는 더욱 도움이 될 것이다. 그럼에도 불구하고, '책바람 활동이 지금 하고 있는 일에 도움이 되나요?'라는 사람들의 질문에 대한 나의 대답은 망설임 없이 그리고 꾸준히 '예스'이다.

이 긍정적 대답은 일차적으로는 '책바람'에 대한 나의 깊은 애정에서 비롯된 즉각적 감정의 표현이고, 좀 더 그럴싸해 보이는 이유를 대자면 '호모 루덴스(Homo Ludens)' 개념을 빌릴 수 있을 듯하다. 인간을 '유희의 인간'이라고 보는 하우징어의 말에 백분 동감하는 바이며… 나처럼 먹고 놀고 길 떠나는 것을 좋아하는 이에게 '전공을 하드하게 공부하고 밤도 새가며 결과물을 만들어 밥을 벌어먹는 일'이 일면 달갑진 않지만 별다른 재주가 없는 내가 그나마 잘할 수 있는 일이기에 '호모 파베르'로서의 활동을 저버릴 수는 없는 실정이다.

책바람 활동은 회원들이 직접 공부할 책을 정하여 연간 계획표를 짜고 이를 자발적으로 행할 뿐만 아니라 유흥(관람 및 체험을 포괄하는 넓은 의미의 유흥)을 공부와 공부 사이에 적절히 배치하는 등 '공부 + 놀이' 활동을 타인과 공유하고 실현하는 창조적 시간이다.

최근에는 책바람이 공간까지 만들어 지역 사회에서 배움과 토론 및 나눔의 허브 역할을 자처하고 있으니, 이러한 다양한 책바람 활동에 참여하는 것 자체가 건강한 유희를 통해 노동의 스트레스를 해소하고 정신세계를 고양시키는 '호모 루덴스'로서의 행위가 아닐까? 유희 정신이 결핍된 노동은 에라스무스가 『우신예찬』에서 비판한 주석가의 모습과 같은 '한심한 현자의 초상'에 가까워지는 길일 수 있을 것이다. 이는 책바람의 다양한 활동 중에서 특히 놀이 활동이 중요한 이유이기도 하다.

다시 질문에 대한 답으로 돌아가 말하자면, 내게는 '나'라는 존재가 밥벌이 활동에만 소진되거나 매몰되지 않도록 일종의 '균형 추' 역할을 해주는 게 '책바람'인 것 같다. 그러므로 '책바람' 활동은 내가 지치지 않고 꾸준히 밥벌이를 하는 데 매우 도움이 된다.

호모 루덴스(Homo Ludens)

요한 하우징어(Johan Huzinga, 1872–1945)가 『호모 루덴스』(1938년)에서 창출한 개념으로, '유희의 인간'을 뜻한다. 저자는 놀이는 문화의 한 요소가 아니라 문화 그 자체가 놀이의 성격을 가지고 있다고 역설한다. 여기서 '유희'는 단순히 논다는 말이 아니라 정신적인 창조 활동을 가리키고, 이는 풍부한 상상의 세계에서 창조 활동을 전개하는 학문, 예술 등 인간의 발전에 기여한다고 보는 모든 것을 의미한다.

바람난 여자들에 대하여

- 장은주

저는 오늘도 윌리엄 워즈워드의 시, 〈I wondered Lonely as a Cloud〉 속 수선화처럼 불어오는 바람에 온전히 나를 맡기며 인간의 숙명인 고독도 사람들과의 관계도 따뜻한 시선으로 바라볼 수 있기를 꿈꾸는 사람입니다.

작가 박완서는 그녀의 글에서 "중년의 허기증"으로 그녀의 첫 작품『나목』을 쓰기 시작했다고 말한다. 나 또한 아내와 엄마로 정신없이 살다 보니 어느덧 마흔 중반의 삶의 간이역에 덩그러니 혼자 서서 중년의 허기증으로 나의 삶에 대한 공허함을 느끼고 있을 즈음 책발함을 만나게 되었다.

어느 날 나는 "책발함"이란 독서 동아리에서 지금의 "공간 책바람"을 만들기까지 그간의 과정을 설명하는 윤경숙 선생님의 강연을 접하게 되었다. 그 강연 속에서 나는 이 독서 동아리 회원들이 치열하게 책을 읽고 고민하며 그들의 허기진 자아를 채워 넣기 위한 시간들을 느끼게 되었고, 마치 그것이 나의 허기증을 대신 해소해주는 듯했다. 결국 나는 그 강연이 끝남과 동시에 책발함 회원으로 등록했다.

이렇게 나는 40대 삶의 간이역에서 책발함이라는 이름의 기차에 함께 승차하게 되었고 또 다른 나를 위한 여행을 시작했다. 이 공간에서 나는 ㅇㅇ엄마로 불리며 한동안 잃어버렸던 나의 이름을 되찾게 되었고 독서를 통한 지식과 생각 나누기를 통해 주부의 일상에서 잠시 떨어져 "나"를 단단히 세워가고 있다. 또한 책발함 회원들은 자신들의 지식만으로 부족하다고 느낄 때 전문 강사님들을 모신 강의를 들으며 흔들리기 쉬운 세상에 대한 가치관이나 사고관을 바로 세우기 위해 좀 더 적극적인 노력을 하기도 한다.

책발함이란 독서 동아리와 이를 토대로 만들어진 책바람이란 공간이 마치 물질적, 시간적 여유가 있는 엄마들의 지적인 놀이 공간 이외에 또 무엇이 될 수 있을까 하는 오해와 편견도 있을 수 있다. 그러나 지역사회와의 소통의 장을 위해 또는 자신의 에너지와 정체성에 목마른 여성들에게 갈증 해소 공간이 될 수 있게 끊임없이 노력하는 책바람 회원들의 열정과 땀을 보게 된다면 그러한 편견은 없어지게 된다. 다시 말하면 책발함 회원들은 자신들의 의지와 상관없이 바쁘고 정신없이 돌아가는 삶의 틈바구니 속에서 책바람이란 한여름 아이스 아메리카노 같은 공간을 만나면서 '여유'라는 말보다는 좀 더 치열하게 세상에 대해 고민하고, 좀 더 진지하게 세상을 바라보고자 하는 의지를 가진 여전사들이 되어 세상과 호흡하려 노력하는 사람들이다.

그러므로 책발함 안에서의 독서는 그러한 세상에서 우리들이 바르게 호흡할 수 있는 방법이 무엇이고, 어떻게 숨고르기를 해야 하는지를 끊임없이 배워나가는 작업이며 각기 자신만의 호흡법으로 세상을 살기 위한 하나의 지침서 역할을 하게 된다.

결국 독서를 통한 세상과 우리의 호흡은 책바람이란 공간을 통해 세상과 소통하게 되고, 독서 동아리나 학습 나눔터의 작업들을 지속적으로 진행하면서 주위 이웃들에게도 그러한 세상 살기의 호흡법을 공유하고자 하는 데 의의를 둔다. 또한 여러 분야의 다양한 관심으로 소통하고자 하는 주위 이웃들에게 이러한 공간을 제공함으로써 우리들만의 사적인 공간이 아닌 지역사회와 소통하는 삶을 살 수 있는 공간으로서의 공적인 장으로도 그 의미가 있다.

그러기에 오늘도 역시 우리, 책발함 회원들은 두꺼운 철학책을 들고 결코 녹녹치 않은 나름의 삶의 현장에서 벗어나 기꺼이 각자의 시간과 노력을 쏟아 부으며 '나' 바로 세우기를 실천하고 각자의 세상살이 호흡법을 배우고 있다. 이는 곧 앞으로 우리들이 살아갈 세상에 태풍 같은 위력은 아닐지라도 복잡하고 정신없는 세상에 떠밀려져 숨 가쁘게 쉬는 호흡이 아닌 나만의 호흡법을 만들어가는 것이며, 이는 결국 세상 속에서 잘 숨 쉴 수 있도록 노력하는 책발함 회원들이 만들어내는 지역사회의 잔잔한 선풍(善風)이 될 것이다. 그러므로 우리 여기 '바람난' 여자들의 이야기는 여전히 엄마로 아내로 바쁜 일상이지만, 그 중심에 '나'를 잃지 않으며 세상과 호흡하려 노력하는 네버엔딩 스토리이다.

2부

독서 모임에서 협동조합으로 다시 태어나다

서로도 궁금했던 각기 다른 참여 이유

1장

"이제는 더 이상 미룰 수 없어요. 공간을 만듭시다! 함께하실 분?" 책 모임하는 날 누군가의 제안에 의외의 사람이 손을 든다. 어? 어떤 생각으로 마음을 낸 것일까?

손든 사람들이 함께 모인 첫 날, 어떤 이유로 공간 만드는 일에 참여하게 되었는지 돌아가며 이야기를 나누었다. 사람 수 만큼이나 다양한 이야기가 나왔다. 이러한 바람들을 한 공간에서 다 펼쳐낼 수 있을까? 아직 펼쳐지지 않은 미래에 대한 설렘과 두려움으로 우리는 서로를 바라보았다.

우리만의 공간이 있다면 …

독서회이든 취향을 공유하는 친목 모임이든 사람들은 자신들만의 공간을 갖고 싶어 하는 경우가 많다. 공유하는 공간이 있으면 그 안에서 함께할 수 있는 활동이 많기 때문이다.

눈에 보이지 않는 무형의 축적물이 쌓이면 자연스럽게 분출 욕구가 생기는 것인지 책바람 회원들도 "우리만의 공간이 있으면 좋을 텐데…. 그럼, ○○○도 할 수 있고."라는 말을 자주 했다. 사람들마다 ○○○에 들어갈 말은 다 달랐지만 무엇인가 함께 활동을 하고자 하는 마음은 같았다. 그래서 '꺼리공작소'라고 가칭을 만들기도 했는데 무엇인가 할 '꺼리'를 찾아 함께한다는 뜻이었다.

오랜 시간이 걸리기는 했지만 결국 '공간 책바람'을 만들었다. '책바람이 만든 공간'이라는 뜻으로 '공간 책바람'을 처음에는 가칭으로 썼다. 이후에 공간의 이름을 정식으로 정하려고 수많은 시간을 들였지만 결국 조합원 모두가 받아들일 수 있는 이름은 '공간 책바람'이었다. '꺼리공작소'는 공간에서 하고자 했던 초심을 가장 잘 말해주고 있는 이름이라고 할 수 있다.

책바람 회원들에게 공간 만들기를 제안하고 신청자를 모았을 때 처음에는 9명이 모였고, 최종적으로 7명이 남았다. 2명은 하고 있는 일과 병행하기 힘든 상황이 되어 아쉽지만 함께하지 못했다.

이 당시에는 '무엇을 위한 공간인지, 어떤 활동을 할 것인지' 명확하지 않았기에 그것부터 합의를 해야 했다. 에너지원으로써 재료들만 모인 셈이었다. 그래서 서로 어떤 생각으로 '공간'을 만들고자 하는 것인지 여기에서 무엇을 얻고자 하는 것인지 서로 묻고 듣는 시간을 가졌다. 각기 다른 이유로 모여 하나의 공간을 만들고자 했는데 '공간 책바람'의 준비 과정과 1년 후기까지 읽다 보면 그들에게 어떤 변화가 있었는지 느낄 수 있다.

다양한 재료들이 조화를 이루어 맛있는 음식이 되려면 잘라져야 하고 끓여져야 하고 서로 섞여야 하듯 우리도 그렇게 조화를 이루는 과정을 거쳤다. 여기에서부터는 그러한 과정을 기록하고자 한다.

인생 뭐 있어? 늦기 전에 해보자!

- 윤경숙

생각해보면 아주 오래전이다. 사춘기 시절 삼삼오오 모여 수다 떨 때 책 읽기 좋아하는 아이들은 낄낄대며 책 속에 파묻히거나, 하루 종일 책 숲을 헤매다 나만의 보물책을 발견하는 상상을 하며 미래에는 서점이나 차려야겠다는 생각을 한 번쯤은 해보게 된다. 사회에 진출하고 정신없는 20~30대를 보내고 나서 책 읽기에 다시 도전할 때 혼자서 읽기가 만만치 않다는 생각을 하게 된다. 그러다 기웃거리는 곳이 같이 책을 읽을 수 있는 독서회? 결혼하고 아이와 함께 가정에 푹 빠져 허우적거릴 때 동네에서 매일 만나 이야기하는 것이 아이들 교육 문제, 남편 회사 문제, 시댁 문제, 할 이야기가 소진될 쯤 연예계 이야기로 마무리되는 반복되는 일반적 사교 모임의 모습! 벗어나고 싶었다. 그래서 선택한 만큼, 같이 책 읽고 이야기 나누는 과정은 즐거웠다. 책 읽기를 같이 하면서 아마도 그랬던 것 같다. 우린 달라! 책 읽는다구! 마치 대단한 것처럼! 굳이 드러

내지 않는 겸손함으로 무장하면서, 서로 책 내용에 대한 것을 나누면서, 한 걸음 더 나아갔다면서, 우리만의 즐거움과 생각의 지평선을 넓혔다는 자기 만족에 빠지게 된다.

'내가 읽고 싶은 책'에서 '여러 사람들과 함께 읽는 책'을 접하는 독서회의 역할에 젖어 들 때쯤 좀 더 제대로 읽어내자는 욕망이 꿈틀대면서 용기를 내게 된다. 다행인 것이, 모인 독서회 회원들의 특징이 많이 고민 않고 '하면 되지 뭐! 만나면 재미있잖아. 우리 뭐든 할 수 있어.' 긍정적인 에너지가 넘친다는 것이다. 이 에너지 하나 믿고 철학 모임을 진행하다 너도 나도 나만의 공간을 조금씩 꿈꿔 보게 된다. 서울 시내 독립출판 모임, 작은 서점, 협동조합 등을 조사하고 기웃거려보고, 사회적 분위기에 휩쓸려 조심스럽게 우리도 한번 만들어볼까? 따져 보게 된다. 2016, 2017년 그때는 모이면 정신없이 수다 떨고 미래의 '꺼리 공작소'를 꿈꾸며 여기저기 돌아다녀보고 가능성을 따져본 해였다. 드디어 '인생 뭐 있어? 늦기 전에 해보자!' 이 사람들하고는 뭐든지 할 수 있을 것 같았다. 혼자가 아닌 우리가 만들어보는 거야! 처음에는 앞장서서 추진하려 했으나 책바람 회원들이 공간에 대한 공감이 부족했다. 마음의 준비 또한 안 되었다. 뭐든 때가 맞아야 한다, 기회가 왔을 때 움켜잡아야 한다. 2018년, 더 이상 미루면 못 할 것 같았다.

공간을 구체화시키는 과정은 참으로 변수가 많았다. 예상과 달리 적극적으로 공간의 필요성과 가치를 공감하고 실천으로 옮기는 회원들이 한 명 한 명 참여 의사를 밝혔을 때, 현실은 내가 생각했던 것과 달랐다. 최종적으로 7명이 시작했을 때 아마도 서로 다른 이유와 필요성이 있을 것이다. 동상이몽! 하나로 모으는 것은 결코 쉽지 않다. 하지만 공간을 지속하기 위한 필수 조건이기에 끊임없이 나만의 생각과 고집을 버리고, 버리고, 버리고. 다양한 의견과 가능성을 모으고, 모으고, 모아 공간과 함께 한 걸음 한 걸음 나아간다. 때로는 답답할지언정 내가 선택한 것에 대한 약속과 믿음으로. 공간 책바람을 시작하면서 드디어 현실에 발을 딛게 된 나를 본다. 하루하루가 치열하다. 세상 속에서 비로소 부대끼며 살아가고 있음을 느끼게 된다. 책 속에서 걸어 나와 발로 뛰는 나를 본다. 함께하는 사람들도 있다. 책.발.함. 드디어 이름대로 실천하는 것이다. 기대해본다. 우리만의 공간에서 다 같이 함께 꿈꾸는 공간을. 때로는 지배하며 때로는 이고 가고 힘이 들면 슬쩍 물러나 따라도 가보며 끝까지 가볼 것이다. 정말 궁금하다. 그래서 매력이 넘친다. 공간 책바람은 나이고 우리이고 미래이다.

다시 꾸는 꿈

- 박정희

아이를 가지려고 하던 일을 그만두었다. 하던 일은 주로 팀 작업으로 진행되었다. 팀 작업을 할 때 한 사람이 이런저런 이유로 자신의 몫을 다 하지 못하면 다른 팀원들이 그 몫까지 감당해야 하는데, 그런 민폐를 끼치고 싶지 않았다. 그만둔 후 며칠은 정말 좋았다. 회사를 그만두었어도 습관은 몸에 남아 매일 아침 수첩을 펼쳤다. 오늘의 할 일. 세탁, 설거지. 그다음 날에도 오늘의 할 일은 세탁, 설거지. 아하…. 우선순위라도 바꾸어볼까. 이렇게 매일 아침에 해야 할 일 적는 것을 한 달 정도 지속하다 그만둔 것 같다. 주부로서의 삶은 여유로울지 몰라도 하는 일이 주는 만족도는 개인적으로 크지 않았다. 아이를 임신했을 땐 퀼트를 배우고, 아이가 유아였을 땐 육아서를 쌓아놓고 탐독했다. 일상적인 가사 노동 외에 무엇이라도 해야 마음이 놓였다. 지금도 생각해보면 아이의 돌잔치를 참으로 그럴싸하게 준비했던 것 같은데 기획부터 소품 준비, 행사 진행까지 오랜만에 일처럼 집중할 수 있는 프로젝트였다. 또래의 젊은 엄마들이 아이 돌잔치에 지나친 열성을 기울일 때 사람들은 극성이라 했다. 그러나 나는 그들에게서 분출할 곳 없어 억눌린 역량이 좁은 틈으로 뿜어져 나오는 것을 느꼈다. 프로에 가까운 그들의 솜씨가 집에만 있기엔 너무 아까웠다. 얼마나 많은 억눌린 에너지가 집집마다 그 작은 틈을 찾고 있을까?

아이가 고등학교 다니게 될 때쯤이면 엄마들의 모임이 저녁시간으로 옮겨진다. 다시 일을 시작하는 엄마들이 늘기 때문이다. 어떤 사람은 학원비가 부담되어서, 또 다른 사람은 너무 무료하기 때문에 취업을 한다고 말했다. 더 늦기 전에 그녀들은 시급 받는 알바로 쏙쏙 사회에 다시 편입되었다. 책바람 모임에서 공간에 대한 이야기가 오갈 때 나도 선택을 해야 했다. 예전에 했던 일을 다시 알아볼 것인가? 아니면 일의 내용이 무엇이든 부담없이 할 수 있는 알바를 구해볼 것인가? 사실 둘 다 싫었다. 같은 처지에 있는 사람들이 함께 모여, 하고 싶은 일을 하며 사회적 활동을 할 수는 없을까? 전업주부라는 타이틀 속에 감추어진 우리들의 다양한 능력들을 마음껏 뿜어낼 수 있는 공간을 만들어보고 싶었다.

이 사람들이라면 함께하고 싶었다. 함께 가는 길이 즐거울 뿐만 아니라 잘해내리라는 믿음도 컸다. 행여 상황이 어렵더라도 일이 잘되게끔, 어떻게 하든 방법을 찾으면 된다고 서로를 다독였다. 이것이 꿈을 실현할 마지막 기회라는 것을 알고 있었기에 더는 망설일 수 없었다.

꿈, 이상, 이런 말들은 20대를 떠올리게 한다. 이상을 따라 사회를 바꾸고 싶었던 나는 결론적으로 큰 패배감을 느꼈다. 사회는커녕 나 자신의 작은 부분조차 바꾸지 못했음을 깨달았기 때문이다. 그 다음엔 그런 말들을 입에도 올리지 않았던 것 같다. 그러다 조심스레 꿈을 떠올리게 된 것은 어쩌다 보게 된 영상이었다. 프랑스의 대입자격시험인 바칼로레아를 소개하는 프로그램이었다. 한 소녀가 읽던 책을 덮고 자전거로 이동하여 마을 사람들이 모여 있는 카페로 들어간다. 그곳에는 머리가 희끗희끗한 노인분들을 포함하여 남녀노소가 차를 마시며 담소하고 있었다. 곧 카페를 운영하는 누군가가 토론할 논제에 대해 설명하자 손을 들어 발표하는 사람들의 모습이 이어졌다. 아! 저런 곳에서 커피라도 나를 수 있다면…. 지금 이런 바람이 조금씩 현실화되고 있어 무척 기쁘다. 더군다나 이런 비슷한 꿈을 꾸는 다른 이들을 만나 함께한다는 것은 정말 큰 행운이라고 생각한다. 할머니들이 운영하는 마을 모퉁이 작은 인문학 카페, 이것이 50살인 내가 다시 꾸는 꿈이다.

나의 공간 만들기

- 김승희

4년 전인가 "이제 우리도 공간을 만들어보자." 책바람에서 누군가 말했을 때는 그저 먼 훗날에 이렇게 해보자 하는 추상적인 말, 아니면 꿈 정도라 생각했다. 솔직히 일주일에 한 번 책 모임을 하기 위한 카페는 주변에 많았기 때문에 나에게는 공간의 필요성이 느껴지지 않았다. 평소에 책 모임 이외에는 카페에 가서 책 읽기를 즐기는 성격이 아니기도 했고…. 이러한 이유로 공간 이야기를 하면 한 귀로 듣고 한 귀로 흘리기 일쑤였다. '설마 그게 실현되겠어?' 하면서 말이다. 그런데 '가랑비에 옷 젖는 줄 모른다.'고 잊어버릴 만하면 한 번씩 툭툭 던지는 공간 이야기에 나도 모르게 동참하고 있었다. 어찌 보면 내가 공간을 만드는 데 동참하게 된 이유 첫 번째는 그놈의 정 때문인지도 모른다. 책바람의 1기 멤버이기도 하고, 공간을 만들고 싶어 하는 사람들의 열망을 알고 있기에 말이다.

나 자신에게 물어본 적이 있다. '정말 정 때문에 동참하고 있는 걸까? 그러면 오래가지 못할 텐데…. 목표가 없는 참여는 분명 지치고 말테니까….' 책과 더불어 생활한 지 10년이 넘어가고 도서관이나 여러 곳에서 주최하는 인문학 강의를 들으며 선생님들의 가르침을 배우는 것도 몇 년을 해왔다. 대부분이 공개 강의와 무료 강의가 많다 보니 지식의 갈증은 자꾸 늘어만 가는 것을 느꼈다. 집과 가까운 곳에서 우리가 원하는 강의를 듣기 위해서는, 우리들만의 공간을 마련하는 것이 나를 위하는 것이자, 주변에 나와 같은 생각을 가진 사람들에게 도움을 주는 일이라는 생각이 들었다. 나에게도 공간이 꼭 필요했던 것이다.

지금의 나는 공간에서 수동적으로 강의를 소비하고 있지만 가까운 미래에 나는 내가 관심 있는 분야를 다른 사람들과 공유할 수 있는, 소모임을 만들 수 있다는 기대에 부풀어 있다. 또한 언제든지 그곳에 가면 반가운 사람들을 만날 수 있는 공간이 있다는 게 기쁘다. 내 뒤에서 나를 지지해 주고 믿어주는 든든한 지원군을 거느리고 있는 것처럼. 앞으로도 공간은 나에게 그러할 것이다.

나의 한계와 경계를 허무는 일

- 이혜선

2015년 3월 4일, 그해 '독서 동아리 책바람' 정식 첫 모임날이었다. 나와 함께 신입이 된 세 분의 선생님들, 기존 멤버인 선생님들과 첫 인사를 나누었다. 다소 낯설기도 했지만 새로운 출발선에 서 있는 것 같은 신선한 긴장감으로 설레었다. '왜 그렇게 어려운 걸 읽어?'라는 말을 여러 번 들었으나 그럼에도 불구하고 다양한 고전을 내 앞에 두고서 동서양 문명의 기초를 다졌다는 철학자들과 역사가들을 만났다. 진짜 혼자서는 못 읽는 어렵고도 방대한 양의 책을 함께 읽었다.

어느 날 책바람을 바탕으로 더 큰 공동체와의 소통을 위한 공간을 만들자는 제안을 들었다. 처음엔 정기적인 사적 모임이 모두 책 모임뿐이었던 내가 나의 경계를 넘어 한 발짝 내딛어 책 모임 밖의 사람들과 소통할 수 있는 기회를 만들 수 있겠다는 생각이 들었다. 이후에 공간 책바람을 만들기 위한 회의 중에 한 분이 '개인적으로 왜 협동조합을 만들려고 하는가, 어떤 생각으로 선택했는가?'라는 물음을 던지셨다. 나는 '소비자의 삶에서 벗어나 생산자로서의 삶을 살고 싶다'고 대답했다. 현재 전공을 살려 일을 하고 있지만 기존의 지식을 반복적으로 사용하는 일은 소모적이었고, 더불어 협동조합이란 형식으로 하면 일곱 명이 자신의 능력이 닿는 대로 일을 분담할 것이고, 어려움에 부딪혀도 함께 해결해나갈 수 있음이 꿈같은 일이 아니었다. 마지막으로 협동조합이란 단어를 떠올렸을 때의 평등, 분담, 투명성, 의견 조율 같은 이미지들이 내가 책에서 자주 접했던 공동체의 이미지와 유사했고, 그러한 공동체의 일원이라는 새로운 역할로서 내 손길이 필요치 않은 자녀에게서 벗어나 또 다른 존재감을 만들어가고 싶었다. 지금 생각하면 나는 그냥 몰라서 용감할 수 있었던 것 같다. 글을 쓰는 이 순간에서 보면 '각자의 생각들이 하나로 같을 수 없을 거 알아. 그래도 나이 오십을 앞둔 사람들이 특히 같이 책 읽은 지가 3, 4년 된 사람들끼리 일하는데 뭔 걱정이야.' 했던 마음이 나 자신을 잘 몰라서 한 소리라는 걸 안다. 그래서 이제는 협동조합이란 말에 조율, 공유, 배려라는 의미를 먼저 떠올려야 한다는 걸 안다. 7명이 완전체가 되어 함께 움직이는 지금의 우리 모습에 노련함도 여유도 나름 묻어나지만 여전히 처음 참여하겠다는 의견을 내고 모였을 때의 무모함, 그 당시의 초심이 여전히 우리를 함께 뭉치게 하는 원동력이 아닐까 생각한다. 지금 우리는 '공간 책바람'이 공동체 속에서 확고히 자리 잡게 할 여러 가지 사업을 추진하려고 준비하고 있다. 정말 '함께'라는 활동을 펼칠 공간이 되고자 하는 것이다. 기대와 응원 또한 함께하면 좋겠다.

현실의 틈은 발품과 인내로 채운다

- 조현경

"사람은 좀 오나요? 힘들지는 않아요? 재밌어요?"

"네. 이제 조금씩 찾아주세요. 힘들지만 재밌어요. 정말로."

2019년 3월말. 시작한 지 두 달하고 몇 주가 지나가고 있다. 매일, 매번 정량의 원두를 갈아 같은 방법으로 내려도 커피는 맛이 달라진다. 살살 달래고 얼러보지만 '온도가 낮다. 건조하다, 춥다.' 등등 무척 까다로워 애를 태운다. 사람이든, 기계든 서로 부대끼며 맞춰가는 이치를 새삼 배우게 된다. '공간 책바람'은 7명이 하는 협동조합이라 매일 출근하지 않고 일도 나누고 시간도 나눈다. 하지만 아직은 지인이 와서, 단체 예약이 있으면 일손을 보태느라, 회의니까 출근한다.

물론 당번이면 당연히 출근을 한다. 참! 책 모임이 있으면 공간 책바람의 이용자로도 간다. 또, 원래 쓰자고 했던 대로 '책 읽으러, 나만의 휴게 공간'이 필요해서 가기도 한다.

공간 책바람에 있는 시간이 업무 성과에 비례하지는 않겠지만 지금은 무언가 애를 쓰는 시간이 필요한 때라고 생각하고 있다. '보탬'의 방법은 여러 가지이다. 마음을 담아 응원을 보내거나 물질적으로 도움을 줄 수도 있다. 하지만 나는 공간 책바람에 시간과 에너지를 보태는 방법을 택한다. 제일 어려울 줄 알고 있지만, 그건 처음 공간 책바람을 시작할 때 생각했던 것을 하고자 함이다.

시작의 무게

철학과 인문학을 공부하는 동아리 책바람이 시작한 지 7년을 앞두고 공간의 필요성을 느꼈다. 그리고 함께하자며 사람을 모았다. 무언가를 시작하기 딱 좋은 때는 아니지만 그렇다고 하지 않을 이유도 없는 우리는 손을 번쩍 든다. 우리는 서로에게 물어보았다. '왜, 하려고 하는가?' 나는 16년을 한 직장, 같은 부서에서 근무했다. 효율성과 성과주의에 묻혀 치열하게 지냈던 시간을 뒤로하고 8년 전 회사를 그만두었다. "아이도 다 키웠는데 왜 회사를 그만두나요?" 그 질문에 나는 "다른 삶을 살고 싶어서."라고 답했다. 물론 적당한 이유는 많았지만 타인의 궁금증에 맞춤 정답을 내지는 않았다. 내가 하고 싶은 일이 무엇이고 꼭 하지 않아도 되는 것은 무엇인지 가려내서 실행하는 데에 많은 시간이 걸렸다. 평온하고 안정적인 시간이 달콤하게 느껴지는 듯했지만, 새로운 일에 대한 목마름과 책바람의 공간 필요성이 적시에 만나 기회가 되었다.

새로운 일들, 사업하기, 벗에서 동지로 관계 전환하기

모든 일이 부담되고 걱정스럽기도 하지만 새로운 일에 대한 도전에 목말랐던 설렘으로 나는 일단은 하고 싶다는 생각이 들어 손을 번쩍 든다. 때로는 무엇을 결정할 때에 이성적인 판단보다 직관이 앞서기도 한다. '공간 책바람'을 시작하면서 각자가 할 수 있는 역할에 대해 이야기를 했다. 하지만 10년 넘은 인사팀 근무 경력과 아메리카노만 마시는 음료 취향은 공간 책바람의 설립과 카페 영업, 아무 곳에도 쓰임이 없는 듯하다. 공간 책바람에서 또렷한 역할을 할 수 없다면 틈을 메우는 건 어떨까 생각해보았다. 어느 조직이든지 시스템과 매뉴얼만으로 움직이지 않는다는 걸 알고 있기에 벗에서 동지로의 관계 전환에 물처럼 기름처럼 해보기로 한다. 그래서 한동안 나의 시간과 에너지는 비효율적이고 성과가 나지 않을 것이다. "이제 하고 싶은 것 하며 여유 있게 살면 되는데 카페는 왜 하느냐?"(올해, 하나 있는 아이 대입을 마쳤다.^^)는 사람들의 궁금증과 핀잔에 나는 또 대답한다. "또 다른, 새로운 삶을 살고 싶어서…." 치열했던 직장맘에서 평온한 여유를 거쳐 다시 새롭게 시작하는 지금. 시간의 무게는 새롭게 다가온다. 같은 시간이지만 다른 가치로 다가올 줄 기대하고 나는 또 노력하고 있다.

세상과의 화해, 삶이 변화하는 그 순간

- 김은희

현실의 무게가 온몸 구석구석으로 스며들어 삶에 무뎌진 자신과 대면한다. 삶을 고스란히 살아내기 위해 때로는 멈춰 서서 하늘을 바라봐야 한다. 푸른 하늘 속 여백을 한동안 산소처럼 받아들이며 숨고르기를 한다. 철학을 공부하는 모임 〈책.발.함〉?! 그즈음 나는 뜨거운 삶의 열정으로 들썩이던 그들을 만났다. 철학이란 두 글자에 그들 자신을 정렬시킨 나름의 이유에 응답하듯 그들 두 눈에 가득 담고 있던 삶의 열기를 기억한다. 두꺼운 무게만큼이나 무게감 있는 내용으로 지끈거리는 머리는 행간을 겨우 좇았다. 그렇게 난 그들과 생경한 철학 책의 의미를 곱씹기 시작했다. 구성원들의 이름을 겨우 구분하고 각각의 면면을 조금은 알 것 같던 시기에 그들은 '함께 공간을 만들어보자'고 날 불러 세웠다.

'여러 해 동안 숙고한 이후 드디어 그때가 된 것 같다'는 그들의 말에 그들의 동기가 궁금해졌다. '굳이 왜?' 책을 읽고 이야기 나누는 것으로는 무언가 부족하다고 느끼는 사람들, '책으로, 발로, 함께' 하는 철학으로 나아가고자 시행착오를 하며 그 길을 탐색해온 그들의 갑작스런 제안에 내 안으로의 물음이 시작되었다. '진정한 삶'에 대한 물음일 수밖에 없는 철학이 나에게 삶의 의미를 되새김질하게 만들었다. 늘 혼자가 편안했던 나에게 그들은 '함께 가자'고, '함께 삶을 철학하자'고 말하는 듯 했다. 아무런 확신도 없는 나에게 그들 두 눈 속의 열정이 무모한 용기를 끌어내며 새로운 시작을 말하게 했다. 그때부터였다. 사람들과의 화해를 시작했다. '함께이기에' 난 처음부터 시작할 수 있었다.

함께 철학하고자 하는 사람들에게는 물리적 공간이 필요했다. 함께하는 공간에서 서로는 서로에게 삶을 나누며 에너지를 만들어냈다. 이런 물리적 공간에 대한 갈구는 새로운 도약을 위한 충동을 불러왔다. 누구나 지난한 과정과 불확실한 결과를 예상했지만 이렇게 모인 일곱 명의 사람들은 무모한 '처음'을 시작하고자 머리를 맞댔다. 나 자신에게 던져진 물음, '나에게 공간이란?', '공간을 위해 내가 할 수 있는 일은?' 가슴 밑바닥에서 스멀거리던 두려움과 새로운 시작에 대한 유혹으로 조여오던 머릿속의 긴장감은 목구멍 언저리에서 만나 멀미를 일으키는 듯했다. 정체되고 고립된 자신으로부터 세상 밖으로 나가려는 충동은 강렬하게 날 흔들었다. 함께 철학하며 성장하기 위한 공간을 우리 스스로 만들어 보기로 우린 야합이라도 하듯이 흥분하기 시작했다. 내가 할 수 있는 일을 찾아야 했다. 난 흥분으로 마음이 바빠지기 시작했다. 공간의 형식에 대한 토론을 거듭할수록 우리는 우리 각각의 이상을 녹여 자신만의 공간을 함께 그려가기 시작했다. 뭐라도 해야 할 것 같은 생각에 일단 커피에 대한 공부를 시작했다. 시간이 갈수록 공간을 채우고 싶은 아이디어들이 사람들에게서 쏟아져 나왔고, 커피에 대한 사랑은 책과 함께 우선순위에 올랐다. 평소 바리스타에 대한 지식이 전혀 없었던 나였지만 모든 이들이 함께하고 싶은 공간을 상상하며 사람들의 기호를 만족시켜줄 수 있는 커피에 대한 공부가 더 절실해졌다. 사람들을 위한, 공간을 위한 배움이라는 목적은 긴장감을 성취감으로 바꿔놓았다. 난 이렇게 바리스타가 되었고, 지금은 거짓말처럼 카페 '공간 책바람'에서 커피를 내린다.

사람들은 우리 공간에서, 커피 향기 속에서, 책을 읽고, 이야기를 나누며, 철학을 한다. '삶을 철학하기'란 말처럼 그렇게 거창한 것은 아니다. 그저 자신에 대한 애정과 타자에 대한 애정이 만나 시선을 아주 조금 들어 올려 세상을 바라보는 것이라는 생각이 든다. 함께 나아갈 수 있어 나의 삶에는 작은 변화들이 생겨났고, 나의 세상은 그만큼 환해졌다.

공간 책바람을 만들려고 했을 때

- 박희경

별 생각이 없었다. 처음 협동조합 카페를 만들자는 이야기를 들었을 때에는….

'모일 때마다 여기저기를 전전하니 우리만의 공간이 생기면 좋겠다. 커피를 좋아하는데 직접 만들어 먹는 것도 재미있겠다. 아, 시간이 될까~ 7명이 하니 일주일에 하루 정도만 나가서 일하면 되니 그것도 좋겠다. 집 외에 내가 뭔가를 해볼 공간이 생긴다니~' 집에만 있던 어린아이가 처음 유치원을 가는 설렘도 있었다. 건강한 책바람 사람들하고 같이 하는 것이니 믿음도 갔었고. 하지만 처음 얘기를 들었을 때 '재미있겠네' 하는 마음 반, '과연 만들 수 있을까' 싶은 마음이 반이였다. 돈&시간.

우리가 그동안 책 읽고 여러 가지 생각을 나누며 토론만 했는데~ 공간이 생긴다면 뭔가를 해볼 수 있겠다 싶다. 생각을 나누고 머릿속에만 있던 것들. 너무 얘기만 해서 탁상공론인 듯 집에 돌아오면 허무한 듯한 느낌이 들기도 했었는데~ 그것이 무엇이 됐든 어떤 방향이든 우리가 만들어서 세상에 내놓을 수 있지 않을까 싶다.

세상에 내놓은 그것이 책이 되었든 사회사업이 되었든, 또는 맛있는 커피가 되었든 뭔가를 우리가 했다는 것에 의미가 있지 않을까. 책을 통해서 지식을 쌓고 나를 넓혀나갔다면 공간 책바람을 통해서 조금은 넓어진 내가 행동할 수 있을 듯 싶다. 우리 사회를 위해서~ 그리고 나를 위해서. 어찌어찌하다 '공간 책바람'이 만들어졌다. 우연히 걸어 들어간 골목. 구석지고 뜻하지 않은 곳에 예쁜 꽃이 피어 있어서 '와, 예쁘네.' 하며 입가에 미소를 띠고 향기를 맡는 듯한 기분이다.

P.S. 어찌 꽃만 피었으랴. 집에 갱년기 여자가 한 명 있는 것도 피곤한데…. 아~ 갱년기의 아줌마들이 7명이나 이 공간에 모여 있다. 흥미진진하기까지 하다. 과연 어떻게 흘러갈지….

타인과 나, 함께하기 위한 소통의 노력

2장

책 읽는 친구들과 함께 동업을 하기로 했다고 말했다. 사람들은 손사래를 치며 말렸다. 좋은 관계마저 잃을 수 있다며 사업은 다른 거라고 했다. 동업을 한다는 것이 의미하는 바가 무엇일까? 나와는 다른 타인과 끝도 없이 접점을 만들어가야 한다는 뜻이라면 우린 정말 어려운 길을 선택한 것이 맞다.

아직도 그 길을 가고 있는 중이지만 그동안의 일을 뒤돌아보면 타인과 함께하기 위해 노력한 만큼 스스로 성장했다고 느낀다. 자신을 비우고 타인에 귀 기울이며 만들어온 조합원들의 의사소통 이야기를 조합원 A의 진솔한 글을 통해 전하고자 한다.

'공간 책바람'은 이렇게 만들어졌어요

시간을 거슬러 공간을 정하고 만들어가는 과정을 찬찬히 들여다보면 조합원들의 용기어린 도전이 어떻게 현실로 구현되었는지 알 수 있다. 사실 7명의 꿈을 담아낼 수 있는 공간을 만나는 일은 쉽지 않았다. 융통할 수 있는 자금 안에서 전기, 수도, 화장실 모두 갖추고 있는 공간을 만나기까지 수십 개 넘는 공간을 소개받았고 찾아보았다. 그만큼 공간 크기, 위치, 월세가 가장 큰 변수였기 때문에 우리 모두 비록 4층이긴 하지만 지금의 공간을 고심 끝에 결정했다.

공간 확정과 함께 공간 이름 정하기도 만만치 않게 공을 들였으나 모태인 책바람과의 연결성을 고려해 초심으로 돌아가자는 의미에서 '공간 책바람'으로 결정됐다. 공간 계약에 이어 출자금 납부 후 이사장 1명, 이사 2명, 감사 1명을 뽑는 총회를 열고 협동조합 정관을 작성했다. 며칠이 지나가는 줄도 모르고 의견을 나눴던 그 시간들이 너무도 정신없이 지나갔다. 점점 각자의 능력에 맞는 역할을 맡게 되었고, 인테리어와 커피 머신, 가구 구입, 물품 구입을 위한 시간과 노력이 투자되었다.

빠듯한 예산 때문에 자금이 부족하여 필요하다고 생각했던 물품 구입을 망설여야 할 때가 많았다. 그러다가 생각지도 못했던 기부금이나 물품을 받아 신이 났던 날도 있다. 커피 머신이 들어온 뒤로는 카페 운영과 메뉴에 대한 의논이 길어지고 선생님을 모셔서 강습도 받았다. 포스기 사용과 음료 조제에 대한 교육, 카페 운영의 매뉴얼 숙지로 이어지는 준비 과정이 막바지에 달했다. 자신의 실수로 피해를 주지 않을까, 우리가 함께 잘 해낼 수 있을까 매일 조금씩 긴장감이 더해졌다.

드디어 D-day. 책바람의 공개 강의가 시작되는 날, 2019년 1월 14일 '공간 책바람'이란 이름으로 문을 열었다. 이후 매주 목요일마다 공개 강의하는 날이 오면 정신없이 바빴기에 서로 실수할까 봐 조심스러웠다. 각자의 역할을 나누고 손발을 잘 맞추자는 당부의 말들이 많이 오갔다. 점차적으로 운영과 기획, 회계, 홍보, 카페 메뉴와 재고 담당자가 정해졌으며, 회의 시간이 길어지면 길어질수록 우리는 공간과 더불어 변화와 성장을 함께했다.

의사 결정의 꽃, 소통에 담긴 그간의 노력

공간 준비에 참여한 조합원들은 공간을 만들기 전부터 책바람에서 책을 읽고 소감을 나누어왔다. 그러나 책바람과는 다르게 조합과 공간을 만드는 과정에서의 의사 결정은 늘 긴박했고 즉각적으로 적용할 수 있어야 했다. 또한 매번 결정할 문제들이 산적한 상황에서 옳고 그름의 판단이 아닌 생각의 다름임을 인정하고 함께 공감할 수 있는 결론을 이끌어낼 시간이 필요했다.

'어떻게든 해보자' 하는 의욕만으로는 충분치 않았다. 그래서 문제의식이 생길 때마다 협동조합 코칭 선생님의 당부를 되짚어보게 되었다.

"회의할 물리적 시간을 확보해라. 모든 것을 문서화해라. 서로를 대하는 방식이 모든 일의 전부다. 이것 역시 사업이다." 처음 들었을 땐 너무도 당연한 소리 아닌가 했었다. 이 당연한 것을 해내기가 얼마나 어려운지 절실하게 깨닫기까지 많은 시행착오를 겪었다. 우리는 소통의 흐름을 잡고 다양한 목소리에 귀기울이는 방법을 찾아야 했다.

(1) 회의할 물리적인 시간을 확보해라 - SNS 단체톡방의 한계

공간을 만들기 시작할 무렵 우리는 정해진 회의 시간이 아니더라도 SNS상에서나 수시로 만나 의견을 즉석에서 모아 결정해야 했다. 회의 시간에 회의록을 맡은 담당자가 참여하지 못해 기록하지 못했던 것들이 소통에 문제가 되기도 했고, 우선순위에 밀린 안건은 논의도 하지 못하고 다음 회의로 밀려버리는 상황이 반복되었다. 그래서 우리는 기록과 의견 조율이 시간상 자유로운 SNS 단체톡방에서 의견 조율과 정보 전달을 이어갔다. 그러나 생각지 못했던 SNS 단체톡방의 한계가 우리에게 또 다른 고민거리를 안겨주었다. 먼저 글이 말이 되는 톡은 표정과 뉘앙스를 알 수 없기에 생기는 빈틈이 있다. 그래서 의사 결정 면에서 얼마나 긴급한 것인지, 어떤 의미를 담고자 한 것인지 잘 드러나지 않을 때가 있어 오해를 사기도 했다. 그래서 단체톡방에서 다룰 수 있는 사안과 대면 회의를 해야 하는 사안을 구별하는 과정이 필요했고 적잖은 시행착오가 있었다. 예를 들면 개업 날짜를 정할 때의 상황도 그랬다. 대부분의 조합원들은 월세가 나가고 있는 상황에서 공간을 더 이상 공실로 둘 수 없고, 책바람의 첫 초청 강의가 있는 1월 14일이 적기라고 생각했다. 그러나 개인적인 이유로 그날 참여하기 어려운 조합원이 있었기에, 협동조합의 의미를 살려 모든 멤버 7명이 함께 시작할 수 있는 시기로 조정하자는 다른 의견이 나왔다. 처음엔 단체톡방에서 이 안건을 두고 설전을 벌였지만 결국 만나야 했다. 그리고 긴 시간을 두고 의견을 주고받았기에 해결할 수 있었다.

다음은 장점이었던 빠른 정보 전달이 오히려 단점이 된 경우다. 너무 많은 양이 한 번에 쏟아져 체증이 일어나면 다 읽기는 하지만 명료하게 파악되지 않았다. 이해가 안 되거나 흐름을 놓치면 흔히 말하는 뒷북을 치게 되고, 되묻는 물음이 올라오면 담당자는 전달 사항을 다시 설명하거나 복사해서 보내줬다. 확인이 한 번 밀리면 단체톡방의 방대한 내용을 소화해내야 하는 피로감에, 다시 확인하고 전달해야 하는 심리적 부담감까지 분명 원활한 의사소통에 걸림돌이 되었다. 이 문제로 고민을 함께할 때 나온 결론은 대화의 내용을 꼼꼼히 보는 것이 결국 현장에서 잘 듣는 것과 같기에 밀리지 않도록 잘 챙기는 것, 그리고 단체톡방에서 긴급하게 이루어진 결정을 뒤늦게 보더라도 웬만하면 그 결정을 인정하는 것이었다.

1년이 지난 지금, SNS상의 결정은 많이 줄었지만 여전히 영업 시간외에도 단체톡방 알림 표시를 수시로 확인할 수밖에 없는 상황이다. 왜냐하면 현재 8명의 조합원이 시간과 공간을 구애받지 않고 의견을 나눌 수 있는 유일한 방식이기 때문이다. 얼마나 회의를 자주 해야 하는가. 과연 다 모일 수 있는 날을 어떻게 확보할 것인가. 이건 지금도 현재 진행형인 숙제이다.

⑵ 모든 것을 문서화해라 - 더불어 회의 방식을 바꿔라

처음엔 각자가 맡은 부분을 정리한 자료를 들고 모였다. 형식도 모두 다르고 분량도 각각이었으며 가장 큰 문제는 전체적인 맥락이 잡히지 않는다는 것이었다. 그래서 회의록 담당자를 자처한 조합원이 진행해야 할 사항과 담당자 기록을 취합해 목록화해서 회의록을 만들었다. 대부분의 회의 진행은 이사장이 맡아 하였다. 그러나 개업 이후 조합원 각자가 맡은 역할이 많아지고 바빠지면서 다른 파트의 일 진행 속도에 제대로 따라 가지 못하는 상황이 벌어졌다. 회의의 내용을 문서화하여 기록함에도 불구하고 진행하는 전체의 상황을 이해할 수 있는 다른 차원의 해결책이 필요했다. 또한 공모사업이 본격적으로 펼쳐지면서 바빠진 이사장의 역할을 분담하는 차원에서 그리고 '모두가 운영 전반의 돌아가는 상황을 제대로 알아야 정보 전달이나 의사 결정이 빠르고 합리적일 것이다.'라는 생각에서 전체 조합원이 한 달씩 돌아가며 회의 진행을 하게 되었다. 기대이상으로 탁월한 선택이었다. 결국 공간이 만들어지고 나서 4개월이 지난 이후부터 지금의 '공간 책바람'의 회의 형태가 자리 잡게 되었다.

③ 서로를 대하는 방식이 모든 일의 전부다

"내 생각은 너와 달라"

우리는 모두 이 일을 하기 전에 주부였다. 주부이면서 각자 자기만의 시간을 여러 가지 일에 분배하여 사용하고 있었다. 이제는 가정에서의 역할 외에 공간 책바람 조합원으로서의 역할이 가장 우선시된다. 그러나 여러 가지 면에서 개인차가 있다. 먼저 행동으로 옮기고 시행착오를 통해 배우는 사람도 있고, 시뮬레이션을 할 만큼 자기 것으로 만든 후 행동에 옮기는 사람이 있다. 협동조합에서 자신의 역량을 키워내기를 바라는 사람도, 좋은 사람들과 함께하는 일이 있다는 것이 좋아 뛰어든 사람도 있다. 또한, 다른 조합원의 의견을 하나하나 물어가며 조합해 일을 진행하는 사람도 있고, 바쁜 조합원들에게 또 다른 부담이 가지 않게 하기 위해 혼자 일을 해결하는 사람도 있다. 오래된 친구처럼 수다를 나누며 대화를 이어가는 사람들도 있고, 같은 조합원이나 주부로서 공감을 나누는 사람도 있다. 이렇게 서로 다른 이유로 우선은 개인적인 성향이나 목적을 알아가는 시간이 필요했었다. 공간을 만들기 위해 보낸 시간들이 사실 서로를 알아가는 시간이었던 거였다.

"내 상황을 말할게"

갈등의 시발점인 공간에 들인 시간의 차이가 의사 결정에서의 영향력 차이를 만들어낸 것에 대해 이야기하고 싶다. 나는 주부로서의 일과 아이들을 가르치는 일을 병행하고 있다. 함께 공간을 준비할 시에 일정을 잡을 때나 역할을 분담할 때도 다른 조합원들의 배려가 큰 힘이 되었음은 두말할 필요가 없다. 그러나 나는 나름대로 일정 조정을 해야 했고, 회의에 빠지지 않으려고 회의록을 담당하기도 했다. 한편으로는 내가 책임자가 되어 일을 맡는 것은 무리라고 생각했다. 나는 어느 파트에도 담당자가 아니었고, 내 생각에 좋은 의견이 생겨도 담당자와 의견이 다르면 나의 의견을 강력하게 주장하기 어려웠다. 아무래도 담당자만큼 내가 그 일을 정확하게 파악하기도 어려웠고, 고민한 물리적인 시간 앞에서도 담당자의 의견을 존중해야 할 필요가 있다는 한 조합원의 말이 좀 더

신중하자는 의미로 와 닿았다. 그리고 나는 어느 파트든 아이디어가 떠오르면 무조건 자유롭게 꺼내놓고 과연 실행 가능한 것인지 함께 타진해 보기를 바랐었다. 그에 반해 실제 실행을 해야 하는 담당자의 부담을 줄이고, 현실적인 대안이 되기 위한 아이디어를 찾고, 더불어 실행 방법까지 포함하여 회의 시간에 의견 제안을 하기 원하는 다른 조합원의 의견이 더 설득력이 있었다.

이 모든 것을 알고 있어도 내 의견에 '힘'을 싣기 위해 나는 누구보다도 정보 검색을 열심히 했었다. 원래 뭘 찾고 알리고 하는 것을 좋아했기에 가장 현실적으로 선택한 노력이었다. 결국 모두의 공감을 얻지 못하면 삭제 버튼을 향하는 나의 검지손가락 끝을 비켜가지 못해 사라졌지만 말이다.

지금도 나의 상황은 크게 달라지지는 않았다. 하지만 담당자의 의지대로 가든 다수의 의견대로 가든 격렬하고도 충분한 논의 후의 결정과 실행은 우리만의 자취의 발자국이 되어 선명하게 새겨졌다. 당시에는 논의 대상에 오르지 못했던 안건이었음에도 이후에 필요에 의해 다시 채택되기도 하는 것을 보면서 그간의 일들이 순리대로 이어졌다고 생각한다. 여전히 회의에서 뚜렷한 대책도 없는 아이디어를 말하고 검색창의 링크를 복사하고 스크린샷을 해서 정보를 마구 쏟아내는 나로 인해 피곤해 하는 조합원들도 있지만 언제나 그렇듯이 순간순간 최선을 다하자가 답이다.

⑷ 이것 역시 사업이다 - 여전히 껴안고 가야 할 문제

앞에서 언급한 개업 일자에 관한 이야기에는 중요한 맥락이 하나 담겨 있다. 이상과 현실에서의 선택 앞에 선 우리의 모습이다. 협동조합의 의미를 담아내고자 했던 조합원의 생각과 '공간 책바람'을 최대한 빨리 자리 잡게 해야 하는 운영상의 현실이 맞붙게 되었을 때 '협동조합 역시 경쟁력을 갖추어야 하는 사업이다.'라는 협동조합 코칭 선생님의 조언에 힘을 실을 수밖에 없었다. 또 다른 어려운 점은 전체의 의견이 필요한 결정과 담당자의 결정에 따라 합의해야 하는 사항 사이에 분명한 선긋기가 어렵다는 것이다. 여러 명이 각자 1인 1표의 권리를 갖는 협동조합에서는 말 그대로 구분하기 쉽지 않다. 그러나 이것 역시 사업이기에 경쟁력을 가질 수 있도록 조율이 필요하다. 그래서 담당자의 결정을 최대한 존중하는 방향으로 가고 있으며, SNS상에서 투표를 하거나 급한 일인 경우 담당자가 유선으로 연락을 하여 모두의 의견을 수렴해간다.

내가 찾은 인정의 의미

인정이란 말의 사전적 의미는 뒤로하고 내가 직접적으로 부딪히며 알게 된 서로에 대한 인정이란 의미는 나와는 다른 의견을 받아들인다는 것이고, 그 말은 내 의견을 접을 수 있는 용기를 말하는 것이었다.

의견 충돌이 생기면 처음엔 '왜 그렇게 생각해?'라고 다른 생각을 하는 것에 의문이 든다. '무엇 때문에?' 나와 다른 생각을 한 이유를 추측하거나 물어본다. 그 다음은 '아하' 또는 '잠깐' 둘 중 하나다. '아하'가 나왔다면 그건 나의 생각 짧음에 대한 반성이 따라오고, 상대에 대한 신뢰가 더 돈독해짐을 의미한다. '잠깐'이라면 형식이나 일이 중심이 되는 것이 아니라 그 일을 하는 사람이 우선시되어야 한다는 걸 의미한다.

지금도 조합원 모두 서로의 방식을 인정하는 과정에서 가끔은 얼굴도 붉히고, 목소리도 높일 때가 있다. 그래도 앞서 말한 순리대로 공간을 만들어가고 있다. 결국 조합원들이 어우러져 만든 이 공간이 자기 성찰의 증거인 셈이다.

공간 책바람, 협동조합의 옷을 입다

3장

협동조합을 만들기 위해서는 많은 시간과 정성이 필요하다. 교육도 받아야 하고, 서류도 챙겨야 할 것이 너무 많다. 그동안 진행해왔던 과정들과 주의해야 할 점을 조합원 B가 정리하여 묶었다. 우리에겐 기록이고 다른 이에겐 정보가 되길 바라는 마음으로.

협동조합을 제안하다

협동조합을 떠올리다

조합이란? 떠오르는 것은 학창 시절 배웠던 순열, 조합이 다였다. 그만큼 지금의 나와는 크게 관계없는 말이었다. 그러나 마을 공동체 사업에 처음으로 발을 들이고 가치 있는 일을 실천하고 싶었을 때 자연스럽게 떠올렸던 것 같다.

2014년, 광진정보도서관에서 8회에 걸쳐 '협동조합'에 관한 강의가 열렸다. 자석에 이끌리듯 신청해 결석 한 번 없이 들었다. 우리나라에서도 협동조합이 시작된 지 오래되었고, 생각보다 주변에 조합의 형태로 운영되는 회사가 많이 있었다. 또한 협동조합을 5명만 모이면 누구나 만들 수 있다니…. 강의만 들으면 참 쉬웠다. 그런 경험이 있어서인가? 우리 특징에 맞는 구조를 고민할 때 제일 먼저 떠오르는 것이 협동조합이었다. 협동조합에 대한 이해와 동의가 필요한 만큼 서울시협동조합지원센터 프로그램을 뒤지기 시작했다. 수시로 상담을 받을 수는 있었으나 체계적인 교육이 필요하다고 생각했다. 2018년 6월 협동조합 입문 교육에 참여해 흐름을 파악하고, 8월에 협동조합 창업 지원 사업에 응모하였다. 9월 오리엔테이션을 시작으로 3회 창업 교육과 과제 발표 및 코치 매칭, 총 5회 창업 교육을 2명씩 돌아가며 받았다. 교육 받은 사람은 회의 때마다 교육 내용을 공유하여 조합원 모두 숙지할 수 있도록 노력했다.

협동조합의 7대 원칙

협동조합의 7대 원칙인 자발적이고 개방적인 조합원 제도, 조합원에 의한 민주적인 관리, 조합원의 경제적 참여, 자율과 독립, 교육, 훈련 및 정보제공, 협동조합 간의 협동, 지역사회에 대한 기여는 이렇게 우리에게 바이블이 되었다.

협동조합의 7대 원칙

1995년 국제협동조합연맹(ICA)이 100주년 '협동조합 정체성에 대한 선언'에서 발표.

힘이 되었던 전문가의 조언

협동조합의 운영 경험이 많은 코칭 선생님과 총 6회를 만났다. 협동조합으로 운영되는 카페의 현실과 협동조합의 장단점, 구체적 사업계획의 중요성 등 매 회마다 새롭게 배우는 것이 있었다. 그의 조언대로 직접 사업계획도 짜보고, 성공적으로 운영되었던 문학카페 ○○, 또 다른 협동조합 카페 등을 방문했다. 우리의 기대와 현실이 얼마나 다른지 실감했던 순간이었다. 이 과정에서 또 다른 협동조합 관계자를 만나 협동조합을 만들고 운영할 때 고려해야 할 점에 대하여 들을 수 있었다. 특히 협동조합 만드는 과정에 대한 전체적인 로드맵은 정말 큰 도움이 되었다. 이 만남에서 기억에 남는 내용은 우리만의 차별화를 만들어내야 하며, 공간에 대한 가치를 명확하게 세우고, 그것 안에 사회적 가치도 포함할 수 있어야 한다는 것이다. 역할을 분담하여 책임을 다하되 이 모든 과정에 조합원 모두 참여해야 한다고 했다. 법인등록까지 한 달 안에 끝내야 한다고 했다. 그리고 3년을 버티라고 했다. 그때가 11월 13일이었다.

발기인 모임부터 사업자등록까지

곧바로 조합에 대한 공고문을 부착하고 의사록과 정관 만들기에 돌입하였다. 뒤돌아볼 틈 없이 정신없게 진행되었던 것 같다. 공증사무소에서 의사록을 공증 받고 정해진 출자금 입금 확인, 생소하기만 한 서류를 구비하여 법인등기를 신청하고 세무서에서 사업자등록도 마쳤다. 정말 너무 어려웠다. 수차례 상담을 받고 물어봐도 직접 서류를 들고 발로 뛰었을 때 많은 변수와 생각지도 못한 일들이 발생했다. 아무리 취지가 좋다고 하더라도 이렇게까지 복잡한 과정을 거쳐야 만들 수 있는 협동조합. 과연 잘 선택한 것일까 하는 회의가 들기도 하고, 이를 제안한 자신이 원망스럽기도 했다. 12월 10일 설립등기를 마쳤다. 12월 15일 설립신고증도 나왔다. 드디어 2019년 1월 14일 '공간 책바람' 카페를 열게 되었다. 첫날 방문한 마을 공동체 담당자가 물었다. "어떻게 협동조합을 만들었어? 나는 만들다가 성질나서 포기했잖아." 그걸 우리가 해냈다. "누구든지 협동조합을 만들려면 오시라! 쫓아다니면서 알려주겠다." 이렇게 잘난 척은 했지만 실은, '신중하게 생각하라고 해야지. 안 그러면 큰일이다! 에구, 나는 어쩔? 협동조합은 해체하는 게 더 어렵다는데….'라고 생각했다.

협동조합의 옷을 입고

협동조합의 특성상 수시로 사안에 대한 내용을 공유하고, 2명만 모여도 함께 하는 일 이야기를 한다. 끝이 없는 회의 시간 등 개업한 지 얼마 안 되었는데 몇 년이 흐른 것 같다. 발로 뛰고 있는 것이 실감난다. 갈 길이 멀어 뒤돌아볼 여유도 없다. 해야 할 일이 참 많다. 협동조합은! 공동의 가치와 자립을 목적으로 함께 움직이고 있는 지금, 행복하게 일할 수 있는 공간을 꿈꿔본다. 협동조합의 옷을 입고!

서울시 협동조합 입문 교육 참여

날씨가 본격적으로 더워지는 6월 말, 이틀이나 참석해야 하는 교육 장소는 우리 구에서 꽤나 멀리 있었다. 궁시렁거리면서 도착한 혁신파크는 굉장히 넓고, 건물마다 다양한 시도가 펼쳐지는 것 같아서 우리 구에도 이런 시설이 있었으면 좋겠다며 부러워했다.

참석자들이 가득찬 미래청 이야기방에서는 협동조합 입문 교육 즉 협동조합의 역사, 가치, 철학과 설립 절차 등이 진행되고 있었다. 생각보다 많은 협동조합의 수에 놀랐었다. 100개가 넘는 협동조합이 있었다. 협동조합에도 종류가 있었고 분야도 다양했다. 교육받는 사람들은 무엇인가 시작을 해보려는 사람들이어서 그런지 긴장감과 호기심 어린 분위기가 묘하게 교차해 있었다.

두 번째 날에는 협동조합 정관을 살펴보는데 참 길었다. 구체적으로 어떤 내용이 담겨 있는지 강사가 콕콕 짚어주고, 중요한 내용들을 밑줄 치며 집중해서 듣긴 했는데 시작 전이라서 그런지 잘 와 닿지는 않았다.

〈업종 현황〉

서울시 협동조합 현황 (2020.2월 말 기준 *서울협동조합지원센터 참조)

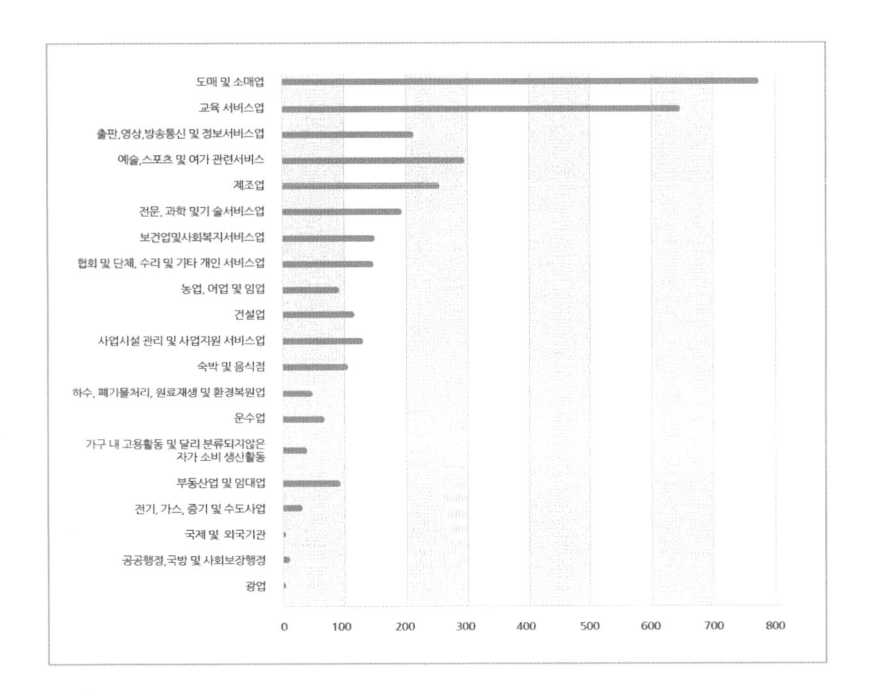

〈종류별 설립 현황〉 〈일반 협동조합 유형별 설립 현황〉

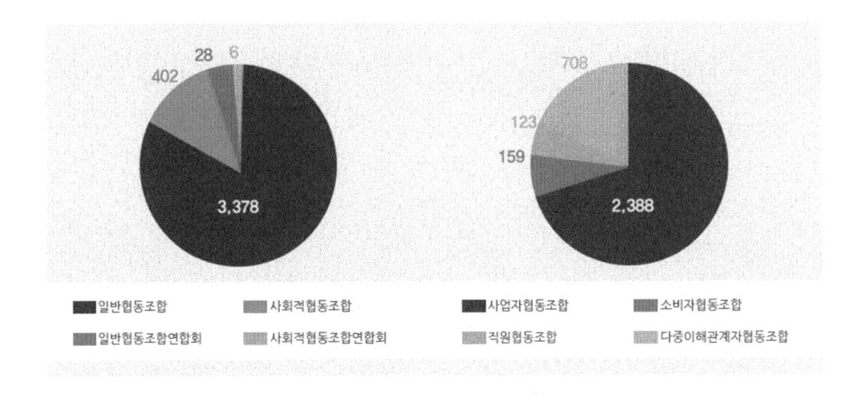

협동조합 창업 지원 사업 참여

〈창업 지원 교육 내용〉

협동조합 경영 이해	협동조합 조직 구성하기	협동조합의 비즈니스 모델 수립	과제 발표와 코칭 매치
– 협동조합이란 무엇인가? – 협동조합의 경영 구조 – 다른 2%를 찾아라 – 유형의 이해 – 협동, 협동조합이 가능할까? – 성공하는 협동조합의 경영	– 협동조합 운영에 적합한 조직 구성하기 – 협동조합 이사회 – 사무국 역할 정하기	– 협동조합의 개념과 운영 현황 – 사업환경 분석 – 사업전략 수립 – 세부사업계획 수립	– 예비협동조합 사업계획서 제출 발표 – 사업목적과 사업 전략, 세부사업계획을 구체적으로 고민하고 문서화하고 점검해보기 – 각기 다른 협동조합에 맞는 코칭 가능한 선생님을 연결

입문 교육을 받으면 센터에서 이메일로 협동조합에 관한 다양한 정보를 보내준다. 그 덕에 협동조합 창업 지원을 해주는 사업이 9월에 있다는 것을 알게 되었다. 이 사업에 지원해 교육 받는 것이 협동조합을 만드는 데 도움이 될 것 같아 신청했다. 다 같이 매회를 참석하는 것은 무리였기에 한 회에 2명씩 참석하고, 내용은 회의 때마다 공유하자면서 조합원들은 혁신파크를 다니기 시작했다.

협동조합 창업 코칭과 현장 답사

카페 창업이 많아 코칭 선생님이 다른 팀보다 쉽게 연결될 거라는 생각은 우리의 착각이었다. 마지막 과제 발표 날 우리 팀은 선생님이 배정되지 않았다. 지원센터에 더 알아보니 연결해준다고 약속했고, 기다림 끝에 김이○○ 선생님을 만나게 되었다.

그는 카페 형태의 협동조합을 운영해보았고, 지금은 회사생활을 다시 한다고 했다. 6회의 만남이 예정되었는데, 우리에게 맞는 카페 콘셉트를 찾기 위해 광진구 내 다양한 형태의 카페를 찾아 매번 다른 장소에서 모였다. 이제는 실전에 필요한 중요한 결정을 해야 했기에 가능하면 조합원 모두 참석하는 것을 목표로 하였다. 입문 과정과 창업 지원 과정에서 배운 것을 우리 실정에 맞게 적용하는 법, 어떤 카페 콘셉트를 잡아야 하고 전략을 세워야 하는지, 조직 구성을 효율적으로 하는 방법 등 궁금한 것들을 물어보았다.

6회에 걸친 협동조합 창업 코칭 내용은 다음과 같다.

1회 2018.10. 4. 협동조합 추진 모임 현황 파악 및 진단

2회 2018.10.11. 협동조합 카페 콘셉트 잡기

3회 2018.10.18. 협동조합 카페 콘셉트에 맞춘 운영 전략 수립

4회 2018.10.24. 조직 구성 및 조합원 역할과 책임 짜기

5회 2018.11. 1. 협동조합 창업 목적 및 관계 돌아보기

6회 2018.11.12. 협동조합 카페 탐방 및 면담

이론을 잘 알아도 실제로 진행하면 놓치기 쉬운 것들이 많다. 직접 경험한 사람들을 만나 이론에 없는 내용을 접하는 것은 중요하다. 5회의 창업 코칭, 이후 마지막은 협동조합 카페를 탐방하여 생생한 경험담과 주의할 점을 듣고 우리가 만들 협동조합을 점검하기로 하였다.

문학카페 ○○ 방문

카페 창업자와 협동조합 관계자가 조합운영에 대한 경험과 중요한 사항을 조언해주었다. 우선, 한 달 안에 창립총회 공고부터 법인등록을 끝내야 하며, 그 등록된 법인 이름으로 부동산 계약을 하는 것이 시작이라고 했다. 그 구체적인 강조 내용을 살펴보자.

첫째, 협동조합이 개인 사업이 되지 않도록 합의된 가치를 만들고, 다

함께 정한 시간을 투자하여 공동으로 운영해야 한다.

둘째, 우리들만의 가치를 명확하게 세우고, 사회적 가치도 담아야 한다. 이를 위해서 공동의 가치 추구와 경제적 자립을 목적으로 하되 구체적으로 세부 목표를 세워야 한다.

셋째, 모두가 참여하고 역할 분담을 통해 각자가 맡은 바 책임을 다한다.

넷째, 우리만의 차별적인 경쟁력을 찾아야 한다.

다섯째, 3년 이후 재점검을 통해 성장과 쇠퇴의 사이클을 다시 여는 것이 중요하다.

마지막으로 누가 일하든 행복하게 일할 수 있어야 한다는 것을 거듭 강조했다.

송파에 위치한 협동조합 카페 방문

우리 지역과 가깝고, 추천하고 싶은 모범 사례이니 가보는 것이 좋겠다는 협동조합 관계자의 조언에 따라 방문하게 된 곳이다. 이곳에서는 협동조합을 운영하는 어려움에 대해 조언을 구했다. 조언자는 사업적 마인드가 무척 중요하다는 점을 강조했다. 협동조합이 지향하는 바가 사회적 가치를 추구하는 것이기는 하나, 사업체를 운영함에 있어 '수입=지출'의 형태가 오래되면 조합원들이 자원봉사만으로 만족하지 못하게 되어 회의적인 생각이 든다는 것이다. 그래서 어떻게 사업적으로 성공하게 할 것인가에 대한 고민이 무엇보다 중요하다고 했다.

현재 그곳의 조합원 모두는 콘텐츠를 생산하는 역할을 하고 있다. 예를 들면 자수 수업과 인형 만들기 수업, 책방 운영 등을 각각 조합원이 담당하여 진행하고 있다. 처음부터 이러한 형태는 아니었지만 점차 조합원이 한 파트의 전문가가 되어 공존 자체가 시너지를 발휘할 수 있는 형태로 만들어왔다고 했다. 이렇게 되기 위해서는 조합원의 마음가짐이 중요하다고 조언해주었다. 협동조합의 일을 취미활동이 아닌 사업으로써, 일의 우선순위를 가족 이외에 첫 번째로 두어야 할 만큼 집중이 필요하다는 것이다.

부동산 계약과 협동조합 설립 절차

우선, 제일 중요할 뿐만 아니라 가장 먼저 해야 하는 일은 공간 임대 계약이다. 반드시 법인으로 계약해야 한다. 만약, 법인 등록을 안 했다면 처음에는 개인으로 해서 우선 공간을 임대하고, 나중에 부동산과 임대인의 동의를 구해 다시 계약해야 한다.

부동산에서 우리 실정에 맞는 적당한 장소를 소개해주고 그때마다 전원이 시간 맞춰 방문하는 과정이 너무 힘들었다. 거의 지쳐 포기할 때쯤 마지막으로 보자고 한 지금의 공간을 만나게 되었고 보증금과 월세 조정을 바로 협의했다. 우물쭈물하다가 놓쳤던 경험이 있었기 때문이다.

막상 계약을 결정하자 주의할 점이 생각보다 많았다. 물론 부동산에서 알아서 해주기는 하지만 그래도 계약 당사자는 반드시 확인해야 할 중요한 사안들이 있으니 꼼꼼히 체크하는 것이 좋다. 그 다음으로, 설립 절차대로 준비하고 신고서류에 대한 완벽한 이해가 필요하다. 하나라도 놓치면 다시 접수하러 가야 한다. 놓친 것이 없는지 보고 또 봐야 한다.

〈서울시 협동조합 설립 절차 및 각종 신고서류〉

1. 설립 절차

① 발기인 구성 : 5인 이상

② 정관 작성 : 발기인이 작성(발기인 전원 기명날인, 간일)

③ 설립동의자 모집 : 발기인에게 설립동의서 제출(모집하지 않을 수 있음)

④ 창립총회 공고 : 창립총회 개최 7일 전(공고일 제외)까지

⑤ 창립총회 : 설립동의자 과반수 출석 및 출석자 ⅔ 찬성으로 의결 / 의사록 작성

⑥ 설립신고 : 주사무소 소재지 관할 시 · 도지사에 신고 / 신고확인증 발급(20일 이내)

⑦ 사무 인계 : 발기인 → 이사장

⑧ 출자금 납입 : 이사장 명의의 통장

⑨ 설립등기 : 주사무소 소재지 관할 등기소, 출자금 납입 완료일로부터 14일 이내

⑩ 사업자등록 : 주사무소 소재지 관할 세무서, 사업 개시일로부터 20일 이내

2. 설립신고서류

① 설립신고서 : 시행규칙 별지 제2호 서식

② 정관 사본 : 표준정관례 참조, 원본에 발기인 전원이 기명날인 후 각 장 원본대조필 날인.

③ 창립총회 개최 공고문 : 주사무소에 게시한 사진 또는 메일 · 우편 발송문 첨부

④ 창립총회 의사록 사본 : 원본에 의장 및 총회에서 선출된 조합원 3인 이상 기명날인 후 각 면 원본대조필 날인

⑤ 임원 명부 : 시행규칙 별지 제3호 서식, 임원이력서 및 사진 포함

⑥ 사업계획서 : 시행규칙 별지 제4호 서식

(*4/4분기 설립 신고시에는 다음해 사업계획서도 제출을 요구받을 수 있으니 해당 설립 신고처에 사전에 확인 바랍니다)

⑦ 수입 · 지출 예산서 : 시행규칙 별지 제5호 서식

⑧ 출자 1좌당 금액과 출자좌수를 적은 서류

⑨ 발기인 및 설립동의자 명부 : 시행규칙 별지 제6호 서식

⑩ 합병 또는 분할을 의결한 총회 의사록 사본

※ 합병 또는 분할로 인하여 설립되는 경우만 해당하며, 합병 또는 분할로 인하여 존속하거나 설립되는 협동조합이 승계하여야 할 권리 및 의무의 범위가 의결사항으로 기재되어야 함

3. 설립등기서류

– 협동조합은 출자금의 납입이 끝난 날부터 14일 이내에 주사무소 소재지를 관할하는 등기소에서 다음의 서류를 구비하여 설립등기를 하여야 함.

① 설립등기신청서

② 정관 : 원칙적으로 원본을 제출하나, 원본 지참시 사본 제출 가능

③ 창립총회 의사록 : 공증 받은 원본을 제출

④ 신고확인증

⑤ 임원의 취임승낙서, 인감증명서, 주민등록등 · 초본 : 임원 전원의 서류를 제출하여야 하며, 법인이 임원인 경우에는 법인의 취임 승낙서와 직무수행자의 선임증명서 · 인감증명서 · 주민등록등초본을 제출

⑥ 대표자의 인감신고서

⑦ 출자금 총액 납입증명서 : 금융기관이 작성한 잔고증명서나 이사장이 발행한 출자금 납입확인서 등 모두 가능하며, 현물출자가 있는 경우 현물출자재산인계서 또는 출자재산영수증을 함께 제출

⑧ 등록면허세 영수필 확인서 : 서울지역에서 협동조합 설립시에는 서울시지방세 인터넷납부시스템(etax.seoul.go.kr)에서 세금 납부 후 영수증을 출력하면 편리합니다.

⑨ 위임장 : 대리인이 신청할 경우

⑩ 합병이나 분할로 인한 설립시 채권자 보호절차를 경료하였음을 증명하는 서류

※ 설립등기를 함으로써 협동조합에 법인격이 부여됨.

4. 사업자등록서류

– 협동조합은 사업을 시작한 날로부터 20일 이내에 주사무소 소재지를 관할하는 세무서 민원 봉사실에 다음의 서류를 구비하여 사업자등록을 신청하여야 함. 다만, 사업개시 전에도 신청 가능

① 법인설립신고 및 사업자등록신청서

② 정관 사본

③ 법인등기부등본 : 등록신청자가 행정정보 공동이용 정보 확인에 동의하지 않는 경우

④ (법인명의) 임대차계약서 사본 : 사업장을 임차한 경우

⑤ 주주 또는 출자자명세서 : 조합원 출자명세서

⑥ 사업허가 · 등록 · 신고필증 사본 : 해당 법인에 한함. 허가(등록, 신고) 전에 등록하는 경우 허가(등록)신청서 등 사본 또는 사업계획서

⑦ 자금출처 명세서 : 금지금 도 · 소매업, 액체연료 및 관련제품 도매업, 기체연료 및 관련제품 도매업, 차량용 주유소 운영업, 차량용 가스 충전업, 가정용 액체연료 소매업, 가정용 가스연료 소매업, 재생용 재료 수집 및 판매업, 과세유흥장소 영위자

⑧ 현물출자명세서 : 현물출자법인의 경우

⑨ 위임장 : 대리인이 신청할 경우

※ 사업자등록 신청일로부터 3일 이내에 사업자등록증을 교부

— 서울시협동조합지원센터 참조

주의할 것!
경험에서 나온 꿀 팁!

우리 실정에 맞는 로드맵을 세워 반드시 기간 안에 진행해야 한다

					책바람 협동조합 설립 로드맵			
기간	D-2M	D-1M	D-15	D-day	D+1W	D+2W	D+3W	D+4W
일정	2018.10월	2018.11월	2018.11월	2018.12.4				
업무	발기인모임	총회준비	총회공지	창립총회	설립신고	총회의사록공증	법인등기	사업자등록
신청인			발기인대표	발기인 대표	발기인 대표	협동조합 이사장	협동조합 이사장	협동조합 이사장
관련기관					구청(14일이내)	공증사무소(당일)	등기소(7일이내)	세무소(당일)
관련서류	가치	1.정관	1.공고문(이메일)	1.총회의사록 (3부작성)	1.설립신고서	1.위임장(총회참석자2/3이상)	1.설립등기신청서	1.법인설립신고및사업자등록신청서
	비전	2.사업계획서		2.정관 기명날인 (도장)	2.정관사본(원본대조필)	2.설립신고증사본	2.정관사본1부	2.정관사본1부
	사업모델	3.수입.지출예산서		3.총회자료집	3.사업계획서	3.정관원본1부	3.창립총회의사록(공증본)	3.법인등기부등본
				4.참석자명부	4.수입.지출예산서	4.인감증명서	4.설립신고확인증	4.(법인명의)임대차계약서사본1부
				5.설립동의서	5.창립개최공고문	5.설립동의자명부	5.임원취임승낙서/인감증명서,주민등록초본	5.출자자명세서(주민등록번호포함)
				6.개인정보제공/활용동의서	6.창립총회의사록사본(원본대조필)	6.총회의사록원본2부(공증사무소보관용 1부, 등기제출용 1부)	6.대표자 인감신고서	6.사업허가/등록신고필증(필요시)
					7.임원명부 7-1.임원이력서(사진)	7.대표자/인감도장,인감증명서	7.출자금총액납입증명서	7.위임장(대리인신청시)
					8.설립동의자명부 8-1.설립동의서	8.창립총회개최공고문	8.등록면허세영수필확인서	
					9.출자1좌의금액및출자좌수	9.이사장 확인서(진술서)	9.위임장(대리인신청시)	

협동조합 기본 정관에 우리의 특수성을 적용하기 위한 체크리스트

∨ 일반 협동조합의 네 가지 유형 중 우리는 어디에 해당되는가?

∨ 출자금은 보통 만 원 단위로 구좌라고 표현했는가?

∨ 정관에 의사 결정 내용 중 '회원의 3분의 2에 해당되는 인원으로 결정'으로 명시하는 것이 우리 조합에 맞는가?

∨ 표준 정관과 달라진 부분이 규정에 맞는지 지원센터에 확인했는가?

∨ 사업계획서에 기록되어야 할 필수 사업 3가지. 첫째, 조합원과 직원에 대한 상담. 둘째, 교육 훈련 및 정보 제공과 협동조합 간 협력을 위한 사업. 셋째는 조합의 홍보 및 지역사회를 위한 사업이다. 이것들이 사업계획서에 기록되어 있는가?

∨ 총회공고문은 알렸는가?

∨ 최종 제출 전까지 사업계획서와 수입지출예산서를 점검했는가?

∨ 조합원 도장과 법인 도장 미리 준비했는가?

∨ 구청에 협동조합 설립 신고할 때 설립신고서, 정관 사본, 사업계획서, 수입, 지출 예산서, 창립개최 공고문, 창립총회 의사록, 임원명부, 임원이력서, 설립동의자 명부, 설립동의서, 출자1좌의 금액 및 출자좌수를 조합원 모두가 보고 확인했는가?

∨ 모든 서류 내용은 반드시 메일에 저장, usb에 저장했는가?

∨ 조합원 도장, 법인 도장 항상 같이 가지고 있는가?

∨ 설립 신고 시 같이 갈 사람이 있는가? (2~3인이 같이 가는 것이 바람직하다.)

총회의사록 공증에 관한 팁

∨ 공증 시 조합원 전원이 다 같이 가서 확인해야 된다. 혹시 참석이 어

려운 조합원인 경우 본인 등기부등본을 제출하면 된다. 그리고 구청 근처 장소에 있는 공증사무소를 이용하는 것이 유리하다.

∨ 공증서류 또한 공증서별로 약간의 차이가 있으니 미리 가서 서류를 받아 양식에 맞게 기록한다.

∨ 협동조합에 관련된 서류를 메일, usb에 저장해야 대비할 수 있다.

∨ 정관과 총회의사록 2부는 반드시 원본을 가져가야 한다.

법인 등록에 관한 팁

∨ 관할 지원에 가서 신청하고, 반드시 대표가 가야 절차와 서류가 줄어들고, 정관은 사본을 가져가도 된다.

∨ 협동조합에 관련된 서류를 메일, usb에 저장해서 가는 것이 꼭 필요하다.

∨ 법인 등기부 등본도 동부지원에서 신청하고 길게는 일주일 정도 걸린다는 것을 명심하자.

사업자등록에 관한 팁

∨ 사업자등록증은 보건증 취득 이후 신청 가능하다. 법인협동조합인 관계로 검토 후 승인 절차에 시간이 걸린다.

∨ 보건증 취득 시 대표자는 반드시 요식업 의무 교육을 온라인으로 신청해 듣고, 교육 이수확인증이 있어야 한다.

∨ 온라인 신청 교육은 시일이 걸릴 수 있고, 현장 교육도 있으니 대표자 상황에 맞게 선택하여 세무서 가기 전에 반드시 받아야 한다.

한 번 더 강조하고 싶은 점

∨ 개인으로 한 임대계약서는 부동산 관계자, 임대인이 모여 다시 계약서를 작성, 법인 명의로 바꿔야 사업자등록증이 발급된다는 것을 잊지 말자.
∨ 대리인 신청 시 서류 등 복잡해지니까 대표가 직접 가는 것이 시간 절약이 된다.
∨ 카페 운영 시 영업 시작 전 업무자들이 보건증을 반드시 발급받아야 하는데 보건소에 가서 직접 검사해야 한다.
∨ 일주일 안에 보건증이 나오고, 1년마다 재발급해야 한다.

3부

공간 책바람 : 공간은 하나, 사람은 일곱

1장 공간 설계, 물리적 공간 만들기

공간 만들기 어떻게 준비했나요? / 한여름에도 식지 않은 열정, 60여 곳 발품 팔은 끝에 얻은 공간 / 공간에 정체성을 입히다 / 공정표, 공사일정 및 공사 실행 순서에 대한 기록 / 건축설계를 전공한 조합원?

2장 7인의 카페지기, 그들의 성장기

우리만의 커피맛 / 7인의 바리스타와 7인의 카페지기 / PS. 커피 르포 이제는 말할 수 있다 / 명명하기, 그 전진의 힘에 관하여

3장 간판 없는 4층 카페의 회계와 마케팅 이야기

중요하고도 어려운 자금 운영 / 돈과의 외로운 싸움 / 공간 책바람을 알리기 위한 선택, 그 안타까운 이야기 / 어떻게 알릴 것인가? / 매출을 올리려는 노력, 마케팅 홍보 / 청년으로 살아가기 위해 택한 길

공간 설계, 물리적 공간 만들기

1장

공간을 얻고 설계 및 공사를 시작한 지 얼마 안 되어 '공간 책바람'이 모습을 드러냈다. 넉넉하지 못한 예산 때문에 어려움도 있었지만 조합원들은 함께 발품을 팔아가며 힘을 보탰다.

건축만큼 협력이 필요한 일도 없을 것이다. 각 부분마다 전문적인 영역이 있고, 전문가들이 유기적으로 협력한다. 그들이 일하는 방식처럼 우리도 공간 책바람을 꾸려나가고 싶다. 이러한 바람을 담아 그동안 진행해온 공간 설계 및 시공 과정을 조합원 C가 소개하였다.

공간 만들기
어떻게 준비했나요?

공간을 찾는 일부터 시작하여 공간 구성을 계획하고 가구를 고르는 일까지 많은 일들을 조합원들이 함께 해나갔다. 카페에 놓을 의자를 사러 을지로 가구거리를 헤매고 다녔을 때의 일이다. 어느 가구 상점 주인이 슬그머니 다가와 물었다. 어디에서 올라 왔냐고. 처음엔 무슨 뜻인지 몰라 어리둥절했는데 이렇게 여러 명이 한꺼번에 몰려다니는 경우는 지방에서 한 차로 올라와 가구를 구입하는 경우라고. 우리는 어디서 올라왔냐는 물음이었다. "네에???" 누구는 박장대소하기도 하고, 어느 누구는 돌아서서 거울을 들여다본 그날, 5명이 하루 종일 돌아다니며 구입한 것은 소파 1개와 의자 2개였다. 이처럼 작은 것 하나 구입하는 것도 많은 에너지가 들어야 하는 일, 취향도 다르고 생각도 다른 사람들이 의논하여 함께 쓸 가구를 구입하는 이런 일이 협동조합이라는 학교에 던져진 첫 번째 과제였다.

지금의 공간은 그런 미션을 수행한 결과물이다. 이러한 과정들을 기록하여 어떻게 진행하였는지 그 합심의 흔적을 생생하게 남기고 싶다. 대부분의 일들은 조합원의 힘으로 직접 해결하려고 노력하였고 그렇게 이루어졌으나, 설계 및 공사 부분은 전문가의 도움을 받았다. 적은 예산임에도 성심성의껏 공사해주신 분들에게 이 자리를 빌려 감사 인사를 전하고 싶다. '공간 책바람'이 사익을 추구하지 않고 잘 운영되어 '함께 행복한 사회'를 만드는 데 일조하는 것으로 보답하고 싶다.

공간 마련 과정 어떻게? 기간은 얼마나?

공간을 마련하기 위한 첫 준비 모임은 2018년 6월 16일이었다. 그리고 지금의 공간을 확정한 것은 2018년 10월 31일. 4개월이 넘는 기간 동안 매물을 찾아다니며 발품을 팔았고, 2019년 1월 14일 '공간 책바람'을 오픈했다. 현장을 실측하여 도면을 작성한 것이 11월 9일이었으니까 실제 기본 설계는 10여 일, 공사는 3주, 실내 필요한 가구, 장비 반입과 물품 구입은 4주 안에 끝낸 것이다. 일반적으로 가능한 스케줄은 아니다.

건축설계를 전공한 조합원이 있었고, 앞서 말한 4개월 동안 매물이 나올 때마다 간략한 평면 스케치를 했었다. 매물을 찾아다니며 어떤 공간이 필요한지, 어떤 요소를 가지고 있으면 좋을지 지속적으로 고민하고 논의해왔기 때문에 공간이 정해지자 망설임 없이 작업할 수 있었다. 일반적으로 이 정도의 규모(25평)를 설계하고 시공하기 위해서는 최소 2달 정도 예상하는 것이 좋고, 카페를 오픈하기 전 충분한 연습 시간도 가져야 하므로 계약 후 오픈 일까지 3~4개월 정도는 감안하는 것이 좋겠다.

공간을 설계할 때 가장 먼저 생각해야 하는 것

공간을 얻고자 했을 때 가장 먼저 생각해야 하는 것은 공간의 사용 목적과 사용 방식이다. 공간을 운영하는 사람이 한 명인 경우에는 본인의 생각을 잘 정리해서 일을 진행하면 되니 이것이 중요함에도 불구하고 그리 많은 공을 들이지 않아도 된다. 그러나 우리의 경우에는 공간을 만들어보자고 했던 취지의 범위가 워낙 넓고, 구성원이 다양한 욕구로 참여하게 된 경우라 공통분모를 찾아 만들어가는 과정에 많은 시간이 들었다. '독서 모임을 하기에 좋은 환경을 만들고 그곳에 인문학 관련된 정보를 축적하여 함께 나눈다.'는 취지와 '그러한 공간을 유지하기 위해 카페를 운영한다.'는 정도가 암묵적으로 공유되어 있었다.

공간의 운영 방식에 대한 구체적인 논의가 필요했다. 주로 이 공간을 이용할 사람들은 누구인가? 수익 구조를 북카페와 같이 할 것인가 아니면 공간 대여로 할 것인가? 공간 차별화를 어떻게 마련할 것인가? 등 의견을 나누면서도 뜬구름 잡는 것 같았다. 이러한 것들을 구체화하기 위해서는 무엇보다 장소를 정해야 하고, 잘 운영되는 카페를 많이 탐방하여 정보와 아이디어를 수집해야 한다. 그래서 벤치마킹할 곳에서 회의를 진행하고, 각자가 느낀 점을 정리하여 모으기 시작했다.

〈 좋은 공간을 찾아다니며 공간 준비 모임을 진행함〉

한여름에도 식지 않은 열정,
60여 곳 발품 팔은 끝에 얻은 공간

6월 중순에 첫 모임을 가진 이후로, 예산 범위의 매물이 나오면 번개 치듯 시간 되는 회원들이 모여 공간을 둘러보기 시작했다. 숨 막히게 더운 한여름, 그것도 가장 더운 오후 2시에도 마다않고 달려 나온 사람들의 얼굴엔 더위로 붉어진 얼굴만큼이나 열정이 가득했다. 10월 말 지금의 공간을 정할 때까지 60여 곳 정도 돌아본 것 같다. 개인적으로 집을 구할 때와 달리 이렇게 여러 명이서 함께 돌아보고 의견을 맞추는 것도 새로운 경험이었다. 각자 중요하게 생각하는 부분이 다르기 때문에 의견을 수렴하는 것에 다소 시간이 걸렸다. 접근성이 좋고 월세 비용이 적어 유력했으나 화장실 환경이 열악하여 고민했던 매물은 7명의 의견을 모으는 와중에 바로 다른 곳에 매매되었다. 그즈음 적힌 회의록에 '적합한 매물이 나왔을 때 신속하게 움직이는 것이 필수!!!'라고 적혀 있는데 그 당시의 아쉬움이 묻어나는 기록이다. 그러나 결론적으로 말하면 그곳보다는 더 조건이 두루 좋은 공간을 얻었다. 여러 명의 의견을 고루 모으는 것이 꽤 괜찮은 안전장치라는 것을 배우게 된 좋은 경험이었다. 겨울이 오기 전에 공간을 만들어야 겨울 동안 준비하고, 봄에 본격적으로 가동

할 수 있을 거라는 생각에 하반기로 갈수록 더 적극적으로 매물을 찾아다녔고, 지금의 공간을 얻었다. 예산 범위의 매물이고, 수도 시설이 있으며, 그동안 보았던 매물에 비해 주변 여건이 양호했다. 여기서 주변 여건이란 교통 접근성, 화장실, 엘리베이터, 주차, 이웃 등을 고려했다. 실 크기가 적정하고 쓰임새가 좋은 장방형 실내, 높은 천정고 등이 좋은 평가를 받았는데 보다 결정적인 이유는 그동안 보았던 매물보다 상대적으로 여러 조건이 두루 좋다는 것이었다. 시기적으로 더는 미룰 수 없는 시점까지 최선을 다해 알아보고, 그 중에서 최선을 선택했던 과정이라 그런지 이 결정엔 후회가 없다.

어떤 공간을 만들 것인가? 공간의 평면계획

이것에 대한 의견은 매번 회의에 나왔던 단골 주제였고, 매번 명쾌히 결론을 낼 수 없었던 어려운 문제였다. 더구나 어느 한 사람이 주도하여 만들 수도 없는 답이었다. 그러나 최소한 책바람 회원들이 다양한 활동을 하기에 적합한 곳이어야 한다는 점은 모두가 합의할 수 있는 것이었다. 우리 모두는 책바람 회원이기 때문이다. 독서 모임을 하기 좋은 환경에 우선순위를 두고 계획안을 다양하게 잡아보았다. 공간을 구성하는 실의 종류와 개수, 그리고 기본적인 실의 크기에 대한 감을 잡으면 평면계획을 세울 수 있다. 일반적으로 카페에서 룸을 대여하는 곳은 8명 이상의 큰 실인데, 실제로 독서 모임은 4명 내외로 이루어지기도 하고, 조금 더 많은 8명 내외, 그리고 책바람 같은 경우는 12명 내외로 모여 진행한다. 따라서 조금 다양한 요구를 충족시킬 수 있도록 4, 8, 12인실의 공간을 별도로 구성했다. 그리고 그러한 공간이 필요에 따라 강연이 가능한 구조로 실이 개방되는 설계가 되어야 한다. 슬라이딩 도어 혹은 폴딩 도어 등을 활용하면 선택적 개폐가 가능하다. 두 번째로 중점을 둔 것은 소음 차단과 글 읽기 좋은 실의 밝기였다. 독서 모임은 책 읽기와 토론이 이루어지는 공간이므로 무엇보다 차음시설과 조도가 중요하다. 이 두 가지는 지금까지 카페에서 독서 모임을 하며 가장 불편했던 점이다. 예산상 완전한 방음이 이루어지는 방음실 수준으로 하기는 어려웠고, 차선으로 차음쉬트를 칸막이벽에 추가했다. 그래서 실을 구획하는 칸막이를 뚫고, 소음이 넘어가는 일은 적다. 이와 같이 기능적으로 풀어야 할 문제들을 정리하여 계획 과정을 조합원들과 공유하고 선택할 사항들은 몇 가지 안건으로 제시했다.

1) 현장 실측하여 도면 작성 (2018년 11월 9일)

2) 필요한 실의 용도와 개수를 고려하여 공간 계획

- 독서 모임 공간 : 4인실, 8인실, 12인실, 사무 공간 및 수납공간 필요
- 강연 가능한 구조일 것, 카페 기능을 할 수 있도록 주방 설계 및 기기 설치
- 다양한 종류의 책을 수납할 수 있는 책장, 테이블, 의자 등 배치 계획

3) 설계안 브리핑 및 의견 수렴 (2018년 11월 21일)

- 커피머신 및 카페 관련 주방기기 판매하는 곳 방문하여 제품 사이즈 등 확인
- 설계 반영, 주방 붙박이장 의견 수렴, 공간 사용 방안에 대한 의견 수렴
- 테이블 및 책장 구입 제품 결정, 분당 두ㅇ, 광명 이ㅇㅇ 방문 시장조사

〈참고자료 – 당시 의견수렴 과정에서 조합원들에게 설명했던 자료〉

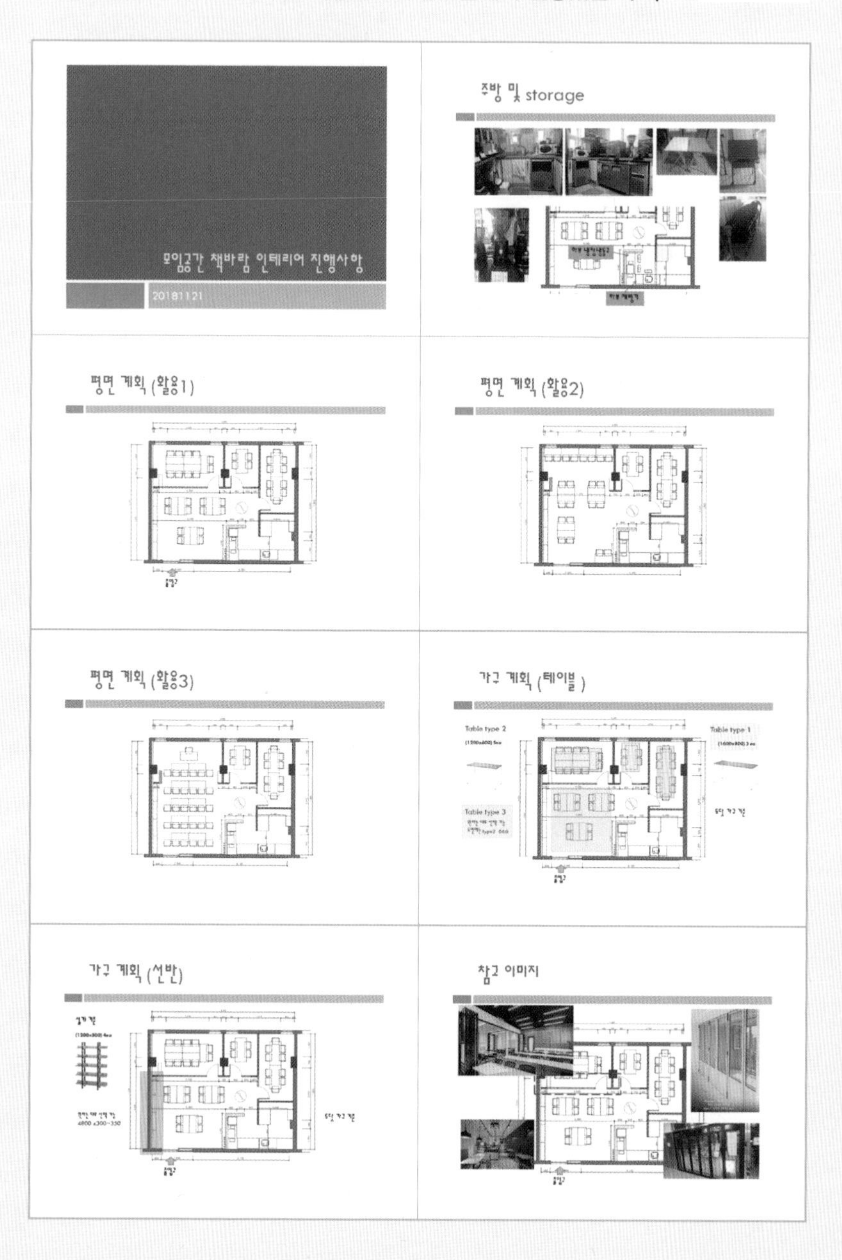

공간에
정체성을 입히다

〈공간 책바람 sign 계획안〉

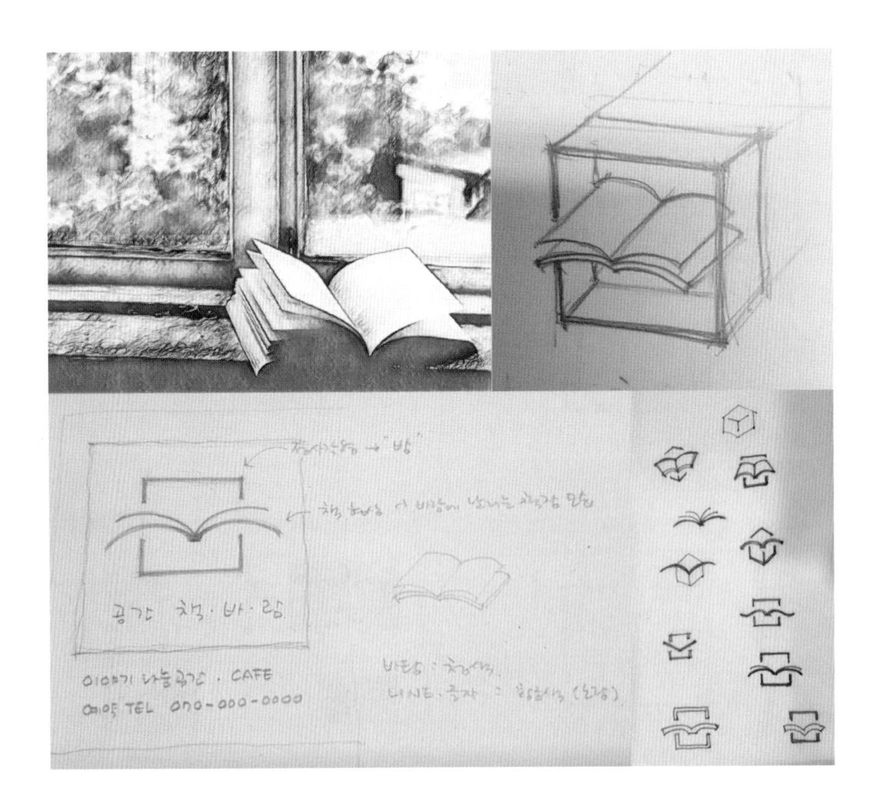

〈sign 색상 계획안〉

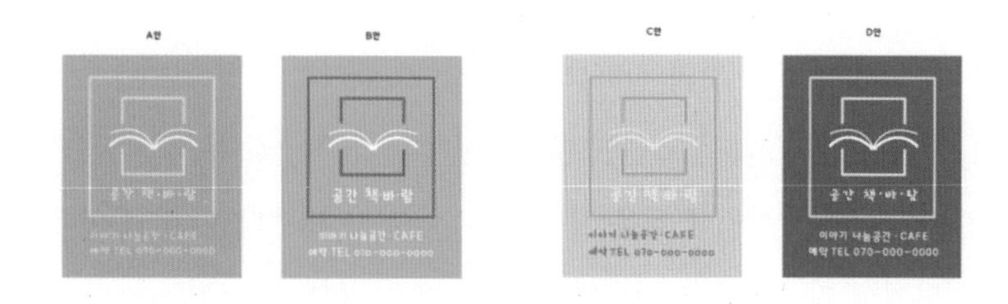

기능적인 부분을 해결하면 그 다음은 공간의 정체성을 어떻게 표현할 것인지 고민하게 된다. '공간 책바람'이라는 이름이 정해졌고 그것에 걸맞은 이미지를 구상했다. 책에 관련된 이미지가 단톡방에 수시로 올라왔고, 이런저런 아이디어가 제시되었지만, 늘 그렇듯 가장 기본적인 것이 수용된다. 공간과 책과 바람을 형상화한 것이었다.

재미있었던 일은 조합원마다 이 그림을 다르게 해석한 것이다. 누구는 윙크하는 웃는 모습이라고 했고, 누군가는 창을 깨고 밖으로 기운차게 날아가는 새 같다고 했다. 해석하는 방식은 그 사람을 닮았다. '바람에 날리는 책장 모습'이라는 것이 뭐가 중요하겠는가. 다양하게 해석될 여지가 있고, 그런 모든 가능성을 포함하여 풍성해진다면 그것만큼 우리를 잘 표현한 것은 없다. 그러나 동전의 양면처럼 따라오는 어려운 점도 있다. 그것은 각자의 해석에서 끝나지 않고, 무엇인가 하나의 결정을 내려야 할 때 드러난다. 로고 색상을 정할 때 컬러칩을 가지고 와서 각자의 의견을 물었다. 누구는 밝은 파랑, 다른 누구는 어두운 파랑을 선호하였다.

그래서 그 중간쯤으로 되는 색상을 골랐더니 아무도 원하는 색상이 아니었다. 우리가 무엇인가를 함께 결정한다는 것은 이와 같이 되기 쉽다. 그렇다면 함께 일하는 것의 결과물이 베스트가 되려면 어떻게 해야 할까? 일을 하면서 가장 많이 고민했던 지점이다. 결론적으로 우리는 일을 담당하는 실무자의 의견에 힘을 실어주는 방법을 선택했다. 그리고 실무자는 전문가의 의견에 귀를 기울였다.

공간의 실내 색상 계획이나 마감자재를 정하는 일 같은 것 역시 여러 사람의 취향을 함께 반영할 수 없어서 설계를 담당한 조합원에게 일임해 주었다. 그러나 최대한 의견을 수렴하기 위해 몇 가지 시안을 제시하고, 투표를 통해 결정하는 방식으로 진행하였다. 자신의 의견이 선택되지 않아도 묵묵히 따라준 조합원들의 배려가 공간 사이사이 보이지 않은 곳에 촘촘히 숨어 있다.

〈sign를 활용한 안내판〉

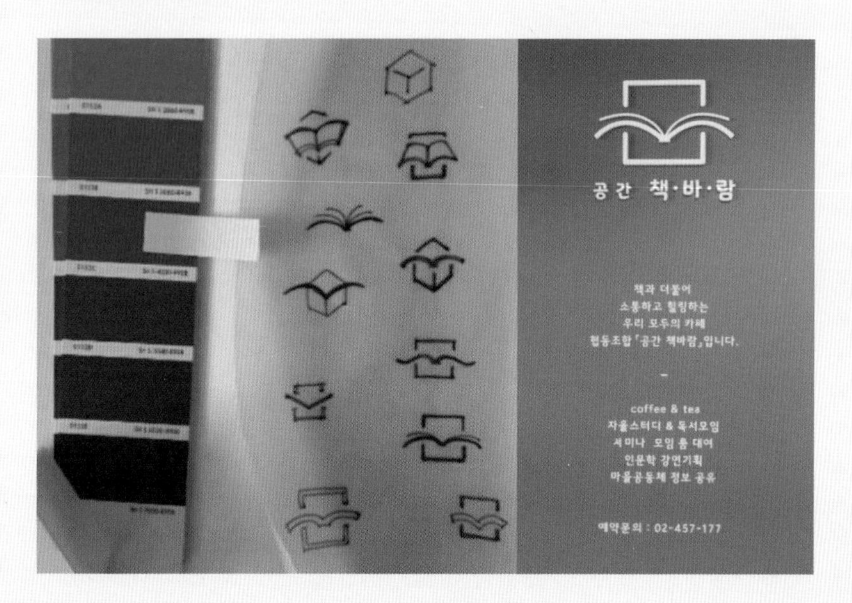

〈실내 색상 계획안〉

공간을 받치는 7개의 기둥

공간을 설계하면서 끝까지 조합원들에게 말하지 않은 것이 있었다. 꼭 있어야 하는 부분은 아니지만 의미를 담을 수 있는 디자인 요소. 조합원 7명에 대한 애정을 꾹꾹 눌러 담아 표현한 것이 7개의 루버이다. 루버라고 하면 '뭐지?' 싶지만 일상에서도 자주 접하는 디자인 방식이다. 칸막이로 구분하면 답답하니 좁은 폭의 나무판으로 열을 지어 공간은 구분하되 시야는 확보하는 것이다.

처음엔 카페 안쪽 일하는 공간이 훤히 들여다보이는 것을 막고자 생각했던 것인데 조합원을 상징하는 7을 더하자 새로운 의미가 만들어졌다. 공간을 받치는 7개의 기둥. 협동조합의 의미를 잊지 말자는 야심찬 계획이었다. 공사가 끝나 처음 조합원들에게 오픈 하던 날, "와~~" 하고 터져 나오는 웃음소리에 안심하며 그들을 닮은 7개의 기둥을 소개했다. 이름표를 나눠주며 자기 기둥에 붙여두라고 하자, "미모 순으로 붙이자!" "그럼, 당연히 내가 첫 번째지!" "아니야, 난 무조건 가운데 할래!" "야! 야! 거긴 내가 벌써 찜했다니까!" 서로 옥신각신하며 연신 까르르 웃어댔다. 균일한 간격으로 열을 맞춰 서 있는 나무 기둥처럼 우리도 'n분의 1'씩 공간의 무게를 짊어지고 나아갈 수 있을까? 어려운 일이다. 기둥처럼 붙박이도 아닌 우리가 산술적인 n분의 1이 가능하기나 하겠는가? 그러나 앞으로 여러 가지 일들이 벌어질 공간에서 초심을 상기하는 데 7개의 기둥이 도움이 되었으면 좋겠다는 생각을 했다.

〈공간에 처음 7명이 모인 날〉

〈7개의 기둥처럼 서 있는 루버〉

공정표 공사 일정 및 공사 실행 순서에 대한 기록

공사 일정을 계획할 때는 전체를 파악하는 눈이 필요하다. 하루하루 작업량이 중요한 게 아니고 일의 순서, 마감 기간, 작업과 작업 사이의 관계 파악이 중요하다.

그래서 공사를 하기에 앞서 공정표를 잘 짜야 한다. 공정표란 일반적으로 물품을 만드는 과정이나 일정을 나타낸 도표인데, 공사할 때 작성하는 공정표는 주어진 총 기간을 상세하게 기술하고, 계약자별로 작업의 시작 및 종료 일자와 모든 작업 단계를 망라하여 정리한다. 이것을 통해 공사의 전체 일정뿐 아니라 실행 순서, 기간 등을 계획할 수 있다.

〈공간 책바람 공정표〉

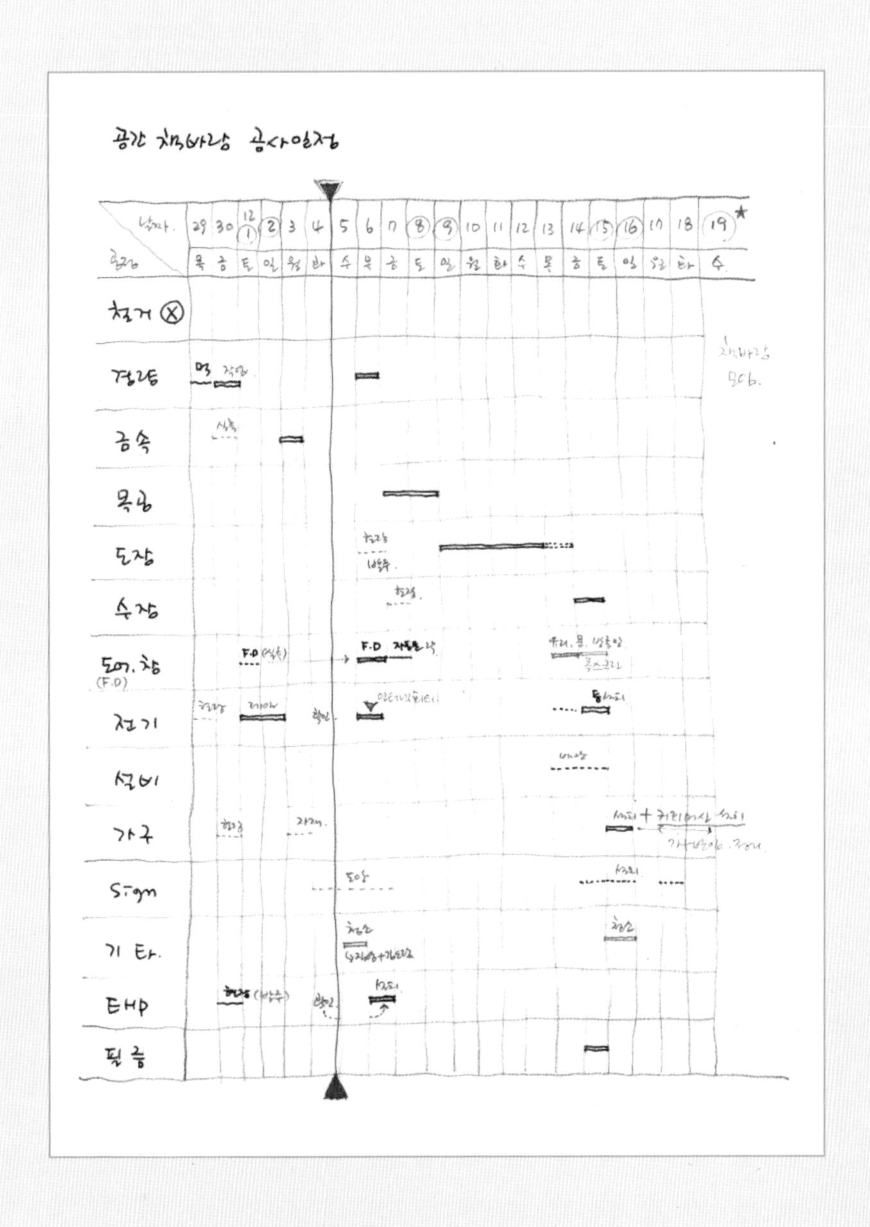

공간 책바람 공사일정
29 30 12/1 2 3 4 5 6 7 8 9 10 11 12 13 14 15 16 17 18 19
목 금 토 일 월 화 수 목 금 토 일 월 화 수 목 금 토 일 월 화 수
철거
경량
금속
목공
도장
수장
도어. 창
(F.D)
F.D
전기
설비
가구
Sign
기타
EHP

〈공사 시작! 공간 책바람의 모습이 드러나다 (2018년 11월 29일 ~ 12월 16일)〉

공사 전 (실내)

공사 전 (복도)

11.29(먹메김 작업)

11.30(벽체 공사)

12.1(벽체 공사)

12.5(벽체 공사, 에어컨 배관)

12.6(폴딩도어)

12.8(목 공사,도어 공사)

12.11(도장 공사)

12.12(도장,필름 공사)

12.13(조명, 바닥 공사)

12.16(실내 공사 완료)

12.16(복도 공사 완료)

건축설계를 전공한 조합원?

고등학교 시절 드라마 여주인공이 건축설계 하는 멋진 모습을 보고 지원했더랬다. 그 드라마 반향이 컸던 탓인지 그해 유난히 여학생들이 많이 들어왔다. 학교를 입학하고 졸업하는 것은 남녀 차이가 거의 없지만, 취업은 조금 달랐다. 물론 면접자의 여러 조건을 종합적으로 판단하는 것이겠지만, 여자라서 어렵겠다는 말을 몇 차례 듣고 나니 화가 났다. 왜 여자라서 어려운가? 이 질문에 대한 대답은 실무를 가르쳐 조금 일할 만하면 결혼과 육아로 일을 그만둔다는 것이었다. 우여곡절 끝에 어렵게 취업했을 때 정말 열심히 일했다. 그러나 결국 나도 임신, 육아와 관련하여 퇴사를 결심할 수밖에 없었다. 그렇게 일을 접었지만 같은 과 커플이었던 남편의 일하는 모습을 어깨 너머 보면서 나중에 같이 일해보면 어떨까 상상을 했었다. 그러다 이번 기회로 생각만 하던 그 일이 이루어졌다. 옛 친구를 만나듯 설레고 익숙한 느낌이 반가웠다. 컴퓨터로 도면을 그리자 식탁을 오가던 아들이 이런 엄마의 모습 처음 본다며 관심을 보였다. 조합원들도 멋있어 보인다고 격려해주었다. 이렇게 모아지는 기대 속에 '어떻게 하면 이들 모두가 만족하는 공간을 만들 수 있을까?' 부담감이 커지기 시작했다. 주머니 속의 예산은 넉넉하지 않은데 그녀들의 눈높이는 예사롭지 않았고, 한 번 잘못된 설계는 두고두고 이용자를 괴롭히기 때문에 편리성과 경제성 중 어떤 것이 좋을지 선택하기도 쉽지 않았다.

물론 준비된 자금 안에서 공사를 하는 것이 맞지만, 시간이 지나면 주머니 사정은 잊혀지고 공간의 품질만이 남는다. 하나를 하더라도 제대로 해야 한다는 시공자와 저예산을 걱정하는 조합원들 중간에 끼여 조율하느라 마음고생을 했다. 지금 생각해보니 다소 무리를 하더라도 공간은 최대한 이용자의 편리를 우선하는 것이 좋다. 현관문을 자물쇠가 아닌 디지털 도어락을 설치하여 열쇠 없이 카드키로 출입하게 한 것은 지금 생각해도 잘한 일 같다. 한 번 공간을 만들면 그것은 사람들에게 지속적으로 영향을 미치기 때문에 장기적 안목에서 고려하는 게 좋다.

남편과 함께 일하며 많은 도움을 받았다. 이런저런 핀잔에 마음이 상하기도 했으나 속 깊은 배려가 고마웠다. 그 덕에 한동안 집에서 무수리가 되었노라 하소연하면 토닥토닥 달래주는 조합원들. 그녀들도 남편과 함께 조립식 책장을 설치하러 오거나 선반 등을 조립하러 공간을 드나들었다. 휴일에 도착한 제품을 설치하러 남몰래 왔던 두 부부가 인기척에 서로 놀랐던 적도 있다. 이렇듯 가족들의 따뜻한 지원과 함께 마음을 모아 만든 공간에서 7명의 새로운 도전을 시작하게 되었다.

7인의 카페지기, 그들의 성장기

2장

'주경야독'까지는 아니더라도 공부하던 사람들이 카페 준비로 바빠지니 책 볼 시간도 내기 힘들었다. 본말이 뒤집혔다고 조언해주시는 분도 있었다.

무엇을 위해 카페를 운영하는가? 무엇보다 '공간 책바람'이 경제적으로 자립할 수 있는 수단이기 때문이다. 카페를 운영하면서 우리는 현실에 발을 꽉 딛고 있는 것을 느낀다. 그리고 카페를 이용하는 다양한 사람들에게 함께 읽고 싶은 책들을 소개할 수 있어서 좋다. 이 모든 것을 놓치고 싶지 않아 주경야독도 마다않는 7인의 카페지기, 그 성장기를 조합원 D가 기록해주었다.

우리만의 커피맛

커피의 콘셉트, 우리의 소박한 목표

카페를 위한 커피의 콘셉트에 대한 고민이 시작되었다. 우리가 마련하고자 하는 공간의 특성을 각자 상상하며 끊임없는 토론을 이어갔다. 각자의 이상을 담은 청사진의 허와 실을 이야기 나누며, 현실감각을 키워보려고 무던히 시도했던 것 같다.

우리는 협동조합으로 운영되는 '책과 소통하고, 더불어 힐링하며 성장하는, 우리 모두의 인문학 카페'를 만들자는 결론에 도달했다. 이와 함께 적어도 커피맛은 카페 구성에 부정적인 요소가 되지 않을 수준으로 시도해보자는 소박한 목표를 상정해보았다.

문제는 우리 카페는 7명의 조합원이 함께 운영할 것이며, 따라서 커피를 만드는 수준은 7명 역량의 최하치를 기준으로 설정해야 한다는 것이다. 7명 중 6명이 가능하더라도 1명이 만들 수 없는 음료는 메뉴판 위에

오를 수 없는 운명이다. 커피 기계의 선택에 대한 고민은 이러한 우리의 특수성과 경제력의 한계에서 출발할 수밖에 없었다.

어느 누구 하나 이 일을 통해 '돈 좀 벌어보자'는 턱없는 꿈을 꾸는 이는 없었을지라도, 그나마 나름의 쌈짓돈을 모으고 모아 마련한 귀중한 투자금은 사용처에 적절히 배분되어야 했고, 커피를 위한 투자금은 한정적일 수밖에 없었다.

커피 기계, 정도(正道)를 말하다

커피 기계 종류를 탐색하던 중 브랜드 캡슐 커피에 대한 기대가 떠올랐다. 집에서도 쉽게 접할 수 있는 캡슐 커피는 사용 방법이 용이하며, 이미 캡슐 커피를 접한 이들의 맛에 대한 평가도 긍정적이었다. 하지만 카페에서 사용 가능한 가격 수준의 캡슐 커피 판매처를 수소문하고, 직접 찾아가 시음한 결과는 부정적이었다. 어느 누구의 커피 취향도 만족시키지 못했다. 다행인지 불행인지 우리 7명의 커피에 대한 취향은 너무나 달랐으며, 조합원들의 커피 테이스팅 결과치는 다양한 데이터를 만들어냈고, 합리적인 결론을 도출하는 과정에서 큰 역할을 해주었다.

결국 우리는 부담과 노력을 최소한으로 줄여 쉽게 가보려던 마음을 비워내고, 커피 기계 가격과 바리스타의 역량에 대한 부담에도 불구하고 정도(正道)를 선택해야 했다. 우선 중고기계를 타진해봤다. 꽤 괜찮은 사양을 제공한다는, 커피 기계 전문가로부터 제안 받은 중고품이다. 이와 함께 때마침 개최되고 있던 카페쇼에 득달같이 달려가 그 많고 많은 멋진 신제품들 사이에 숨겨져 있던 아주 소박한, 하지만 가격 면에서는 중고품과 비교 가능한 신제품 에스프레소 기계를 찾아냈다.

마지막 선택지에 오른 중고품과 신제품의 장단점을 비교 분석하는 최종 회의가 진행되었다. 커피 기계에 대한 지식이 거의 없는 조합원들이 실제 사용해보지 못한 기계의 장단점을 이론적으로 이해하고, 현명한 결론에 도달한다는 것은 사실 도박이었다. 제대로 된 검증은 불가능했고, 우리는 불안했고, 선택을 위한 의견은 팽팽히 나누어졌다. 결국 내 것이 아닌, 우리의 것을 선택해야 했기에 우리는 안정성을 최우선으로 고려할 수밖에 없었다. 중고품이 가질 수밖에 없는 리스크를 택할 수는 없었던 것이다. 그렇게 우리는 작고 아담한 우리의 에스프레소 기계와의 애증의 동거를 시작했다.

원두 선정, 7인의 버라이어티한 커피 취향의 도전

다음은 커피 원두의 선정이다. 에스프레소 기계와 그라인더, 그 외의 기타 주방 기계들을 주문하자 마음이 바빠졌다. 일단 커피학원과 거래하는 믿을 만한 커피 공급처의 커피(가칭 L커피)맛을 기준점으로 선정했다. 이와 함께 지인의 성업 중인 카페와 우리 동네에서 커피맛으로 입소문이 난 카페에서 원두를 구했다. 조합원 각자가 각자의 방식으로 드립하여 커피 테이스팅을 시도하고 맛에 대한 평가를 공유했다. 그러나 사실 이 방식은 객관적 비교가 불가능한 방식이다. 예민하고 섬세한 커피는 각자의 추출 방식에 따라서 동일한 원두의 맛도 그들의 희로애락을 담아내는 법이며, 7명의 버라이어티한 커피 취향은 객관적 비교 자체를 불허한다. 결국 우리가 얻은 것이라고는 'L커피'의 맛이 긍정적이라는 결론 하나였다.

이제 본격적으로 에스프레소 기계가 카페에 자리를 잡았고, 우리만의 커피를 선정하기 위한 실제적인 실험이 진행되었다. 근처 성업 중인 카페에 커피를 공급하고 있는 공급처를 알아냈고, 이곳에서 추천하는 두 가지 타입의 브랜딩 원두와 'L커피'의 원두를 동일한 방식으로 추출하여 실제적이고 객관적인 커피 테이스팅을 시도했다. 이 또한 각자의 취향에 따라 커피 테이스팅의 결과치는 차이가 있었지만 'L커피'의 원두로 결론이 모아졌다. 마지막으로 우리 측에서 경쟁업체로 지목한 카페의 커피맛과 비교해본 후 우린 우리의 선택에 조금씩 자신감을 갖기 시작했다. 커피는 일단 맛이 있어야 한다!

바리스타로 바로 서기, 커피맛의 구현

인테리어 작업으로 공간은 제 모양을 갖추어갔고, 안착한 커피 기계를 제대로 이용하기에 앞서 커피 선생님을 어렵사리 모시고, 속성 세미나를 마련했다. 새로운 에스프레소 기계와 그라인더 사용상의 주의점, 그리고 카페 운영에 대한 다양한 충고 등을 접하면서 그제야 우리가 무슨 일을 벌이고 있는지 실감하기 시작했다. 우선적으로 선정된 원두를 이용하여 구체적으로 우리만의 커피맛을 구현해야 했다. 먼저 로스팅 단계를 정하기 위하여 수많은 블라인딩 커피 테이스팅을 진행했다. 그즈음 조합원들은 카페인 과다 섭취를 호소하면서도 매일 카페에 들어서자마자 커피 시음에 참여하여 열성적으로 시음 결과를 쏟아 놓았다. 조합원들의 의견을 적극 수렴하여 '부드럽고 진한 고급 커피맛'을 지향하고자 로스팅 단계를 선정했다. 최적의 맛을 잡기 위해 그라인더에서 원두의 그라인딩 굵기와 양을 셋팅하고, 에스프레소 기계에서 추출 시간을 셋팅했다.

그런 후 라떼를 위한 최적의 우유맛도 블라인딩 테스팅을 거친 후 가격을 고려하여 최종적으로 확정지었다. 하지만 기계들은 예상과 달리 셋팅값에 오차를 보였고, 그 오차 범위의 정도를 말할 것 같으면 오르락내리락 롤러코스터를 탔다. 주어진 추출 환경에 극도로 예민한 커피맛의 평균치를 짐작하기 위해서는 수많은 실험이 필요했다.

바리스타들의 역량과 손맛의 차이를 극복하기 위해서는 기계에 자동 설정 기능을 이용한 셋팅값을 정하여 에스프레소 추출 조건을 동일화하는 작업이 꼭 필요했다. 이런 일련의 과정을 거치며 수많은 데이터와 기록들이 일지를 채워갔고, 카페 오픈 날을 꼽아보며 더 이상 시간이 없다는 절박함은 카페인으로 허덕이는 우리의 마지막 주말을 버텨냈다. 그렇게 가까스로 '우리만의 커피 한잔'은 만들어졌다.

커피맛 구현 과정

1단계 : 기준 커피와 경쟁 카페 커피맛 비교

2단계 : 실제 공급 가능 업체의 원두맛 객관적 비교

3단계 : 원두 공급 업체 최종 선정

4단계 : 원두 브랜딩 및 로스팅 단계 결정

5단계 : 에스프레소 기계 및 그라인더 설정값 결정

6단계 : 우유 업체 결정

7인의 바리스타와 7인의 카페지기

7인 7색의 딜레마

럭키 세븐이라는 흔한 말이 있듯이 어쩌다 모인 우리들은 그렇게 일곱이다. 우리는 카페에서 때로는 온전한 자신의 빛깔로, 때로는 여럿이 모여 또 하나의 새로운 빛깔로 이 공간을 채워간다. 물론 현실은 우리를 다각도로 시험한다. 7인의 바리스타가 공존하는 협동조합 카페는 넘어야 할 산이 많다. 예민한 고객의 입장에서 생각해보자면 요일마다, 오전 오후 시간대마다 반겨 맞아주는 카페 주인장도 다르고, 커피맛도 제각각인 카페일 것이다. 7인의 바리스타이자 7인의 카페지기가 가질 수밖에 없는 딜레마를 극복할 묘수를 찾아야 했다. 그것도 아주 신속하게!

7인의 바리스타 역량 강화 작전

바리스타로서 원두를 선정하고, 그라인더와 에스프레스 기계에 셋팅값을 설정하여 커피맛의 기준치를 정하고 나자, 이제는 모든 조합원들의 역량을 동일화시키는 가장 중요한 과정에 전력을 다해야 했다. 조합원들은 오픈 준비를 위해 각자 맡은 역할로 정신없이 동분서주 뛰어다녔고, 그 와중에 개개인이 바리스타와 짝을 이루어 연습 시간을 확보해야 했다. 오픈 시점에 우리 모두가 제조 가능한 음료를 기본으로 메뉴를 선정해야 했고, 오픈 후에도 홀로서기에 자신감을 얻을 때까지는 2인 1조로 근무조를 편성하였다.

무엇보다도 7명 모두 제대로 된 바리스타로의 변신이 우리의 당면과제였다. 에스프레소의 추출 원리와 가장 맛있는 아메리카노를 손님에게 서빙하기 위한 세세한 사항들을 공유하였다. 카페라떼를 위해 우유 스티밍의 원리를 손끝으로 익히고 라떼아트를 위한 각고의 연습 시간들이 차곡차곡 쌓여갔다. 커피 이외에도 입소문난 맛좋은 티백을 수소문해 준비하고, 건강한 맛을 위해 수제청을 직접 담그는 노력을 했다. 이렇게 쌓여간 우리의 실력과 정성은 오픈 첫날 메뉴판을 내놓으며 실전 테스트에 돌입할 태세를 갖추어 갔다.

7인의 카페지기를 위한 매뉴얼, 동일한 서비스! 동일한 노동!

바리스타로서의 노력과 더불어 카페지기로서의 행동 방식도 동일한 태세를 갖추어가야 했다. 우리 7인의 카페 주인을 위한 매뉴얼을 작성한 것이다. 오픈 날은 목전에 다가왔으나, 막상 카페를 어떻게 운영해나가야 할지, 카페에 자리 잡은 기계들을 어떻게 관리해야 할지, 어렵사리 만들게 된 카페 메뉴는 아직도 머릿속에서 뒤죽박죽 방향성을 잡지 못했다. 하지만 누군가는 필요성이 느껴지면 자신의 정보 수집 능력치를 발휘하여 의견이 나오기도 전에 참조할 만한 자료들을 속속 수집하여 내놓았다. 이를 참조하여 7인의 카페 주인이 카페를 공동 운영하기 위한 '기계 관리 매뉴얼'과 '카페 운영 매뉴얼'을 만들었다.

공동으로 관리해야 할 기계의 관리 규정을 공유하고, 그 관리 담당자를 정했으며, 오전 오후 2인 1조 근무팀의 오픈/교대/마감 시 근무 규정을 정하여 통일성 있는 카페 운영을 시도하였다. 각 물품의 재고 관리를 위하여 재고 목록을 만들고, 기간별 예상 소모 물품들도 점검했다. 빠듯한 예산이었기에 카페에서 사용할 물품들은 하나하나 정성껏 준비되었고, 동선을 고려하여 최적의 위치에 배치되었다. 함께 사용하는 이들을 위해 물건은 항상 정해진 그 자리에 있도록 약속되었다. 또한 '카페 음료 제조 매뉴얼(레시피)'를 세세히 규정하여 손님이 몰렸을 때도 당황하지 않고, 레시피를 확인하며 실수를 최소화하고자 노력하였다.

성장하는 조합원과 진화하는 우리들의 메뉴판

이런 좌충우돌의 과정을 겪으며, 카페는 우리가 원했던 바로 그날 오픈되었다. 상상 이상으로 빠른 오픈 예정일을 받고, 과연 그날에 무사히 오픈이 가능할까 생각했던 막연한 걱정은 다행히 그 고비를 버텨내고 현실에서의 카페가 되었다. 오픈 전날까지 레시피가 머리속에 자리 잡지 않아 불안해하던 조합원들은 이제 고개를 절레절레 흔들며 거부했던 커피베레이션 음료를 척척 만들어낸다. 겨우 시도했던 수제청은 카페 초기에 효자 메뉴로 자리를 잡았고, 봄이 오자 새로운 과일청을 추가로 만들어 메뉴를 다양화시켰다. 여름이 되자 아이스 메뉴도 대폭 보강하였다. 이제는 맛, 영양, 비주얼 등 여러 측면에서 고객의 만족도를 고려할 수 있는 여유와 실력을 겸비하게 되었다.

조합원들은 시장 조사를 통해 주변 카페의 핫한 음료를 공유하며 품평회를 수시로 시도했다. 물론 새 메뉴가 하나씩 추가될 때마다 재료의 원가를 바탕으로 적정 가격을 산정하고, 최적의 맛을 위해 수차례의 실험을 시도했다.

그 결과 적절한 금액에 최상의 레시피가 하나씩 쌓여 우리의 메뉴판을 채워갔고, 이를 위해 홍보팀에서는 발 빠르게 게시판을 업데이트 해나갔다. 고객의 요구에 따라 생각에 없었던 사이드 메뉴도 보강하게 되었고, 기왕 공들여 담은 과일청을 이용한 베레이션 음료를 개발하여 기본 메뉴뿐 아니라 다른 곳과 차별화된 우리만의 메뉴도 개발하기에 이르렀다. 수제청의 특성상 기본적으로 사용 기간이 짧고 계절별 수급 상황도 달라 더 예민하게 재고 관리에 신경을 써야 했으며, 너 나 할 거 없이 시간이 허락하는 사람들은 상황에 따라 언제든지 그 즉석에서 과일청을 담가 냉장고를 채워냈다. 이런 우리의 정성들이 모여 이제는 어엿한 메뉴판을 구비한 제대로 된 카페의 모습을 갖추게 되었다.

메뉴의 진화

– 1단계(오픈 시) : 기본 커피 메뉴 및 청류를 이용한 건강차
– 2단계(봄맞이 메뉴 리뉴얼) : 카페모카, 카라멜마끼아또 추가, 청류 음료 다양화, 쿠키류 보강
– 3단계(여름맞이 메뉴 리뉴얼) : 아이스 음료 추가, 청류와 티백차를 브랜딩한 음료 개발, 사이드 메뉴 보강

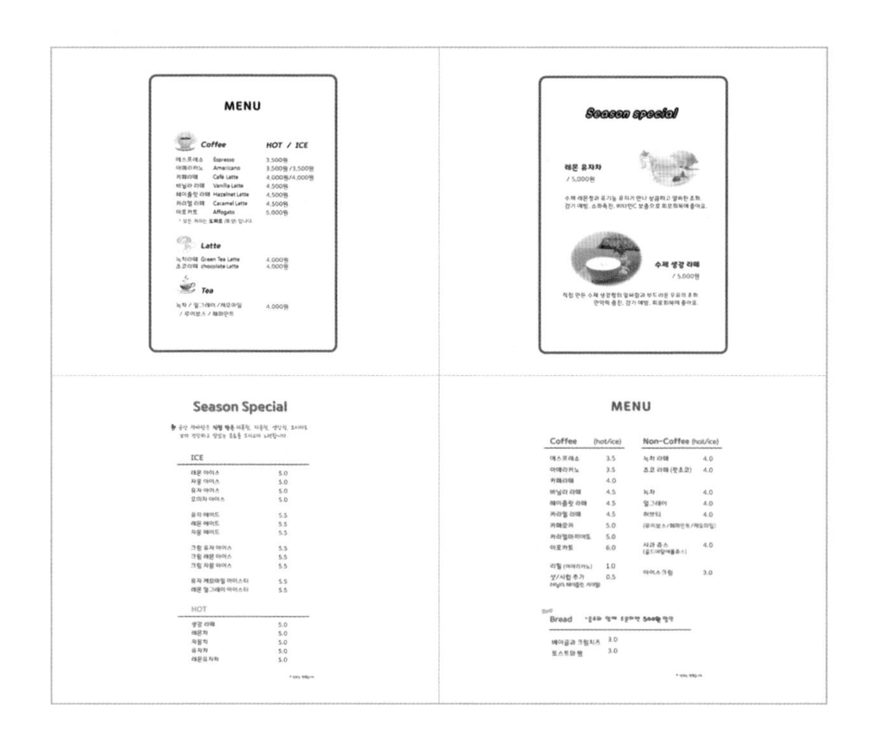

7인 7색의 시너지

우리가 바리스타로 거듭나기 위한 연습 과정을 채워가는 방식은 그 성격과 표현방식 만큼이나 제각각이었고, 그 결과도 차이가 났다. 시간과 체력은 부족하고 습득 속도와 성향도 달라서 사실 걱정이 앞섰다. 연습 초반에 성과를 바로바로 보이는 사람이 있는가 하면, 카페 오픈 날까지 준비가 부족한 사람도 있었다. 생각 이상으로 실력이 발전한 사람인데도 개인적 성향에 따라서 너무 긴장한 채 걱정을 머리에 이고 다니는 사람도 있었다. 반면 아직 연습량이 절대적으로 부족함에도 불구하고 통 큰 자신감을 내보이는 사람도 있었다. 하지만 카페는 오픈되었고, 각자 자신의 방식으로 빛을 발하기 시작했다. 2인 1조로 근무하며 아직은 불안한 실력을 서로 도와가며 하루하루 실전을 치러냈다. 연습량으로 자신감을 채워가는 조합원이나 통 큰 자신감으로 못다한 연습량을 실전에서 채워버리는 조합원이나 어느덧 바리스타로서 각자의 자리를 잡아 갔다. 라떼아트 연습이 한창이던 조합원들은 서로의 하트를 보여주며, 그야말로 바리스타로서의 자신감을 장착하기 시작했다.

카페 운영 중 각자의 고충과 경험담을 공유하며 시행착오를 줄일 수 있는 방안들을 제안했다. 누군가는 다른 카페의 핫한 음료를 시음하고 나타나 새로운 메뉴에 대한 아이디어를 쏟아놓았고, 누군가는 발 빠르게 인터넷에서 카페 관련 온갖 정보들을 검색해서 보물처럼 풀어놓았다. 그런가 하면 누군가는 손님들에게 우아하고 세련된 대응으로 서비스직의 재능을 뽐내는가 하면, 누군가는 예기치 않은 종류의 손님 등장, 게다가 미처 준비하지 못한 서비스의 요구에도 불구하고 "당황하지 말고~!"라는 우리만의 공용 표어를 만들어내며 순발력 있는 서비스 정신을 발동시켰다. 미숙한 기계 조작으로 당황한 조합원들 옆으로 어느새 누군가는 해결사를 자처하며 도움의 손길을 내밀었고, 낯선 경험이 쌓여가며 각자의 능력은 상승되었다. 늘 영업 중에는 예기치 못한 일들이 발생하고, 그때마다 누군가의 순발력과 누군가의 자신감은 초능력을 발휘하면서 동료들 옆을 지켰다. 2인 1조의 팀은 그렇게 서로가 서로에게 힘을 불어넣으며 스스로 발전할 수 있는 기회를 나눠주었고, 이제 우리 일곱 명은 혼자서 두 사람의 몫을 해낸다.

7인의 바리스타와 7인이 카페지기. 우리들의 동거는 협동조합의 진가를 체험하는 가장 값진 배움의 시간이었다. 책바람 회원으로서 들었던 어느 강연에서 선생님께서는 말씀하셨다. "우리들이 공부를 계속해 나갈 수 없는 이유들은 이 세상에 차고 넘칠 것이다. 하지만 우리가 공부를 계속해 나갈 이유는 오직 단 하나, 우리 자신이다."라고. 공부하는 고비 고비마다, 새로운 일을 하는 고비 고비마다 힘든 이유들은 산을 이룰 테지만 그 일을 할 이유는 오직 우리 자신이라는.

그 어느 순간에도 배우고자 한다면 그 누구도 그 무엇도 우리의 스승이 될 수 있다는 것. 그래서 오늘도 우리는 서로에게서 배운다. 우리가 배우고자 한다면 우리는 언제고 서로에게 스승이다.

PS. 커피 로또
이제는 말할 수 있다

우리의 커피는 팔 할이 뚝심이다

씬 #013 공간 책바람 카페. 개업을 며칠 앞둔 어느 날.

커피머신 옆으로 수십 잔의 커피가 줄을 맞춰 대기하고 있다. 그 앞으로 비장함마저 감도는 그녀가 다크서클의 깊이만큼 더 커진 눈으로, 카페에 등장하는 누군가를 맞는다.

조합원 D : 커피맛 보고 각 잔에 대해 평가해줘. 순서 바뀌면 안 되니까 조심하고!

조합원 F : (방백) 이거 데자뷰인가? 아니, 어제보다 잔이 더 많아진 것 같군. 난 못 한다고 할까? 아니다, 그래도 도의적으로 그럼 안 되지. 아냐! 오늘은 좀 자야지.

해설 : 갈등하는 조합원 J는 '마신다 VS 몇 잔은 남긴다' 중 몇 잔은 남긴다를 선택하고 매우 미안해한다.

카페 '공간 책바람'의 커피는 맛있는 커피를 위해 최적의 로스팅 단계와 에스프레소 추출 조건을 설정하고, 조합원들이 동일한 커피맛을 구현하기 위해 그라인더와 에스프레소 기계의 셋팅값을 찾아 헤맨 그녀의 피땀 어린 노력 덕분에 여기까지 왔다. 흡사 지구 대재앙을 막기 위한 유일한 결정체를 찾는 연구인 듯 비장한 각오와 뚝심으로 진행된 과정이었다. 수백 잔은 거뜬히 넘는 테스트를 하는 과정에서 누구보다 힘이 든 건 그녀였겠지만, 옆에서 맛을 감별해야만 하는 조합원들도 작은 애로사항(카페인 과다로 인한 수면 부족, 라떼 과시음으로 설사 동반 등)이 있었다. '음…. 뭐 이 정도면 된 거 아닌가?' 싶은데도 그녀는 "아직!"이란다. 공간 책바람의 커피가 진하고 부드러워 맛있다는 평을 듣는 것은 '그녀의 노력+뚝심 80 : 조합원의 불면+배탈 20'으로 이루어진 쾌거라 하겠다.

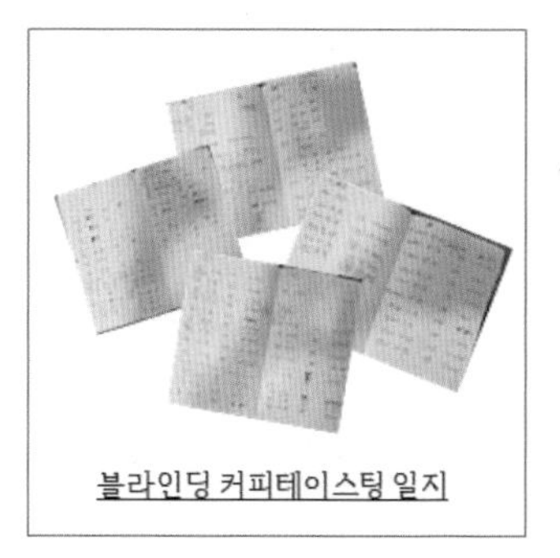
블라인딩 커피테이스팅 일지

블라인딩 커피테이스팅 현장

명명하기,
그 전진의 힘에 관하여

세상을 만나 자신을 규정하고 명명하는 일은 생각만큼 만만치 않은 작업이다. 누군가에게 그 자신을 소개할 때 선택된 단어는 그 표면적 의미를 넘어서는 경우가 많다. 그 이름은 사람에 따라서 때로는 의도와는 상반된 의미로 해석되기도 하며, 명명된 순간 고착화되어 한 사람의 삶을 왜곡하고 뒤틀리게 규정지어버리기도 한다.

나는 카페의 조합원이 된 이후 '바리스타'라는 새로운 이름을 얻었다. 커피에 관한 자격증을 소지한 자, 따라서 그에 상응하는 실력과 전문성을 가지고 있으며, 카페 내에서 발생하는 커피와 관련된 문제를 해결할 것으로 기대되는 자. 하지만 바리스타에 관한 지식이 전무후무한 상태에서 급박한 필요성에 의해 벼락치기 공부로 마련한 자격증은 현실에서는 무기력한 법이다. 카페를 개장하기 직전 커피 관련 자격증을 마련했다는 수줍은 나의 고백은 조합원들에게 일파만파 화색의 얼굴빛으로 퍼져갔다. 자격증을 카페 게시판에 보기 좋게 내다 걸어야 한다는 등 자격증에 대한 열렬한 반응은 날 당황시켰다.

당시만 하더라도 그들에겐 그 자격증에 대한 기대가 현실의 산을 거뜬히 넘어서게 해줄 듯 힘이 있어 보였나 보다. 두 어깨와 머리 위에 얹어진 자격증의 무게는 나에게 조금 먼저 전진할 의무감으로 돌아왔고, 그 즈음 나의 발걸음에는 우리의 카페가 통째로 얹어진 것 마냥 무겁고 조심스러웠다.

지난한 과정의 결과로 얻게 된 우리의 커피 한잔. 그날 나는 바리스타라는 이름이 갖는 힘을 느꼈다. 나에게 어설프게 명명된 그 이름의 무게가 나를 아주 조금은 한 발 전진하게 만들었다. 명명됨과 나의 실체 사이의 터무니없는 간극에도 불구하고, 그 이름을 내가 선택할 때는 그 간극을 나의 의지로 조금씩 채워갈 수도 있다는 것. 명명하기의 과정은 여전히 진행 중이라는 것. 나의 삶을 나답게 만들어가는 길목에서 만나는 또 하나의 이름이라는 것. 여전히 바리스타라는 이름은 나에게 몸에 맞지 않는 옷처럼 서걱거리며 어색하다. 하지만 우리의 공간이 그 정체성을 갖추어갈수록 나의 마음 한 구석도 따스해진다. 그래서 책 모임에서 이렇게 나를 소개한다.

"저요? 저는 카페 '공간 책바람'에서 책도 읽구요, 커피도 내립니다."

간판 없는 4층 카페의
회계와 마케팅 이야기

3장

회계와 홍보 업무는 커피를 내리는 일만큼이나 낯설고 힘들다. 그래도 누군가는 해야 할 일이기에 묵묵히 그 일을 맡아온 사람들. 티를 내지 않으면 모를 것 같지만 함께하는 사람들은 그들의 노고를 안다. 그리고 그들의 성장도 본다. 협동조합이라는 학교에서 쉬운 일만 골라하는 것은 바보 같은 일이다.

그곳에서 얻을 수 있는 가장 귀한 것이 '새로운 도전과 나날이 발전하는 성장'이기 때문이다. 여기 그러한 두 모범생, 조합원 E와 조합원 F의 기록을 소개하고 싶다.

중요하고도 어려운 자금 운영

여럿이 마음을 모아 창업을 결의하였을 때, 우리는 끈끈한 동료애와 공통된 관심사를 위해 의기투합했다는 자긍심에 한 번도 해본 적 없는 카페 창업이라는 과정을 힘들지만 즐겁게 준비할 수 있었다.

평소 생각하는 공간이 이러했으면 좋겠다는 의견은 각자 다를 것이고, 나름 자랑할 만한 공간을 만들길 원하겠지만 창업에서 가장 중요한 요인은 자금 문제일 것이다.

카페 창업 회의에서 자금은 얼마가 필요하고, 어떻게 조달해야 할까에 대해 의논할 때는 현실감이 없고 남의 일처럼 느꼈는데 점점 계획이 구체화되고 조합비를 내야 할 시기가 오자 드디어 카페 창업의 일원이 되었다는 것이 현실감 있게 다가왔다.

드디어 조합원들이 조합비를 내고, 카페 개업을 준비하면서 한정된 돈으로 조합원들 각자의 눈높이를 맞추는 과정은 쉽지 않았다. 회의를 통해 서로 의견을 조율하고, 또 조율하였다. 비용과 품질을 만족시키기 위해 발품을 팔고 재능 기부와 가족들의 협찬까지 삼박자가 맞아서 우리가 만족하는 카페를 개업하게 되었다. 개업 과정에 사용된 조합비 사용 내역은 표로 정리하고, 영수증도 따로 첨부하여 조합원들과 공유하였다.

〈조합비 사용 항목〉

수입	지출	내용	잔액	비고
000		회비입금	000	
	000	부동산 중개수수료	000	
	000	법인인감	000	
	000	공증비용	000	
	000	등록면허세	000	
	000	등기수수료	000	
	000	커피 관련 시설	000	
	000	인테리어비	000	
	000	룸가구 구입	000	
000	000		000	

조합원 모두가 한 사람이 하는 것과 같은 숙련된 일 처리를 배워야 했다. 이 일이 급선무였기에 각자 담당을 정해서 그 분야를 총괄하는 시스템으로 운영하게 되었다. 메뉴, 홍보, 대외 활동, 재고 관리, 회계 등등….

그중 회계는 가장 중요하지만 가장 사람들의 관심이 덜 가는 분야이다. 우선 커피맛과 카페 공간 운영 및 홍보는 카페 매출과 직결되는 부분이고, 결과가 바로 보이는 일들이기에 모두가 관심이 많고, 쉽게 알게 되지만 회계는 어찌 보면 그런 일들이 잘 유지되도록 돕는 역할이기 때문에 사람들의 관심에서 소외되는 경우가 많다.

회계 업무

회계는 돈과의 외로운 싸움이다. 법인 등록을 마치고 법인통장과 법인카드를 만들어서 모든 지출은 우선 법인카드로 결제하는 것을 목표로 했다. 그래야 거래가 투명해지고 나중에 세금을 계산할 때도 절차가 간편하고 편리하다. 회계 처리는 수입, 지출 관리와 부가가치세, 법인세 등 세금 관리를 해야 하는데 세금 납부는 세무사를 통해야만 하므로 보통은 세무 사무실 한곳과 계약을 맺고 세금 납부 업무를 대행한다.

한 달 수입, 지출 내역은 달 별로 컴퓨터에 정리해 두고 한 달에 한 번, 매달 회계 내역을 조합원들에게 보고하는 절차를 진행하였다. 법인카드와 통장으로 지출 내역을 기록하기 때문에 굳이 기장의 번거로움을 느낄 수 있다. 그러나 수입, 지출 내역을 정리해보면 막연히 생각했던 것보다 구체적인 현금 흐름을 파악할 수 있고, 전월 대비 과소, 과대 사용 내역을 비교해보고 좀 더 규모 있는 회계 흐름을 유지할 수 있다.

세무 업무

법인의 세금 신고는 법인세와 부가가치세, 원천세, 4대 보험이 있는데 우리 카페의 경우에는 인건비가 없으므로 법인세와 등록세, 부가가치세만 신고 납부하면 된다.

– 부가가치세 : 1월, 4월, 7월, 10월

– 법인세 : 3월

– 등록세 : 1월

– 지출시 카드 매출과 현금영수증 매출이 아닌 경우 세금계산서 발행을 요청해야 한다.

– 홈텍스를 통해 전자세금 계산서와 현금영수증 내역을 확인한다.

– 지출한 영수증은 장부에 기장하고, 월별로 정리해놓아야 한다.

– 부가가치세와 법인세 신고 월에는 계약을 맺은 세무 사무소에 요청하여 신고 납부하고 소정의 수수료를 지불하여야 한다.
– 세금 신고는 신고자가 할 수 없고, 세무 사무소의 세무 대리인을 통해 할 수 있다.

서울시협동조합지원센터

서울시협동조합지원센터(http://www.15445077.net/)에서 회계와 세무 관련 교육을 받을 수 있고 상담전화(1544-5077)로 문의할 수 있다.

돈과의 외로운 싸움

최고의 공간을 만들기 위해 모두 열정과 욕심이 있다 보니 하고 싶은 일들은 점점 늘어난다. '통장 잔고는 생각하지 않고 쓸 일만 생각하다니!' 회계 담당자인 나에게는 다 돈 들어갈 일로만 느껴진다. 그래서 자꾸 다른 조합원의 의견에 반대하는 나 자신을 발견하고 곤혹스러운 적이 많다. 그러나 다른 한편으로 생각해보면, 최고의 공간을 만들기 위해 조합원의 아이디어를 실현하고자 애쓰다 보니 자랑할 만한 우리의 공간이 마련되었다는 점이다. 너무 예산 타령만 했더라면 공간을 찾아온 사람들이 만족하고 있는 현재의 공간은 탄생하기 어려웠을 것이다.

매번 지출할 상황이 생기면 흔쾌히 동의해야겠다는 다짐을 하지만 지금도 조합원들이 경비를 쓰려면 나의 눈치를 살짝 보는 느낌이 든다. 그럼 난 호기롭게 "쓸 땐 써야죠."를 외치지만 아직도 경비를 사용하는 안건에 반대를 많이 하는 건 바로 나이다. 양날의 검이라 생각하면서….

공간을 개업한 후 1년이라는 시간 동안 회계 업무는 공간 유지를 위해

살얼음판을 걷는 것 같았다. 그래도 감사한 일은 요번 달은 유지가 어렵겠다고 걱정을 해도 월말이 되면 어찌어찌하여 유지할 수 있는 여력이 생긴다는 점이다. 그래서 이제는 자신 있게 말한다. 항상 길이 있다고, 어떻게든 해결된다고. 우리 모두의 협력으로 말이다.

공간 책바람을 알리기 위한 선택, 그 안타까운 이야기

돈을 벌기 위한 카페도 아니고, 공익만을 목적으로 한 사회적 협동조합도 아닌, 둘 다를 추구하겠다는 아주 난이도 높은 방향을 설정하고 시작했다. 그러나 현실은 '아파트 상가 4층 카페'이다. 어찌되었든 간에 최소한의 운영은 되어야 하니 사람이 찾아오게 할 '공간 책바람 알리기'를 준비했다. 조합원이 십시일반으로 자금을 모아 시작한 일이라 공간을 만들고, 카페 운영을 위한 기계와 기본 재료를 구입하는 일이 우선할 수밖에 없었다. 오픈을 일주일 앞두고 각 담당자가 이후 진행될 기획안을 갖고 모였다.

며칠 동안 인터넷 검색과 동네 간판가게, 근처에 있는 몇몇 아파트 관리사무소, 배너 가게 사장님을 찾아가 최소한의 비용으로 진행할 수 있는지를 묻고, 기획안을 작성했다. 이로써 꿈에 부푼 공간 책바람 첫 홍보 기획안 발표를 시작했다. 그러나 1안 보고를 미처 마치기도 전에, "야! 야! 야~ 우리가 그런 돈이 어딨겠어!" 예산 집행 담당자가 단호하게 불가!를 외친다. '그래…. 그렇지. 돈은 거의 다 썼지.' 약간의 서운함을 쿨

함으로 위장하고 다음 2안을 읽는다. 이번엔 비용도 말하기 전에 "일주일 단기 홍보에 돈 쓰지 말고 다른 방법을 찾아보자."고 한다. '아~ 홍보는 땅 파서 하란 말인가?' 꽥! 하고 지르고 싶었지만 책 좀 읽은 여자의 우아함을 끝까지 잃지 않기 위해 "돈 없이 한번 해볼게."라고 답하고 만다. 그렇다면 극단적 저비용으로 어떻게 '간판 없는 4층 카페' 공간 책바람을 널리 알릴 수 있을까?

어떻게 알릴 것인가?

인터넷과 SNS에 문외한인 우리들 중에서 소싯적에 컴퓨터 작업을 해 보았다는 이유로 한 조합원이 홍보 업무를 맡게 되었다. '이가 없으면 잇몸'이랬나? 느닷없이 맡게 된 그 난제를 그녀는 용감하게 풀어내기 시작했다. 임파서블하게 비용이 들지 않는 공간 책바람 알리기 프로젝트. 그 첫 단계로 포탈에서 무료로 하는 업체 등록과 예약 시스템을 활용하기로 하였다. 온라인에 업체 등록을 하는 방법은 사이트 안내를 따라 하면 생각보다 어렵지는 않다. 업체 등록을 하면 업체 정보, 메뉴, 지도 등록 및 비즈니스 관리 기능이 제공된다.

그리고 세부 운영 방법 등을 입력하면서 정식 오픈 전에, 우리가 구상했던 운영 방법에서 보완해야 할 부분을 찾게 되고, 사전에 실질적인 운영 방식을 검토할 수 있어 도움이 되었다. 이 온라인 업체 등록 덕분에 개업 첫 손님은, 네x버에서 "강변역 근처 오픈 카페"로 검색하고 방문하신 분이었다. 이렇게 포탈 업체 등록은 이후 블로그 운영, 온라인 예약 등과 연계하여 공간 책바람 운영에 중요한 역할을 하게 된다.

〈네*버 스마트 플레이스 https://smartplace.naver.com/〉

포털에서 '공간 책바람'을 검색하면 지도와 입력한 정보를 확인할 수 있고 블로그 링크, 예약 시스템도 바로 연결된다.

공간 책바람 룸은 예약제로 직접 방문하거나 전화 또는 온라인 예약 시스템으로 예약 후 이용할 수 있다.

왼쪽 사진은 온라인 예약 시스템으로 고객이 룸(나눔,이음,지음) 각각의 조건을 확인하고 예약할 수 있다.

두 번째 단계는 복도와 실내 게시판, 상가 내에 홍보지를 붙여 알리는 방법이다. 사실 이 작업은 알리기에 큰 효과를 얻었다기보다는 홍보 담당자의 성장 과정을 볼 수 있는, 다양한 홍보물 제작의 충분한 연습 과정이라 할 수 있겠다. 처음 홍보지를 만들 때에는 망설이고 묻기를 거듭했지만, 1년이 지난 지금은 과감한 색깔 결정과 다양하게 패턴화된 홍보 양식을 갖게 되었다.

개업 선물로 준비한 책갈피

극단적 저비용 알리기 프로젝트 마지막 단계는 구청, 교육지원청 등 관련 기관의 교육, 인문학 지원 사업 공모에 도전하는 것이다. 관련기관은 연초에 홈페이지를 통해 공모사업을 공지한다. 사업 대상자로 선정되면 프로그램을 진행하고, 해당 사업을 홍보하면서 자연스럽게 '공간 책바람'을 알리게 된다.

더불어 지역 사회의 인문학적 생태계 조성에 기여할 수 있고, 조합원 각자의 역량을 발휘하는 기회도 갖게 된다. 물론, 사업 대상자로 선정되기 위해서는 프로그램 기획에 대한 아이디어 회의를 하고 많은 시간 투자와 노력이 필요하다. 이러한 과정은 비록 사업 대상자에 선정되지 않더라도 기획안을 만들면서 우리의 정체성과 운영 방향도 명확해지는 긍정적인 효과도 얻을 수 있다. 아래 왼쪽 사진은 배너 디자인으로 기관 프로그램 사업을 홍보하기 위해 제작하려 했으나 기관의 사정으로 취소되었다. 일이라는 게 꼭 계획하는 대로 진행되지는 않는다. 하지만 이후 다른 프로그램 진행을 하면서 배너 제작을 대신해 '마을버스 내부 홍보물'이라는 대어를 낚게 된다.

매출을 올리려는 노력,
마케팅 홍보

이렇게 공간 책바람을 알리기 위한 극단적 저비용 프로젝트를 진행하니, 차츰 공간 책바람에 찾아오는 손님이 생기기 시작했다. 그러나 안정적인 매출을 올리려면 단골 고객 확보와 다양한 마케팅이 필요하다는 의견이 나왔다. 이를 위해 쿠폰 적립 할인과 자주 오는 고객의 편리를 위한 선불 상품권 판매를 시도해보았다. 쿠폰 제작은 공간 책바람 기존 명함을 활용하여 뒷면만 쿠폰 내용으로 바꿔 디자인 비용 없이 최소 비용으로 제작할 수 있었다. 조합원 7명이 운영하는 공간 책바람은 새로운 기획을 할 때면 반드시 의견 조율이 필요하다. 쿠폰 사용 기준을 정하면서도 여지없이 이 과정을 겪게 된다. 음료 10잔을 마시면 1잔을 무료로 주는 세부 기준을 정하면서도 '음료 제한 없이' vs '아메리카노에 한하여'로 의견이 나뉘었다. 각각 합리적인 기준이라고 생각하는 이유를 들어 설명하고, 상대를 설득하기 위한 다양한 이유를 제시했다. 한 명이 근처 카페의 사례를 들면 다른 한 명은 우리 사정과 맞지 않은 이유로 반론하고, 운영상의 문제점과 고객 입장에서 서비스 제공 등 각각의 의견은 좀처럼 좁혀질 것 같지 않았다.

이처럼 의견이 다를 때는 별다른 방법이 없다. 서로의 의견에 설득 당하거나 제 3의 의견으로 결론이 나게 된다. 이 경우에는 할인을 적용한 예상 매출 데이터를 보여주며 설득하자, 우리는 '모든 음료 무료 제공'으로 결론을 냈다.

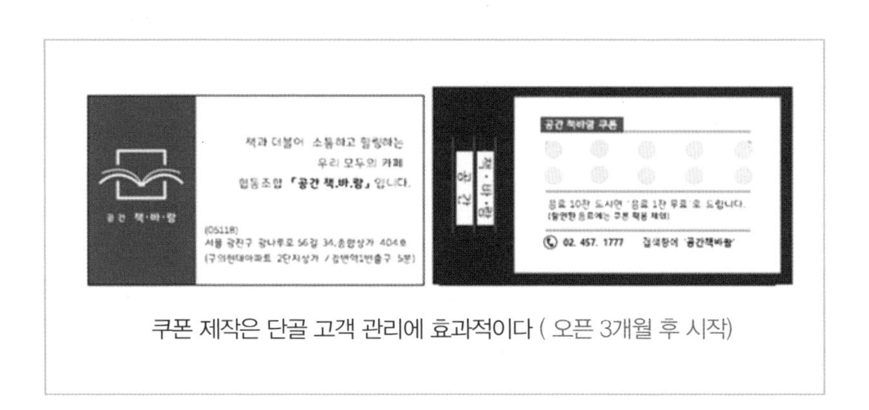

쿠폰 제작은 단골 고객 관리에 효과적이다 (오픈 3개월 후 시작)

이처럼 기준을 정하거나 심지어 애써 정한 기준에 예외 상황이 생길 경우에도 비슷한 과정을 거쳐 결정된다. 효율성은 낮을지라도 서로 이야기하면서 자신의 생각을 전달하고, 상대의 말에 귀 기울여 들으면서 입장차를 좁히는 방법을 찾아나간다. 이것이 우리가 함께 하는 방법이고, 배운 것을 현실에서 실천하는 것이 아닐까 생각한다. '조합을 하면 회의하다 세월 간다.'는 말이 있다. '설마?' 하겠지만 사실이다! 그러나 너무 걱정하지 마시라. 치열한 회의 경험과 시행착오를 겪으며 회의 간격도 조정하고, 갑자기 생긴 예외 상황에 대한 의사 결정은 SNS나 전화로 하는 경우도 많아졌다. 그렇지만 방심은 절대 금물! 조합 운영에서 가장 중요한 것은 모두의 의견을 모으고 소통하는 일이다.

정기적으로 오는 손님도 생기고 음료와 공간에 대한 칭찬의 소리도 들리니 자신감이 생겼다. 하지만 곧 다가올 비수기에 대한 대책이 필요했다. 우리의 주 고객은 지역 주부들이라 방학에는 대부분 모임을 쉬기 때문에 이 기간을 비수기로 예상하고, 극복 방안을 고민했다. 그래서 준비한 비수기 극복 방안 첫 기획은, 지역 독서 동아리 회원들이 책을 가져와서 교환, 판매하는 '책 Carry' 행사였다. 이 행사를 통하여 다양한 독서 동아리들이 정보를 주고받고, 읽은 책을 소개하며 중고 도서를 판매할 수 있는 기회를 제공하고자 했다. 하지만 행사는 홍보 부족으로 참여도가 낮았다. 어쩔 수 없이 소수의 독서 동아리 회원과 조합원 전원의 참여로 진행되었다. 결국 행사는 기획 의도와 다르게 진행되었고, 비수기 극복 방안이란 타이틀에 비해 수익에도 큰 도움이 되지 못했다. 결과를 보면 이 행사는 실패한 기획이었다고 할 수 있다. 하지만 '책 Carry'는 독서 동아리 간의 허브 역할을 하겠다는 공간 책바람의 방향성에 따라 기획한 첫 독립 행사로 그 의미가 있고, 고객과 함께 행사를 진행하며 직접 고객의 소리를 들을 수 있어 우리에게는 큰 경험이 되었다. 또한 이후 행사를 준비하면서 적극적인 홍보와 행사의 목적을 충분히 전달하는 것에 좀 더 무게를 싣고 진행하게 되었다. 두 번째 기획은 여름 신메뉴 출시 할인 이벤트였다. 이 행사는 새로운 음료를 홍보하는 효과와 더불어 고객도 음료를 할인 받아 좋고, 매출 증가뿐만 아니라 진행하는 조합원들도 소소한 즐거움을 덤으로 얻게 된다.

공간 책바람은 이용하는 고객이 만족하고 조합원이 원하는 공간이 되도록 고민하고 노력한다. 이를 위해 고객과 조합원 모두의 입장을 배려한 합리적인 운영 기준을 만드는 긴 회의를 마다하지 않는다. 그러나 이렇게 머리를 맞대고 공들여 정한 운영 기준과 시스템은 그저 기준일 뿐, 고객이 원하는 것은 기준을 벗어난 예외 상황일 때가 많다. 이런 경우에는 고객이 원하는 조건을 맞추기 위해 우리의 기준을 어떻게 조정하고 일을 배분할지 방법을 찾는다. '고객은 언제나 시스템 위에 존재한다.' 그래서 공간 책바람의 일상은 정체하지 않고 언제나 제일 좋은 방법을 찾기 위한 노력을 계속하며 진화하고 있다.

청년으로 살아가기 위해 택한 길

"55살 되니 아무것도 하기는 싫고 매사 짜증이 나더라." 언젠가 듣게 된 엄마의 갱년기 나이와 증상이다. 인생을 초, 중, 말년으로 나누는 기준이 비단 나이뿐이라면 나는 중년이다. 나에게도 머지않아 힘든 갱년기를 겪었던 엄마의 나이가, 아무것도 하고 싶지 않은 갱년기가 올 것이다. 흐름을 역행하겠다는 것은 아니지만 나는 할 수 있는 한 청년으로 살고 싶다. 청년이 매력적인 것은 '내가 할 수 없을 것 같을지라도 해보는 것이 아닐까?'라고 생각한다. 그렇다고 해도 과거 20년 전으로 다시 돌아가고 싶지는 않다. '나이는 숫자에 불과하다'는 광고 문구를 주먹 쥐고 애써 불러오지 않고도 청년으로 살아갈 방법은 없을까?

내가 제일 싫어하고 못하는 일은 손으로 무엇을 만들거나 그림을 그리는 일이다. 공간 책바람을 시작하며 공포마저 주는 그 일을 나보고 맡으라고 해서 덥석 '까짓! 그러지 뭐.'라고 했다. 적성에 맞고 잘 해야만 할 수 있나? 적성검사로 역할 분배를 했으면 평생 할 수 없을 일이지만, 못하는 일도 노력해보기로 한다. 부족하면 손을 내밀어 잡아주는 이들이 있으니 기분 좋은 떨림으로 도전할 용기를 내본다. 그렇게 난항을 예상했던 홍보 업무는 그 예상이 기가 막히게 적중해서 단계마다 고전하며 때로는 자괴감마저 들었다.

그래도 무모한 시도는 계속되고 놀랍게도 나는 이 일이 즐겁다. 해본 적 없던 새로운 시도가 재미있고 애써서 될 일이 아닌 것은, 미적 감각이 있는 눈을 보태달라고 부탁하면 노트북 앞으로 다가와 모양을 다듬고 색을 입혀준다. 그 따뜻한 마음은 나의 부족함을 메워주고, 나의 노력을 가상해하며 아낌없는 칭찬과 용기를 준다.

'공간 책바람'을 하면서 낯선 사람에게 고개 숙여 낮추기, 듣기만 했던 처음 하는 일, 해보고 싶었지만 재능이 없어 엄두를 내지 않은 일 등 우리는 매일 새로운 일을 맞게 된다. 이제는 이런 일들이 처음에 느꼈던 두려움보다는 설렘으로 다가온다. 갱년기를 앞두고 비로소 나는 청년으로 살아가는 방법을 찾은 것 같다. 그리고 스스로 걸어가는 그 길을 청년인 양 가벼운 몸짓으로 씩씩하게 나아간다.

요즘 나는 청년으로 살아가는 연습을 하고 있다!

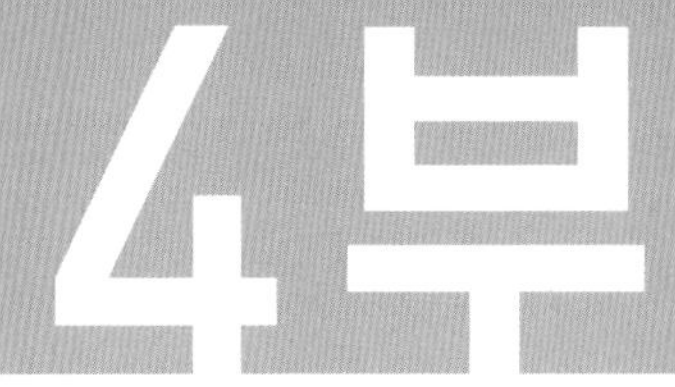

4부

공간 책바람에서 일어난 기적

1장 공간 책바람에서 진행한 2019 운영 프로그램

광진 마을 사랑방 – 세상을 바꾸는 엄마들의 이야기 / 광진구 학습나루터 / 구의3동 마을사업 – 마을 달인과 함께 크는 동네 / 2019 마을 공간 지원 사업 / 오픈클럽 운영 – 누구나! 언제나! Open Club!

2장 벌써 1년, 우리는 무엇이 달라졌을까?

1년이 지나고 우리는 … / 새로운 조합원, 그녀의 참여 동기 – 마음의 우물 (김문경) / 엄마 같은 인생 (이시윤) / 이제는 하고싶은 일을 하시면 좋겠어요! (안민석) / 그녀, 책을 원하다 (박기완)

공간 책바람에서 진행한 2019 **운영 프로그램**

1장

1년 동안 많은 사람들이 '공간 책바람'을 찾아왔다. '세상을 바꾸는 엄마들의 이야기'를 시작으로 학습나루터에 참여하러 온 주민들, 마을 신문을 만든 아이들, 그리고 한여름 더위를 날린 열린 장터까지 다양한 연령의 사람들이 오갔다. 또한 공모사업을 지원하여 공간의 특성을 살린 프로그램도 기획하였는데, 이렇게 믿을 수 없을 만큼 풍성한 프로그램을 운영할 수 있었던 것은 조합원 모두가 씨실과 날실이 되어 함께 엮어왔기 때문이다.

가장 큰 성과는 '공간 책바람'만의 '오픈클럽'을 운영하게 된 것인데, 일회적으로 소비하기 쉬운 인문학 강의를 지속적으로 공부할 수 있도록 연결하는 해법이 되었다. 그럼, 2019년 '공간 책바람'에서는 무슨 일이 일어났던가? 그동안의 일을 소개해본다.

광진 마을 사랑방 - 세상을 바꾸는 엄마들의 이야기

'책바람'이 공간을 만들고자 했을 때 관심가지고, 걱정 어린 시선으로 지원을 아끼지 않은 곳이 광진정보도서관이다. 도서관에 대한 애정이 남다른 책바람 회원들이 만들었고, 그 마음을 잘 아는 도서관인지라 공간을 열자마자 마을 사랑방의 장소로 '공간 책바람'을 택해주었다. 이 기회로 지역 주민들에게 공간을 알릴 수 있었을 뿐 아니라 독서 모임에서 협동조합까지 만들어온 이야기를 마을 사랑방에서 함께 나눌 수 있었다. '세상을 바꾸는 엄마들의 이야기'에 공간 책바람도 한 회를 맡게 되었기 때문이다. 민주시민교육을 활성화하기 위해 도시공동체연구소와 도서관은 가정에만 머무르지 않고 자신의 목소리를 내는 세상을 바꾸는 엄마들의 이야기를 구체적으로 풀어내 지역 내 주민들과 주민 자치 활성화를 위한 발판을 마련하고자 했다.

마을 사랑방 활동이 공간에 주는 의미

주민자치를 실감할 수 있는 좋은 기회였다. 협동조합, 공동체, 도서관이 함께 기획하고 주민들에게 열린 강연은 하나하나 준비하는 과정이 의미 있었다. 지역 주민으로서 주체적으로 역할을 할 수 있었기 때문이다. 자신의 삶을 의미 있게 만들어가고 있는 멋진 여성들의 강연을 들으며, 공간 책바람도 미래를 꿈꾸며 용기 있는 한 발을 내딛게 되었다.

〈배너 및 활동 사진〉

광진구 학습나루터

생각해보면 운명인 것 같다. 근처 주민센터가 2019년 건물 수리를 하게 되면서 다양한 프로그램을 할 장소가 부족해진 것이다. 그래서 해당 구청에서 장소를 수소문하게 되었는데 학습나루터의 취지에 공감한 '공간 책바람'이 흔쾌히 장소를 제공하였다. 학습나루터에는 각 프로그램마다 학습매니저가 필요해서 우리 조합원 중 두 명이 담당해 관리하기로 했다. 또한 자발적으로 동아리 설문조사와 지역의 특성 등을 고려한 특강 프로그램을 제안하였고, 나루터 담당자와 상의를 거쳐 운영했는데 내용도 다채롭고 반응도 좋았다.

학습나루터는 무엇을 하는 곳인가?

서울시 자치구마다 "서울은 학교다"의 깃발 아래 '동네 배움터'가 운영되고 있다. 학습나루터의 목적은 구민 누구나 가까운 곳에서 평생학습에 참여할 수 있는 기회를 확대하고, 동별 주민의 교육 수요에 맞춘 일반 및 특화 프로그램을 운영하여 다양한 주민의 학습 참여 기회를 확대시킨다는 것이다. '공간 책바람'에서는 역량 있는 지역 주민을 강사로 한 러닝메이트 프로그램, 인문학 특화 프로그램 및 다양한 프로그램이 진행되었다.

공간에서 운영된 러닝 메이트 프로그램

상반기에 "독서 하브르타 내 아이와 소통하다"가 총 8회 열렸다. 아프리카 악기를 연주하는 독특한 프로그램 "나도 젬베 연주가"는 매주 수요일 총 5회가 열렸다. "자기 성장 마음 치유 심리학"은 총 8회가 진행되었고 대부분 주부들이 참석하는데 남자분도 참석하셨던 점이 고무적이었다. "꼼지락 뇌 건강 손뜨개"도 총 8회가 진행되었다.

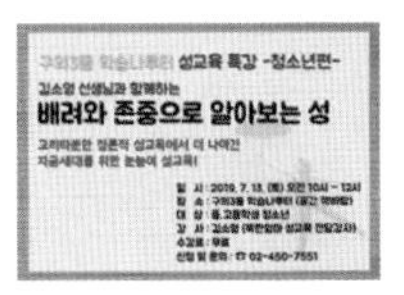

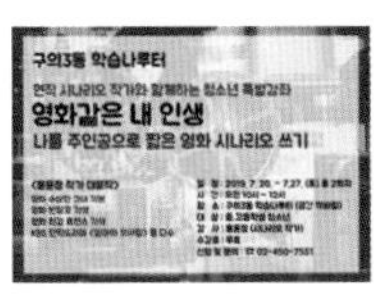

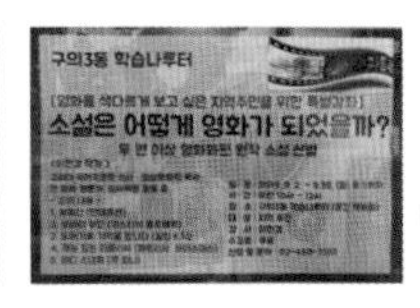

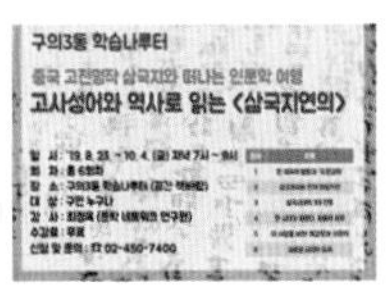

공간에서 운영된 학습나루터 인문학 특화 프로그램

우리 공간에 맞는 그리고 지역 주민에게 의미 있는 인문학 프로그램이 무엇일까? 진지하게 고민하고 기획한 것으로 '공간 책바람' 협동조합에게는 정말 의미가 있었다. 처음 시작을 연 것은 "중용"이다. 매주 목요일 저녁, 인문학당 상우에 계신 우○○선생님의 중용 강의를 들으며 진지하게 삶을 고민하는 시간을 가졌다. 날씨가 더워질 때쯤에는 맥주의 역사를 시대적 배경과 더불어 강의해주시는 안○○선생님을 모시고 다양한 맥주 시음도 했다. 아파트 주민 중 술을 거의 못 하는데 맥주에 대한 관심만으로 꾸준하게 참여한 분도 있었고, 부부가 함께 참여하여 '부부를 위한 인문학'의 가능성을 보여주기도 했다. 어른을 위한 프로그램뿐만 아니라 주말을 이용해 청소년을 위한 프로그램도 기획하였다.

영화 〈수상한 그녀〉 시나리오 작가를 모시고 영화에 관심 있는 청소년과 함께 "영화 같은 내 인생"이라는 주제 아래 생생한 영화 촬영장 이야기와 시나리오 작가의 세계를 들어보고, 글도 써서 발표하는 시간을 가졌다. 또한 "배려와 존중으로 알아보는 성"에서는 고리타분한 성교육에서 벗어나 지금 시대에 맞는 눈높이 성교육을 기획하였는데, 엄마들은 금요일에, 사춘기 아이들은 토요일에 각각 나누어 진행하였다. 유익한 내용들이 많아서인지 이후에 구청 교육과에 다시 듣고 싶다는 요청이 많이 들어왔다고 한다. 금요일 저녁 6회 동안 진행되었던 "고사 성어와 역사로 읽는 삼국지연의"는 남성 어르신들이 많이 참석하신 강의였다. 영화 감상을 좋아하는 주부들을 위한 프로그램도 있었는데 현직 영화평론가를 모시고 진행한 "소설은 어떻게 영화가 되었을까?"는 매주 월요일 오전 이른 시간이었지만 평론가의 수준 높은 강의와 영화에 대한 관심이 모아져 반응이 뜨거웠다.

학습나루터 활동 평가

주민센터에서 열렸던 학습나루터가 지역 기반시설과 연계하여 주민들과 가깝게 하려는 시도에 '공간 책바람'이 첫 역할을 했다는 것이 무엇보다 의미가 깊었다. 철학, 역사, 문화예술 등 다양한 분야의 인문학을 쉽게 다가갈 수 있도록 흥미로운 프로그램으로 진행하여 일상에 지친 지역 주민이 가까운 곳에서 삶의 여유를 찾고 힐링하는 기회를 제공한 점이 보람되었다. 또한 조합원들은 프로그램을 운영하는 데 도움을 주는 학습매니저 역할을 함으로써 새로운 경험을 하게 되었다. 무엇보다 공간을 지역 주민에게 제공함으로 '공간 책바람'이 하고자 하는 나눔을 실천할 수 있었던 점이 가장 큰 의미라고 하겠다.

〈홍보물 및 활동 사진〉

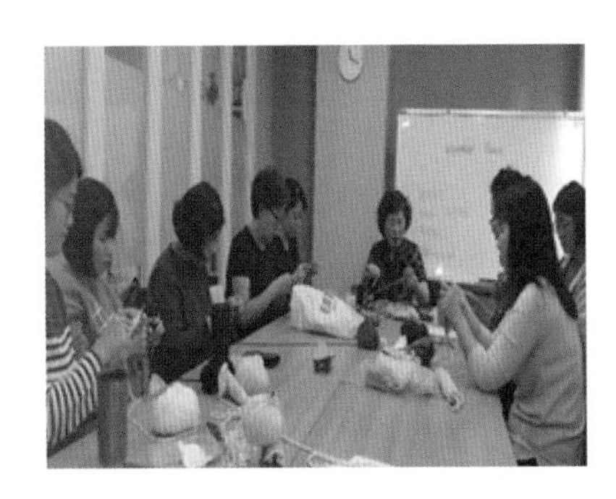

구의3동 마을사업
- 마을 달인과 함께 크는 동네

마을계획단 마을사업이다. 마을사업의 취지를 보아 '공간 책바람'이 활동가들과 주민을 연결하는 최적의 장소라는 생각에 조합원 모두 공감했다. 우리 공간을 주축으로 주민들 간의 소통을 만들어보자고 마을사업명을 '마을 달인과 함께 크는 동네'로 정하였다.

아이들은 마을 안에서 자란다

이 사업의 첫 활동은 '재미있는 동네에서 놀자'에 참여하는 마을 달인과의 만남이었다. 이분들과 함께 초등학생 3, 4학년을 대상으로 하는 수업을 계획했다.

살고 있는 마을이 어떻게 변화했는지 배우고, 마을을 탐방한 후 마을을 알릴 수 있는 신문을 만들기로 했다. 또한 마을 속 배움터인 공방을 찾아가 도자기 제작의 경험을 나누기로 계획했다. 모집은 순조롭게 이루어졌다. 한 주가 지나기도 전에 모든 신청이 완료되었다.

장터에 놀러 오세요

'마을 달인과 함께 소통하기'를 위한 행사로 8월에 장터를 계획했다. 장터를 열기 전에 공간 책바람에서 8월 방학을 맞아 도서를 교환하는 이벤트를 열었다. 뒤에 이어질 장터에 대한 관심을 끌 수 있는 기회가 되었다. 이벤트와 장터의 담당자는 서로 달랐지만, 조합원들은 서로 도와가며 준비했다. '공간 책바람'에서 현재 자신에게는 필요하지 않아도 나누고 바꿔서 새로운 가치를 담아내는 물물교환의 현장이 될 수 있도록 참여자를 모집하고 안내했다.

더불어 참여하는 사람들에게는 마을과 함께하는 '공간 책바람'이 있음을 알리고자 했다. 그런 의미에서 당일 장터에 온 누구나 함께할 수 있는 원데이 클래스를 준비했다. 천연소재를 사용한 모기 퇴치제도 만들고, 양말목을 엮어 재활용 작품도 만들었다.

장터에 놀러온 어린 친구들에게 책을 읽어주며 환경 문제에 대한 생각을 나누었다. 미리 준비해둔 시들을 모아 나만의 미니 시집 만들기도 했다. 여러 명이 원하는 물건은 즉석에서 경매로 팔아 뜨거운 호응을 얻기도 했고, 마감 시간 이후에 남은 물건들은 모두 기증하여 마무리했다.

"한여름, 시원한 에어컨 바람 아래 열리는 장터는 처음이지 않을까?" 그 당시 오갔던 말들이 여전히 웃음 짓게 한다.

주민과 마을 달인의 연결고리, 공간 책바람

하반기 성인 대상 사업을 준비하면서 담당자들은 회의를 자주 했고, 그만큼 더 긴장했다. 새로운 만남과 배움을 원하는 주민들과 마을 달인을 연결하는 '공간 책바람'의 역할이 더 두드러지는 사업이기 때문이었다. 사업 취지에 맞게 잘 마무리지어야겠다는 의무감도 컸다. 또한 보조금 사용과 정산의 과정이 주는 부담감도 있었다. 그래서 조합원 세 명이 크게 사업 총괄, 활동 지원 및 홍보, 총무를 나누어 맡고, 공간 예약, 홍보, 서류 작업 내용은 함께 공유하면서 진행하였다. 사업은 주부 대상으로 프랑스 자수 수업과 다례 체험 수업을 진행했고, 어르신 대상으로 핸드폰 배우기 수업을 열었다.

사람을 잇고 모임을 잇는 샘터 같은 곳

10월 가을이 완연하게 깊어질 무렵에 사업 진행은 끝이 났고, 본격적으로 서류 작업에 들어갔다. 자료집을 만들면서 공간 책바람 속에 어우러진 사람들의 활동, 그리고 그들의 표정을 담아내고 싶었다. 마을 안의 열린 공간에 다양한 사람들의 만남이 담겨지기를 바랐다. 이제 남은 것은 보조금 정산. 정산서를 쌓아두니 책 4권의 분량이 나왔다. 그렇게 2020년 1월 중순이 되어서야 모든 서류가 통과되었다. 이러한 노력이 모여 '공간 책바람'은 계속 사람을 잇고, 모임을 이어 더 큰 공감과 소통을 만들어내는 샘터 같은 곳이 될 것이다.

2019
마을 공간 지원 사업

공간을 만들면서 제일 먼저 '마을 공간 지원' 공모사업을 떠올렸다. '마을 공간 지원' 사업은 마을 주민을 위한 프로그램을 운영하는 마을 공동체가 공간을 안정적으로 유지할 수 있도록 지원하는 사업이다. 서울시 부모 커뮤니티 지원 사업과 도서관 공모사업 등을 통해 지원을 받은 경험도 있고, 우리는 언제 공간을 만들어 공간 지원 사업을 해보나 부러워했기 때문이다. 마을에서 시작해 마을에서 자랐으니 어쩌면 당연한 수순일지도 모른다. 신중하게 계획서를 작성해서 신청하고, 드디어 마을과 함께 할 수 있는 기회를 얻게 되었다.

마을과 썸~ 타다

"마을과 썸~타다"라는 사업명은 조합원들의 마음이 그대로 담겼다. 공간을 만들었으니 '다들 모이세요, 우리도 마을과 썸 좀 타 봅시다.' 우리가 잘할 수 있는 사업으로 공간 책바람을 알리고 싶었다. 공모사업의 시작은 강사 섭외이다. 공모사업을 시작할 때 섭외가 완료된 상태로 공모사업계획서를 내는 것은 현실적으로 어렵다. 사업자 선정이 되지 않은 상태에서 강사를 섭외할 수는 없기 때문이다. 강사는 계획한 대로 섭외했으나 주제가 바뀌는 경우도 있고, 반대로 주제는 바뀌지 않는데 강사가 갑자기 지방에 강의가 잡혀 도저히 올라올 수 없는 상황이라 강사가 바뀐 경우가 있었다. 강사, 주제는 다 안 바뀌는데 수업의 취지상 인원수를 수정한 경우도 있고, 이렇게 공모사업을 진행하다 보면 계획했던 것과 달리 상황에 따라 긴박하게 조정해야 할 일이 많다.

강사 섭외와 날짜, 시간이 잡히면 그 다음은 홍보다. 현수막 배너 등 어떻게 디자인 해 알릴까 끊임없이 논의한다. 현수막 홍보는 일반 장소에 할 경우 홍보 비용을 내야 하기에, 구청 자치행정과와 협의후 발 빠르게 접수해야 한다. 이렇게 힘들게 잡은 현수막의 자리에 세부 사업 내용을 어떻게 담아 알릴 것인가? 참 난감했다. 조합원들 모두 전문가가 아니니 한계가 있었던 것이다. 그러나 부족한 대로 외부의 도움을 받지 않고, 내부의 역량대로 현수막, 배너, 전단지를 디자인해 설치까지 직접 하면서 열심히 뛰었다. 밴드, 카페 등에도 알렸고, 공간에 오는 주민들에게도 홍보했다. 어린이 책 읽기 프로그램은 학원에 다니는 아이들 중심으로 알리고 참여 유도를 하였다.

어떤 내용으로 마을과 썸을 탔을까? 썸 타기 하나, "미국 미술관 산책", 썸 타기 둘, "나도 바리스타 청소년 직업 체험", 썸 타기 셋, "내 삶의 그림책"이다.

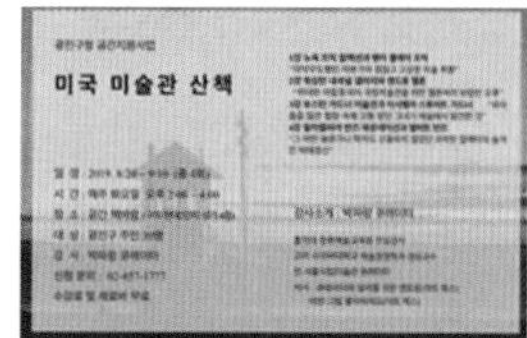

공간 지원 사업 활동 평가

공간 지원 사업을 통해 인문학 생태계를 꿈꾸며 지역 주민과 강연 내용을 공유하는 과정 하나하나가 소중했다. 강연 후 설문조사를 통해 공간에 대한 피드백을 모았고, 앞으로의 기획 방향에 참고할 예정이다. 특히 강연 이후 후속 공부 모임을 만들어 이어나가고 있는 것이 가장 큰 성과라고 할 수 있다.

오픈클럽 운영
- 누구나! 언제나! Open Club!

협동조합 카페 '공간 책바람'은 우리 모두의 공간이다. 지친 일상 속에서 위로의 공간이어야 한다. 나, 너가 만나 서로에게 우리가 되어줄 수 있는 소통과 공감의 공간이어야 한다. 함께할 수 있어서 더불어 성장할 수 있는 공간이어야 한다. 이러한 당위성으로 채워진 '공간 책바람'을 공간 책바람답게! 만들기 위해서 기획한 프로그램이 'Open Club'이다.

하고 싶은 일이 생긴다는 것은 은밀한 즐거움이다. 하지만 새롭게 무언가 시작한다는 것, 더욱이 꾸준히 활동하며 스스로를 성장시키는 일은 늘 어려움이 따르는 일이다. 혼자보다는 함께함으로써 더 신나게! 더 오랫동안! 더 의미 있게! 할 수 있다면 우리는 함께 성장할 수 있을 것이다.

'공간 책바람'은 함께하고자 하는 이들을 연결시켜주는 허브 역할을 자처한다. 누구나 쉽게 인문학적 생태계 속으로 자연스럽게 스며들어 타인과 공동의 관심사를 공유하고 배움을 이어가는 활동은 개인 간의 소통이 사회로 이어지는 긍정적 경험을 만든다.

첫 시작은 박경리 소설 『토지』 읽기였다. Open Club에 대한 구상이 한창이던 그 즈음 어느 독서 모임에서 『토지』 읽기를 시작했지만, 이 엄청난 소설 때문에 고민에 빠진 것이다. 소설은 계속 읽고 싶지만 독서회에서 진행하기에는 그 막대한 분량을 읽을 엄두가 나지 않는다는 이야기였다. Open Club이 필요한 이유였다.

첫 번째 Open Club이 결성되었다. 『토지』 완독 프로젝트. 일명 '놀토'(놀자! 토지야!) 혼자 읽을 엄두는 나지 않지만 꼭 한 번쯤은 완독하고 싶은 사람들이 모여 『토지』 20권을 읽어내기 위해 도전을 시작한 것이다.

'놀토'는 매주 만나 2주에 한 권씩 책을 읽어나갔고, 결국 『토지』를 끝까지 읽어냈다. 모임이 진행되던 중 함께하고자 수줍게 물어오는 사람들도 몇몇 나타났다. 하지만 책 읽기가 이미 절반을 넘어선 상황에서 합류하기는 부담스러웠던지 못내 아쉬운 발길을 돌려야만 했다. '놀토'를 시작으로 다양한 Open Club이 생겨났다.

누구나 하고 싶은 일이 생기면 Open Club을 제안하고, 누구나 함께 뜻을 같이 할 수 있기에 Club은 언제나 Open되어 있었다. 사람들은 강연을 듣고 강연자가 추천한 책을 읽거나, 관련 주제를 공부하기 위해 모였다. 배움의 시간을 함께 공유한 이들은 수업 이후 스터디 모임을 만들었다. 동류의 관심사를 가진 이들도 모임을 만들어 함께 의미 있는 시간을 가졌다.

예정되었던 모임이 끝나자, 다음에는 뭘 해볼까? 사람들은 새로이 함께 할 꺼리를 찾기 시작했다. 모임의 성향에 따라 그들의 개성이 드러나는 모집 공고 포스터도 만들어져 카페의 벽면을 채웠다. 어느 모임은 구성원들의 만족도가 기대 이상으로 컸다는 후일담도 흘러나왔다. 자기계발의 기회를 위해 모인 이들이었지만, 서로의 경험을 공유하며 타인에 대한 공감이 훈훈한 관계로 이어졌다. 이렇게 사람들은 '공간 책바람'에 모이기 시작했고, Open Club에서 함께 신나게 성장할 수 있었다. 현재 Open Club 은 배움과 소통의 놀이터로서 제 기능 작동중이다.

Open Club은?

협동조합 '공간 책바람'에서 운영하고 있는 이합집산이 자유로운 동아리이다.

참여 대상 : 누구나
참여 분야 : '공간 책바람'에서 진행 가능한 것은 무엇이든지 좋다.
예) 독서 모임, 스터디 모임, 취미활동 모임 등등.
참여 방법 : 1. Open Club 제안자는 모집 공고 포스터를 만든다.
2. '공간 책바람'에서 포스터를 게시하고 참여자를 모집한다.
3. Open Club 형성 후 운영 방식을 자체적으로 결정하고 진행한다.

'공간 책바람'은 제안자와 참여자가 원활히 연결될 수 있도록 허브 역할을 수행한다.

Open Club

- 놀자!토지야! (놀토) : 박경리 『토지』 20권 전권 읽기 도전. 작품 속 인물 이야기 나누기.
- 모비딕 느리게 읽기 : 허먼 멜빌 『모비딕』을 7회에 걸쳐 조금 느리게 읽고 이야기 나누기.
- 르네상스의 마지막 날들 : 시어도어 래브 『르네상스의 마지막 날들』을 낭독하고, 르네상스의 전개 과정과 이후의 변화 과정을 이해하고 이야기 나누기.
- 희희락락 : 영화와 연극의 바탕이 된 희곡 읽기를 통해 희곡에 대한 이해를 높이고 인간과 세상을 해부해 보기.
- 그림책, 쉼표 : 내 삶의 그림책 소개와 활동을 통해 삶의 쉼표를 찾아가는 모임. '공간 책바람'에서 진행된 강연('내 삶의 그림책') 후속 모임.
- 중세의 재발견 : 박승찬 『중세의 재발견』을 낭독하며 중세에 대해 제대로 알아보기.
- 오스틴북클럽1탄 : BBC드라마와 함께하는 『오만과 편견』 다시 읽고 이야기 나누기.
- 독서 하부르타 : 하브루타식 독서 수업을 진행하기 위한 실전 스터디. 구의3동 학습나루터 수업 '독서 하브루타' 후속 모임.
- 서양미술사 : 미술에 관심있는 사람들이 모여 에른스트 곰브리치 『서양미술사』를 끝까지 읽어내며 미술에 대한 이해의 폭을 넓히기.
- 오스틴북클럽2탄 : BBC드라마와 함께하는 제인 오스틴 작품 읽기. 『맨스필드 파크』, 『이성과 감성』, 『노생거 사원』, 『엠마』, 『설득』
- 총균쇠 : 재레드 다이아몬드 『총,균,쇠』를 함께 읽고, 빅히스토리의 새로운 시각을 경험하고 이야기 나누기.
- 自作 자작나무 : 표현하고 소통하는, 삶이 되는 글쓰기. 서평 습작부터 시작.

벌써 1년,
우리는 **무엇이**
달라졌을까?

2장

함께하는 일이 쉽지 않을 거라 했다. 쉽지 않았다. 그래서 후회하느냐고 묻는다면 그것은 각자 다를 것 같다. 협동조합으로 일하는 것이 어렵다 하더라도 우리는 이 과정을 통해 스스로를 많이 뒤돌아보았다. 그렇게 1년이 지난 지금, 초심 그대로인가? 아니면 무엇이 달라졌을까? 조합원들의 후기를 모아보았다. 그리고 새롭게 합류한 조합원의 참여 동기도 실었다.

이 과정을 지켜보았던 가족들의 응원 메세지는 조합원의 뒷모습까지 보여주는 듯하다. 쏟아 부은 열정만큼 단단한 무엇인가 쌓여 있기를 바라는 마음으로 마지막 장을 열어본다.

1년이 지나고 우리는 …

어떤 공간을 만들 것인가? 끊임없이 토론해 결정했다. 회의할 때마다 엉덩이 붙이고 오래 끊임없이 떠들어도 지치지 않는 것은, 토론 하는 습관이 몸에 붙어버린 우리이기에 가능하지 않았나 싶다. 실천하고자 했을 때 의심보다 거침없고 대책 없는 자신감을 무기로 삼았다. 사실 속으로는 얼마나 쫄았는지…. 다행히도 걱정 근심이 오래가지 않는다. 지금 생각해보면 단순 무식이 공간을 만드는 지름길이 된 것 같다.

– 윤경숙

서로가 서로를 알아주는 그런 관계를 얻고 싶었다. 그러나 각각의 사람들은 너무도 달랐다. 1년 동안 배운 것은 '우리'라는 것은 일방적으로 만들어질 수 없다는 것이다. 서로가 원해야 우리가 되는 것. 그래서 상대방에게 원하는 것을 말하는 것이 아니라, 상대방이 하고자 하는 것을 힘을 보태 이룰 수 있게 하는 것이 중요하다는 것을 배웠다.

– 박정희

스콧 애덤스의 『열정은 쓰레기다』에서 목표와 시스템에 대한 글을 보면서 다시금 우리를 생각했다. "시스템은 장기적으로 행복해질 수 있는 가능성을 높이기 위해 정기적으로 하는 행위다. 시스템은 차근차근 해나가면 더 좋은 위치에 도달할 수 있다는 합리적인 예상 아래 정기적으로 하는 일이다. 데드라인도 없고 결과에 구애받지 않고 그냥 하면 된다." 회의 때 가장 많이 나누었던 이야기였다. 우리는 목표보다 시스템을 만들어가고 있었구나 하는 깨달음과 동시에 이런 우리가 대견했다.

– 이혜선

공간 책바람은 조합으로 운영된다. 서로의 손을 잡는 것이 조합이라고 생각하며 프로젝트가 끝나고 듣게 된 칭찬을 바로 8명 조합원들과 공유한다. 그들도 나처럼 지치고 힘들 때 이런 말들이 힘이 되길 바라는 마음이다. 매월 말 정기 회의에서 매출 실적을 보고하면 '이번 달은 이렇게 넘어가는구나.' 하며 위로한다. 버티기로 결심하고 1년을 버텨준 7명 조합원들로 우린 이만큼 왔다. 남보다 뛰어나다고 고귀한 것이 아니고 과거보다 나아지는 것이 결국 고귀한 것이다. 고귀함을 바라고 시작한 일은 아니지만 우린 이렇게 매일 조금씩 고귀해지고 있다.

– 조현경

'공간 책바람'은 예기치 않은 방향으로 나의 삶을 돌려놓고 상상하지 않았던 나의 모습을 발견하게 해준 자아활용 실험실이다. 현실의 높은 벽은 물리적 고단함과 월말결산이라는 초라한 숫자로 확인되지만 여덟 명의 완전체는 믿음과 패기로 에너지를 모아 공간을 버티고 있다. 선택의 순간에 작동한 나의 의지는 아직도 뜨겁다. '공간 책바람'으로의 합류는 내 삶의 또 다른 가능성을 열어준 소설 같은 선택이었다. 그들과 함께한 1년간의 시간은 내 삶에 비현실적으로 쌓여 현재 절찬 상영 중인 초긍정 영화가 되었다. 그 의미의 되새김질은 여전히 뜨거운 생동의 시(時)가 되어 나의 삶을 담금질한다. 유한자로서, 자아활용 실험으로서 '삶을 철학하기'는 여전히 진행 중이다.

– 김은희

공간을 유지하는 일이 쉬운 일이 아니라는 걸 절실히 느낀 적도 많았다. 우리를 위한 공간을 만드는 게 목표였는데 공간 유지가 목표가 되어버린 현실에 씁쓸함이 들 정도였다. 그럼에도 우리가 1년 동안 공간을 유지해온 원동력은 내가 처음에 공간을 시작하게 된 이유, 즉 사람들이다. 앞장서서 일해 주었던 조합원들, 맡은 역할을 완벽하고 성실하게 수행하려는 조합원이 대부분이다 보니 거기에 보조를 맞추다 각자 다들 너무 힘들다는 말을 입에 달고 살기도 했다. 한 사람의 빈 곳이 있으면 어느새 다른 사람이 그 자리를 채워주고 누가 뭐랄 것도 없이 이심전심으로 서로 도와주려는 마음가짐을 느낄 때 힘들어도 다시 나아가는 힘을 얻게 된다. '친한 사이일수록 동업하면 안 된다'는 말이 있는데 1년 동안 7명이 크게 싸우는 일 없이 공간을 유지했다. 그런 우리의 모습이 좋아서 공간에 참여하고 싶다는 신입 조합원을 맞이하여 조합원이 8명이 된 것도 보람찬 일이다. 자칫 무모할지도 몰랐던 '사람이 좋아서'가 '결국 사람만 남는다'로 증명된 셈이다.

– 김승희

지금까지 정신없이 왔다면 앞으로는 어디로 가는지 우리의 방향을 머리를 들어 보면서 가야 할 듯싶다. 그 방향도 바뀔 수 있겠지만, 우리는 좌충우돌하면서 찾아나가지 않을까 싶다. 지금은 잘 모르겠어도 우리가 3년이 되고 10년을 같이 해나간다면 우리가 공간 책바람에서 무엇을 하려고 했었는지가 드러나지 않을까? 그것을 찾을 때까지 하루하루 그리고 한 달씩 월세를 내가면서 공간 책바람에서 우리는 부대낄 것 같다. 그리고 그 부대낌이 나에게 행복으로 다가올 것 같다.

– 박희경

새로운 조합원, 그녀의 참여 동기 - 마음의 우물

- 김문경

공간 책바람의 조합원이 되기까지

십 수 년의 직장 생활을 접고 거의 반백수로 인식되는 전업주부로서의 생활을 시작하면서 내 마음 속 어딘가에 채워지지 않는 우물이 생겼다. 남편을 내조하고, 육아를 전담한다는 명분 아래 나는 늘 집을 지키는 사람이 되어 있었고, 누군가에게 나를 소개할 때는 "집에서 놀아요."라고 말하기 일쑤였다.

일을 계속하는 친구들은 "부럽다. 남편이 벌어다주는 돈 쓰고 사는 팔자가 상팔자야."라는 말로 나의 경력 단절을 위로(?)하곤 했지만 그런 말을 들을 때마다 내 마음 속 우물은 점점 더 깊고 어두워졌다. 스스로 전업주부도 정말 중요한 일이라고 되뇌며 아이가 다 크고 나면 다시 사회인의 자리를 되찾으리라 마음먹곤 했지만, 그때마다 그 어두운 우물 속에선 '이제 더 이상 너의 시간, 너의 세상은 오지 않아.'라는 울림이 들리는 듯했다.

아이가 성년이 되고, 남편의 퇴직이 가까워오면서 사회활동에 대한 갈망과 필요성은 커졌지만 취업에 대한 생각은 많이 달라졌다. 아이를 키우며 세상을 보는 나의 눈은 많이 변했고, 더 이상 경쟁적이고 소모적인 자본주의의 부속품으로 살고 싶은 생각이 없어졌다. 내가 새로이 꿈꾼 사회 경제적 활동은 협동조합처럼 생산자이자 소비자의 역할을 동시에 수행하는 것이었다. 내 아이가 살게 될 세상이 공동체의 미덕을 유지하는 사회이길 바라게 되면서 세상에 보탬이 되고, 자본주의의 문제를 개선하려 노력하는 사회적 기업에서 일할 수 있기를 꿈꿨다. 이런 생각은 한○○ 협동조합의 생산자로 일을 하는 친구를 만나면서 더욱 커졌다. 하지만 막연하게 그런 일터를 가지고 싶다는 생각만 가지고 있을 뿐, 뭘 어찌해야 할지 모르는 상태로 시간만 보내고 있었다.

그러던 중 책바람 동아리의 일원이 될 기회가 생겼고, '공간 책바람' 조합 카페를 만든 그들을 보며 이전의 용기 없던 나를 돌아보게 되었다. 조합원인 동아리 회원들의 활동하는 모습을, 그들의 분주했던 1년을 곁에서 지켜봤다. 세세한 업무 내용이나 카페의 운영 상황은 몰랐지만 그들이 얼마나 행복한지, 얼마나 열정적으로 살고 있는지 알 수 있었다. 때론 서로 의견 조율로 힘든 경우도 있는 것 같았고, 사소한 실수나 허점들을 극복하느라 고민하는 모습도 보였지만, 고비마다 그들은 서로 다독이고 응원하며 조금씩 성장하는 것 같았다.

'공간 책바람' 카페가 오픈한 지 만 1년이 되어가는 어느 날, 조합원 추가 모집 여부를 논의 중이란 이야기를 들었다. 늘 궁금하고 알고 싶었던 협동조합 활동에 대해 배울 수 있는 기회이자, 바리스타가 되어 커피를 만들 수 있게 되는 것이며, 내가 꿈꾸던 형태의 직장이 생기는 기회라는 생각에 용기를 내어 손을 번쩍 들었다.

이제 나는 '공간 책바람'의 조합원이 되었다. 아직 커피의 맛을 제대로 내지 못하고 여러 조합원들의 도움과 가르침을 받으며 카페 업무를 익히고 있지만, 내 마음 속에서 늘 부정적인 신호를 보내며 나를 주저앉히던 어두운 우물은 이제 조금씩 메워지고 있다. '공간 책바람'에서 커피를 내리고 카페 운영에 참여하고, 함께하는 동료들에게 마음을 열면서 나는 매일매일 그 우물에 작은 돌멩이를 하나씩 담는다. 언젠가 우물을 다 메운 돌멩이로 내 마음 속에 새로운 희망의 돌탑을 세울 것이라 믿으며.

엄마 같은 인생

- 이시윤

조합원 가족들이 보내준 응원 메세지를 모았다. 딸들을 대표한 시윤이는 공간 책바람에서 연 인문학 강의에도 적극적으로 참여해주었다.

기억이 나는 한, 엄마는 늘 바쁘게 살았다. 온갖 책임을 혼자 다 지고 여기저기 치이면서도 좋은 엄마, 일 잘하는 직원, 좋은 딸, 좋은 며느리. 아무것도 포기하지 않으려 애썼다고 했다. 회사를 그만둔 이후에도 엄마는 어떻게든 할 일을 찾아냈고, 떠맡은 모든 일을 잘하려고 했다. 강박적인 것처럼 보이기도 했다. 매일 힘들어 죽겠다, 할 게 너무 많다, 어렵다 하면서도 뭐 하나 포기하지 않으려는 엄마가 안타까웠다. 하나만 포기하고 정리하면 훨씬 편할 텐데. 평생을 치열하고 바쁘게 살아가는 게 엄마의 꿈인가 싶었다. 그리고 나는 절대 엄마처럼 치열하게 책임지며 살지 말아야지 생각했다.

21살, 뭐든 할 수 있다던 대학생이 되었고, 아무것도 할 수 없을 것 같은 무력감이 들었다. 그런 기분이 싫어서 닥치는 대로 일을 벌였고 그 일을 수습하느라 매일 조급했다. 그러다 일이 잘되면 거기서 오는 즐거움에, 더 힘들어질 걸 알면서도 또 다른 일을 찾아 해냈다. 그러다 문득 내가 엄마 같다는 생각이 들었다. 친절하고 완벽한 엄마가 아니었음에도 나는 엄마를 존경한다. 다른 친구들이 엄마가 얼마나 다정하고 귀여운지를 자랑할 때, 나는 엄마가 누구네 엄마들보다도 잘났음을 자랑했다. 엄마가 잘난 회사원이던 것과 쉬지 않고 공부하는 것. 내가 늘 반 백 살이라고 놀리는 나이에도 공간 책바람 카페에서 무슨 대학생처럼 강의를 준비하고, 듣고, 집에 오면 또 책을 보는 것. 공간 책바람에 흥미 있는 강의가 열렸다는 엄마의 말을 듣고 강의에 나간 적이 몇 번 있다. 반쯤은 엄마가 그곳에서 어떤 모습을 하고 있는지 궁금했던 것도 있다. 수업을 듣는 틈틈이 살펴본 엄마는 내가 다니는 대학교 학생들보다도 몇 배는 진지했다. 커피 내리고 수업 준비하고, 수업 내내 교수님 보조하고, 몸이 열 개여도 모자를 것 같았는데도 나름대로 신이 나 있었다. 적어도 엄마는 하고 싶은 걸 하는 것처럼 보였다. 엄마의 치열함을 은연중에도 이해해왔던 것 같지만 지금은 더더욱, 엄마가 잘났다고 생각한다.

여전히 내 목표는 엄마처럼 사서 고생하지 말자는 것이지만, 나 역시도 하고 싶은 것을 단 하나도 포기하지 않으며 살고 싶다. 결국 평생을 엄마처럼 치열하게 살게 될지도 모른다. 내가 졸업을 하고 일을 구하고 직장을 다니고 그만두는 그 순간들까지도 엄마는 또 뭔가 새로운 일을 하겠지. '못 해먹겠어, 힘들어. 내가 왜 이 나이 먹고 사서 고생을 하냐.' 아마 이런 말을 하면서 발랄하게 일할 모습이 눈에 선하다. 엄마 나이가 됐을 그때의 나도, 엄마를 보며 다시 새로운 의욕이 든다면 우리는 사이좋게 일하며 늙게 될 것이다.

이제는 하고 싶은 일을 하시면 좋겠어요!

- 안민석

아들을 대표한 민석이는 그 당시 고3 수험생이었다. 미안해하는 엄마와 달리 적당한 거리가 있어 좋았다고 써주었다.

처음 '공간 책바람'을 시작한다는 이야기를 들었을 때, 먼저 들었던 생각은 '과연 잘 운영될 수 있을까?'였다. 카페를 운영한다는 것이 쉽지 않을 텐데, 다들 고생을 많이 하시는 것이 아닌지 걱정도 되었다. 카페를 열 장소를 정하고, 공사를 하고, 커피 내리는 것을 배우고, 프로그램을 기획하는 모든 과정에서 엄마를 지켜보았을 때, 예상대로 힘들어보였다. 매일 고민하고, 뭔가를 배우고, 글을 쓰고, 기획하면서 때로는 밤을 샜고, 매일같이 나가서 회의를 했다. 하지만 힘든 것을 버텨내고 결과물이 나왔을 때, 엄마는 너무 행복해했다. 힘든 과정을 모두 잊을 만큼 해맑게 좋아하는 엄마를 보면서, 나도 정말 행복했다. 어렸을 때부터 내가 엄마에게 가장 많이 느꼈던 것 중 하나는 '엄마는 집에만 있기는 너무 아까운 사람이다'였다. 그런 엄마의 능력을 책바람을 통해 마음껏 펼치고, 새롭게 배우며 발전하는 것이 좋아 보였다. 독서회를 시작하면서도 변화가 보였지만, '공간 책바람'은 또 한 번 엄마에게 커다란 변화를 선물해준 것 같다. 같은 목표를 추구하시는 분들과 힘을 모아 목표한 바를 하나둘씩 이뤄가는 모습은 너무도 보기 좋았다.

사실 '공간 책바람'을 시작하던 작년에는 내가 고3 수험생이 되었다. 이 문제 때문에 엄마가 많은 고민을 하는 것 같아서, 주저하지 말고 공간 책바람 설립에 참여하라고 했다. 나를 키우느라 하고 싶었던 일들을 많이 포기한 것을 알기 때문에, 이제는 엄마가 하고 싶은 일을 했으면 좋겠다는 생각이었다. 엄마가 바빠서 많이 못 챙겨준 것에 대해 미안해하긴 했지만, 나는 그 선택이 결론적으로 너무도 옳았다고 생각한다. 오히려 부모님이 격려와 지원을 적당한 거리에서 아낌없이 해주셨기 때문에 부담감 없는 고3 생활을 할 수 있었다.

책바람의 이야기를 담은 책을 낸다는 이야기를 듣고 또 한 번 놀랐다. 점점 책바람의 능력치가 높아지는 것 같았고, 대단하다는 생각이 든다. 이 책이 우리 엄마와 같은 분들이 용기를 내는 것에 도움이 된다면 너무나도 큰 의미가 있겠다는 생각이 들었다. 그 응원의 의미로 이 글을 써본다.

그녀, 책을 원하다

- 박기완

남편들을 대표해 흔쾌히 글을 보내주었다. 그들의 지지가 없었다면 여기까지의 여정은 가능하지 않았다. 함께해준 그들에게 깊이 감사드린다.

그녀는 책에 대한 욕심이 참 많다. 중, 고등학교 시절 여느 집처럼 책을 읽는 데 자유롭지 못했던 때문일 수도, 모난 사람들이 주는 상처와는 달리 책이 주는 정서적 공감 때문일 수도, 아니면 더 넓은 세상을 이해하려는 지적 호기심일 수도 있겠지만 그녀는 늘 보고 싶은 책이 있고, 그 곁을 서성거린다. 그녀의 아이들도 어릴 때에는 그녀를 거울 삼아 책에 파묻혀, 책을 장난감 삼아 놀았던 것 같다. 물론, 그들이 책 말고도 다른 유혹이 있다는 걸 알기 전까지는 말이다. 그런 걸 보면 누군가가 책을 좋아하는 것은 천성인 것 같다. 하지만 생활인으로서 바쁜 일상으로 지친 심신에 책을 가까이하기는 쉽지 않다. 더구나 마음이 여려 주변 가족들에게 늘 온 신경을 곤두세워 챙기던 그녀는 오죽했으랴. 마음은 굴뚝같으나 마음잡고 차분히 앉아 책을 정독하기는 쉽지 않았다. 그러던 그녀가 어느 날 '책바람'이라는 독서 클럽에 가입했다. 책의 내용에 공감하고, 그걸 같이 이야기하는 친구들이 있지 않고서는 '책바람' 활동이 쉽지 않았음이라. 1년 동안 읽을 책들을 선정하고, 그 책들을 빡빡한 일상 속에서 소화해내며, 가끔 클럽에서 초빙한 강사분들의 이야기에 즐거워하는 그녀를 보면 내가 알던 그 소녀가 어른거린다. 책이라는 넓은 바닷가에서 모래성도 쌓고, 파도로 장난치며, 노을을 바라보는 순수한 즐거움에 양 볼이 상기된 모습이라고 할까? 그렇게 그녀는 즐거운 책 읽기를 몇 년째 하고 있다. 다만 자꾸 안약을 넣어야 하는 눈과, 예전 같지 않는 기억력이 신경이 쓰이기는 하지만, 용감하게 꾸준히 책 읽는 근육을 키워 이제는 녹록하지 않는 수준의 책을 읽고 발제도 곧잘 해낸다. 심지어 발제를 사람들 앞에서 발표하고, 토론을 이끌기도 한다고 하니 과거의 그녀를 아는 나로서는 상상이 안 가는 광경이다. 그리고 이제 그녀는 책 읽기에 그치지 않고, 글을 쓰려고 한다.

그녀가 여러 사람이 쓴 글을 모은 책을 낸다고 할 때, 반신반의했다. 불특정 다수가 볼 글을, 그것도 여러 명이서 쓰고, 출판까지 하는 것은 결코 쉬운 일이 아니기 때문이다. 하지만 과거의 좋은 추억들을 모으면 한 권의 이야기가 담긴 소중한 사진첩이 되듯이, 독서 클럽 활동을 하면서 겪고 느낀 일들을 글로 모아서 책을 좋아하는 여러 사람들과 그 경험을 공유하고자 하는 그 취지에는 공감할 수밖에 없었다. 또한 본인의 이름으로 책을 내는 것이 아니라 '책바람'이라는 공동체의 이름으로 책을 내는 것이, 이로 인한 약간의 두려움을 이겨낼 용기를 주었을 것이다. 그리고 이제 그 책이 곧 나온다고 하니 무척 기대가 된다. 그 책을 읽고 나면 언젠가 그녀가 온전히 혼자 쓴 책의 독자가 될 날도 즐거이 기다려볼 것이다. 그녀가 쓴 글의 첫 번째 책 출간을 축하하며, 그녀들의 힘찬 진군을 응원한다.

에필로그

함께 자신이 주인되는 삶으로

주부라는 이름으로

주부들이 철학책을 읽는다고 해서 궁금했다고 한다. 사진 기자를 대동하고 취재를 나온 여기자는 주부들이 이 정도일 줄은 몰랐다고 했다. 주부. 주부라는 말의 뜻은 한 가정에서 살림을 맡아 꾸려가는 여자일 뿐, 지금 앞에 있는 프로 같은 그녀도 살림을 맡게 되면 주부가 된다. 그날, 주부라는 호칭에 묻어나는 그 선입견이 인상 깊었다. 스스로를 '페미니스트'라고 생각해본 적이 없다. 여성의 사회적 지위에 대한 문제점을 모임에서 거창하게 이야기했던 적도 없다. 그러나 책바람 사람들의 글을 모아보니 그전에 보지 못한 것들이 보였다. 같은 상황들이 반복되고, 같은 부분들을 답답해했다. 비슷한 처지의 사람들이 모이니, 그 안에서 공감도 얻고 위로도 받고 마음 맞추어 할 수 있는 일이 생겼다. 철학책을 읽는 일, 자비를 털어 공간을 만드는 일. 이 모든 것을 여유로운 자의 취미

생활쯤으로 생각할 수도 있겠다. 그러나 이 책을 읽은 사람이라면 우리의 과정도 녹록치 않았음을 이해할 것이다. 독서회에서 시작하여 협동조합까지 만들어낸 우리의 이야기를 단적으로 말하면, '경력단절 여성의 고군분투기' 혹은 '주체적 삶을 살고 싶어 하는 여성들의 성장기'라고 할 수 있겠다. 굳이 여기에 여성이라는 방점을 찍고 싶지는 않다. 남녀노소를 불문하고 누구에게나 자신의 삶을 능동적으로 살아가는 일은 중요하기 때문이다. 여기 우리의 노력도 그렇게 바라봐주길 원하고 있다.

엄마, 그날 다른 스케줄 있어요?

한 조합원이 느끼는 가장 큰 변화는 가족들이 이제 자신의 일정도 물어봐준다는 것이다. 엄마의 생활에도 사회적 영역이 있음을 존중받는 것은 큰 기쁨일 수 있다. 가정에서 주어진 역할 이외에 스스로 부여한 역할을 갖는 곳, 책바람은 이렇게 주부인 회원들의 생활에 공적인 영역을 만들어왔다. 나 홀로 섬처럼 떨어져 각자의 삶을 살아온 그녀들이 개인사에 함몰되지 않고 이곳에서 허기진 사회적 관계를 충전한다.

이렇게 비슷한 연령대에, 엇비슷한 처지, 가까운 지역에 살고 있는 책바람 사람들은 함께 모여 책도 읽고 고민도 나눈다. 비슷한 고민을 하는 것만큼 큰 위로도 없다. 공감하고 위로하며 배움을 지속하는 것. 이것이 사람들이 궁금해 하던 책바람이 잘나가는 이유이다.

내 안에 차고 넘치는 에너지, 어디 풀 곳 없나요?

공간 책바람을 만드는 일부터 시작하여 지금까지 조합원들은 엄청난 에너지를 쏟아냈다. 그 에너지는 외부로부터 오는 것이 아니었다. 내면으로부터 화수분 같이, 끝도 없이 나오는 에너지를 '가치 있는 곳'에 풀어내고 싶다고 다른 조합원은 말했다. 여기에 와서 그 에너지를 어떻게 써야 하는지, 그 방법을 찾아가고 있는 것 같다고. 이런 그녀를 보니 예전에 함께 공부했던 단어가 떠오른다. 디나미스(dynamis). 가능태(可能態) 혹은 무엇인가 할 수 있는 능력을 말한다. 공간의 이름을 정할 때 후보로도 나왔다가 단박에 떨어졌던 이름이다. 이름은 남지 않았어도 조합원들은 자신이 가지고 있는 씨앗을 꽃으로 피워냈다. 처리하는 일마다 기대 이상의 성과물을 내는 것을 보면 이렇게 잘하는데, 집에서 얼마나 답답했을까 하는 생각이 저절로 들었다.

'가치'를 생각하다

한정된 자신의 에너지를 어디에 써야 할지 기준을 잡아가는 과정 중에 '가치'를 생각하게 되었다고 했다. 개인적으로 가치의 기준을 정립하는 과정일 것이다. 그리고 이러한 조합원들이 모인 협동조합은 '함께하는 가치'를 생각한다. 협동조합 공간 책바람은 '함께하는 것'의 의미가 무엇인지, 어떻게 이루어져야 하는지 온몸으로 체득할 수 있는 생생한 실험장이었다. '함께하는 가치'에는 참여한 사람 모두를 아우를 수 있는 선한 뜻이 있어야 한다. 공통의 가치를 이루기 위해 함께하는 것이다. 그렇다면 책바람은 어떤 사회적 의미가 있을까 고민하지 않을 수 없었다.

대충지성? 혹은 대중지성?

책바람에서 무엇인가 결정할 때 불문율처럼 지켜지는 것이 있다. 어떤 사안이든 적어도 3명이 모여 의논하는 것이다. 기억력이 깜박깜박하는 중년 부인들이니 그럴 수도, 혹은 회사처럼 수직 구조를 이루어 한 사람이 책임지는 일이 아니기에 그럴 수도 있다. 하지만 경험적으로 3명 정도 모이면 어지간한 실수도 예방하고, 미처 생각지 못한 안건도 챙길 수 있어서 좋았다. 스스로 부족하다고 생각한 사람들이 만든 나름대로의 안전장치라고 할 수 있다. 비교적 오랜 시간 책을 읽어온 우리들을 '대중지성'이라 불러준 선생님이 계셨다. '대충지성'과 '대중지성'의 경계에 있는 우리를 그렇게 호명해주자, 그쪽으로 한 발 더 전진해야 함을 느낀다. 대중지성, 평범한 사람들의 일상에서도 다양한 책 모임이 열리고, 그러한 지적 정보가 공유되는 인문학 생태계를 책바람도 함께 만들어가야 할 것이다. 전국에 도서관이 많고, 그 안에 운영되는 독서회도 많다. 평범한 우리들처럼 책이 좋아 그저 책을 읽는 사람들. 그들도 우리처럼 함께할 무엇인가를 찾는다면 박수치며 응원해주고 싶다. 함께 자신이 주인 되는 삶을 살자고. 평범한 사람들도 할 수 있다고. 책바람이 그랬다고.

부록

발로 뛰는 책바람 : 책바람 회원들의 야외 활동 이야기

2014.06.12 실학박물관, 정약용 생가 방문

2014.07.17 팀플 스테이

2014.12.22 동양철학자인 저자를 만나 강의를 요청하고 지역주민들과 함께 강연

2014.10.15 스터디 활동

2015 마을공동체 한마당 참여 도서 판매기금 기부

2016 자양전통시장 작은 도서관 자원봉사

2015.09.09 부산 보수동 책방 골목

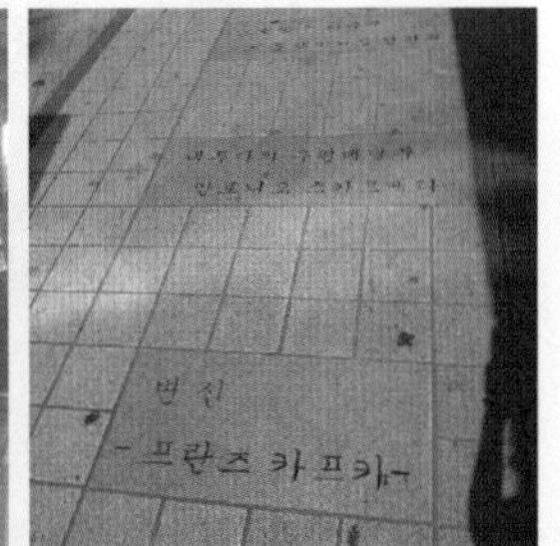

2017.11.27 광진구 독서 동아리 한마당

2017 우응순 선생님과 함께 했던 동양 고전 수업

2016.06.03 플라톤 국가 수업을 마치고 강유원 선생님과 함께

2018.05.02 봄 나들이 가평에서 한자 수업을 받는 책바람 여인들

2018.06.03 군산 여행, 〈8월의 크리스마스〉 촬영지 초원사진관, 동국사 군산항쟁관

2019.04.19 **지앤아트스페이스**

2019.06.05 **대림미술관**

2019.11.09 **독서 동아리 한마당**

2019.10.30 **동구릉 가을 소풍**

2019.06.07 **"동네 카페들 '독서 활동의 허브'", 〈한겨레〉, 원낙연 기자(사진 정용일 기자)**